No coração da floresta

SÉRIE
O POVO DAS ÁRVORES

A filha do pastor das árvores

No coração da floresta

GILLIAN SUMMERS

No coração da floresta

Tradução
Flávia Carneiro Anderson

BERTRAND BRASIL

Rio de Janeiro | 2013

Copyright © 2008 by Berta Platas and Michelle Roper
Publicado por Flux, um selo da Llewellyn Publications.
Woodbury, MN, 55125 USA. www.fluxnow.com

Título original: *Into the Wildewood*

Capa: Raul Fernandes
Ilustração de capa: Malgorzata Maj / Trevillion Images

Editoração: FA Studio

Texto revisado segundo o novo
Acordo Ortográfico da Língua Portuguesa

2013
Impresso no Brasil
Printed in Brazil

Cip-Brasil. Catalogação na fonte
Sindicato Nacional dos Editores de Livros. RJ

S953n	Summers, Gillian
	No coração da floresta/Gillian Summers; tradução Flávia Carneiro Anderson — Rio de Janeiro: Bertrand Brasil, 2013.
	322p.: 23 cm.
	Tradução de: Into the wildewood
	ISBN 978-85-286-1633-0
	1. Romance americano. I. Anderson, Flávia Carneiro. II. Título. III. Série.
	CDD: 813
12-6944	CDU: 821.111(73)-3

Todos os direitos reservados pela:
EDITORA BERTRAND BRASIL LTDA.
Rua Argentina, 171 — 2º andar — São Cristóvão
20921-380 — Rio de Janeiro — RJ
Tel.: (0xx21) 2585-2070 — Fax: (0xx21) 2585-2087

Atendimento e venda direta ao leitor:
mdireto@record.com.br ou (0xx21) 2585-2002

A todos os que mantêm vivas as nossas florestas, aos conservacionistas e silvicultores, sobretudo ao Instituto Florestal do Ministério de Agricultura dos EUA e à Agência de Parques Nacionais. Que sempre vicejem seus anéis de crescimento.

E a Tolkien, o husky siberiano mais teimoso do planeta. Sinto saudades de você e dos seus latidos, meu querido amigo.

Agradecimentos

Para que um livro deixe de ser uma ideia e chegue à estante das livrarias, requer-se muita ajuda, e eu não teria conseguido escrever este sem a incrível visão editorial de Andrew Karre e Sandy Sullivan, da Llewellyn, o encorajamento e o apoio do extraordinário agente Richard Curtis e o amor do meu fã número um, meu marido. Contei com muita assistência também de meu grupo literário, Maureen, Nancy e Carla, que leram esboço após esboço como se não os tivessem avaliado antes, sem nunca reclamar. Bom, sem quase nunca reclamar.

Sou grata aos funcionários do Festival da Renascença, que levam os visitantes a outra era, um dia de cada vez — aos piratas e justadores (Hum, aos piratas e justadores!), às mocinhas, aos frequentadores de pub e menestréis errantes, aos reis, às rainhas, aos mensageiros e vendedores de coxas de peru, aos bobos da corte brincalhões e aos pobres coitados que usam as fantasias de espuma de látex nos dias mais quentes do verão. Adoro todos vocês.

1

Canooga Springs, Nova York
Área de acampamento do Festival da Renascença de Wildewood

Cinco dias na estrada com o pai, e Keelie Heartwood continuava sem o seu piercing no umbigo. Seu meio que namorado, Sean, não tinha ligado nem uma vez para ela; e agora ia ter que aturar mais um Festival da Renascença. E o pior era que a sua amiga da Califórnia chegaria em breve para testemunhar o seu calvário.

Uma corneta ressoou em meio à chuva lá fora, seguida de uma gargalhada estridente vinda da barraca dos Alegres Saqueadores, que estava abarrotada de gente, bem do seu lado. Keelie acrescentou um comentário no diário, lembrando que não tinha permissão de se divertir com os demais renascentistas e tinha que ficar no trailer.

Que droga de vida, escreveu Keelie. Então, fechou o diário em que vinha registrando seu dia a dia digno de pena, deitou-se no beliche e ficou fitando o vazio. Seu olhar não foi muito longe, pois se limitava ao aconchegante ambiente de cinco metros quadrados. Ela precisou se esforçar muito para considerá-lo "aconchegante" em vez de "claustrofóbico". Não era justo. Enquanto ela estava ali, enfurnada naquele acampamento, os outros elfos, inclusive a chata da elfo Elia, tinham se hospedado num alojamento de luxo na cidade, perto do Festival. Contavam com serviço de quarto e tudo, e ela, mal tinha espaço.

Teoricamente, precisava ficar ali dentro até o pai voltar de uma incumbência. Já fazia horas que ele tinha saído. Ela passara o tempo escutando a farra barulhenta do quartel-general das festas do Festival da Renascença de Wildewood.

Se sua amiga Raven estivesse ali, poderiam se juntar à festa. Só que ela fora para Manhattan depois do último festival, para fazer estágio na Doom Kitty, a famosa gravadora gótica. Com certeza uma atividade mais legal que arrancar ervas com a mãe dela, a velha amiga do pai de Keelie, Janice, a herborista que chegaria a Wildewood em breve; mas Keelie estava morrendo de saudades de Raven. A amiga, bonita e segura de si, tratava-a como uma igual e não como uma parasita de 15 anos.

O tema de Wildewood era Robin e seus Alegres Saqueadores, e os companheiros de saque dele estavam cantando (ou pelo menos pensavam, de maneira otimista, que estavam cantando) uma canção animada, que tinha a ver com mulher casada e cerveja. Todo refrão terminava com um grito de "seu panaca"! Eles vinham repetindo a música havia umas duas horas, aumentando o volume e desafinando cada vez mais.

Keelie sentiu as árvores mexerem-se ao seu redor; pelo visto, elas tampouco estavam gostando do concerto. Ela conseguira senti-las a vida inteira, mas fora apenas quando tinha ido morar com o pai que haviam se comunicado com ela e permitido que visse suas faces espirituais. Os carvalhos ancestrais, maiores que as árvores do Colorado, enviavam sua energia para ela naquele momento, solicitando que saísse e se mostrasse para eles.

Havia também olmos silenciosos e vidoeiros farfalhantes, bem como pequenas cerejeiras e salgueiros pendentes, que gostavam de manter as raízes úmidas às margens do rio, o qual passava, profundo e silencioso, nos limites do acampamento do Festival. As lições de magia terrena de Sir Davey tinham ajudado Keelie a bloquear as árvores a maior parte do tempo, para que ela não enlouquecesse, mas, naquela noite, como se sentia entediada, cansada e sozinha, ela não conseguiu se concentrar nas palavras simples que o bom amigo do pai lhe ensinara. Restavam ainda três lições a fazer, de acordo com a agenda que ele tinha deixado, mas a garota não estava em condições de prestar atenção nelas naquele momento.

Keelie estendeu a mão e passou-a sobre a pequena estante de madeira (cedro, das florestas do norte) incorporada ao seu beliche. Seus dedos agarraram o quartzo-rosa que tinha comprado num impulso, no Festival da Renascença de Montanha Alta. Ela o segurou à sua frente, fechou os olhos e começou a meditar, concentrando-se em si mesma. Respirou fundo e soltou o ar, depois imaginou que os pés assemelhavam-se a raízes de árvores em busca de terra, arraigando-a. Suas mãos formigaram, e ela escutou um leve zumbido, similar a diminutas campainhas, o que atenuou a maior parte da energia esverdeada que a circundava. O exercício teria sido totalmente eficaz, não fossem as inúmeras interrupções causadas pelos gritos de "Hurra" na barraca ao lado.

Pelo visto "Hurra" era o equivalente medieval de "Aê", e os Alegres Saqueadores o usavam o tempo todo. Keelie abriu os olhos. Um brilho róseo banhou o trailer.

É isso aí! Tinha conseguido! A garota vinha trabalhando com Sir Davey havia semanas para evocar a proteção do cristal. Mal podia esperar para lhe mostrar o que conseguira fazer. Então, recostou-se na parede, e deixou escapar um suspiro. Se ao menos pudesse usar a pedra para ir de novo à praia ou até mesmo para trazer logo o pai de volta.

A motocasa minúscula e ridícula, construída artesanalmente pelo pai, era boa para se pernoitar, como os dois tinham feito na viagem do Festival no Colorado até onde estavam, no de Renascença de Wildewood, ao norte do estado de Nova York. Aquela seria a última parada da turnê anual de festivais de verão feita por ele. O pai participava de três durante o ano, nos quais vendia os móveis de madeira bonitos e exclusivos que fabricava nos meses frios. Quando os dois terminassem ali, rumariam para a casa de inverno dele, no Oregon.

Keelie já superara o constrangimento de ser vista saindo da pequena motocasa de conto de fadas, minuciosamente decorada, montada na carroceria da velha caminhonete. Parecia uma casa de boneca — minúscula demais para os três dias em que estavam enfurnados ali, enquanto o pai montava a loja. Keelie sentia falta do apartamento espaçoso do Festival da Renascença de Montanha Alta. Lembrou-se saudosa da banheira com pés em forma de garra e das tapeçarias com flores e unicórnios.

Lá fora, a chuva ressoava no telhado de metal, nas laterais de madeira da motocasa e nas diminutas janelas. Até mesmo a portinhola do gato, que estava com o trinco aberto para que Knot pudesse entrar e sair, rangia um pouco. Os pingos a golpeavam, como se minúsculos soldados aquáticos estivessem sitiando o trailer.

Keelie estremeceu, recordando-se do Espírito da Água que ela salvara no Colorado. *O que*, por sua vez, fez com que se lembrasse do Barrete Vermelho, o duende malvado que ela havia derrotado. Nada mal para uma adolescente que, até dois meses atrás, não tinha a menor noção dos poderes mágicos que possuía.

Ela deu uma olhada no relógio, um objeto proibido segundo as normas do Festival. Tudo o que os visitantes viam tinha que condizer com o tema: "... *itens destoantes devem ser deixados na moradia dos funcionários, de maneira que não chamem a atenção em meio ao clima de época.*" Era o que se lia no Manual dos Renascentistas.

Que piada. Se fosse assim, então todo mundo com mais de 15 anos nem devia ter dentes. Keelie manjava de história, sabia muito bem como se vivia naquela época. O mundo do Festival da Renascença era uma tremenda farsa. Embora fosse divertido, não devia ser levado a sério, e algumas regras podiam ser ignoradas.

De acordo com o marcador de tempo proibido de Keelie, passava da meia-noite. Zeke, seu pai, saíra às dez para se encontrar com Sir Davey e lhe mostrar como chegar ao novo local da loja de pedras e cristais. Sir Davey tinha acabado de chegar com a gigantesca motocasa Winnebago, que havia estacionado na seção de veículos de grande porte. Seria ótimo se pudessem ficar com ele. Keelie teria que dormir no sofá-cama, claro, mas tinha ouvido falar que na motocasa de Sir Davey tinha um banheiro de verdade. Um banho quente cairia superbem, sem falar na ida ao banheiro sem ter que atravessar toda a área de acampamento. Talvez, se ela ficasse na "caverna sobre rodas" de Sir Davey, conseguisse dormir em paz — sem sentir as árvores e a magia formigar por seu corpo.

O pai tinha lhe prometido que teria o próprio quarto na sua barraca, supostamente linda de morrer. Keelie ainda não a vira, pois, como andava chovendo muito, ela não pôde ser montada. A barraca continuava guardada na loja dele, junto com os móveis que ele tinha mandado para lá.

Zeke estava atrasado. Talvez tivesse ficado tão ocupado que se esquecera dela ou talvez houvesse se distraído com alguma árvore. Ou pior ainda, com uma mulher. O fascínio que seu pai exercia na mulherada era impressionante, e ela não estava nem um pouco a fim de dividi-lo com ninguém, agora que o tinha reencontrado.

Keelie precisava trocar o celular arrebentado. Não queria usar o de Zeke, uma caixinha retangular, de madeira, que ele utilizava para ligar para os outros elfos. Na única vez em que tinha tentado usá-lo, para telefonar para Sean no Festival da Renascença da Flórida, acabara se conectando telepaticamente com um abeto vermelho em Alberta, no Canadá.

Depois disso, ela tentou convencer o pai a lhe comprar um iPhone. Sua mãe usava um BlackBerry, e Zeke até poderia se interessar por um, por causa do nome tão natural e terroso, só que nenhuma das amigas da filha usaria um.

A mãe. Keelie deu uma fungada, torcendo que relampejasse, trovejasse ou ocorresse algo dramático climaticamente. A chuva tediosa começava a deixá-la emotiva, lembrando-lhe de que a mãe tinha morrido havia apenas três meses. Não que Keelie não se sentisse mais triste; muito pelo contrário, ultimamente andava chorando por qualquer coisa. Achou que já tivesse se acostumado a ficar sem ela, os shoppings, as amigas da escola particular, as aulas de tênis e a praia. Talvez só precisasse se manter mais ocupada, postergando assim a pior parte de sua dor.

Keelie andava sentindo muitas saudades de Ariel, também. Tinha criado um vínculo com o falcão-fêmea cego do qual cuidara no Colorado. Cameron, a especialista em aves de rapina do Festival de Montanha Alta, havia levado Ariel para uma clínica de reabilitação na Pensilvânia. Nenhum veterinário tinha conseguido ajudar a ave. Ariel fora amaldiçoada por uma elfo e, até aquele momento, ninguém fora capaz de desfazer isso.

Outro ruidoso "Seu panaca!" interrompeu seus pensamentos. Keelie cobriu as orelhas para abafar a cantoria dos homens, o que não fez a menor diferença. Os caras estavam berrando tanto que até a galera da cidade devia estar escutando.

A rapariga no meu colo se sentou,
E em seguida, arteira, suplicou,
Mais forte, meu capitão, por favor...

Keelie cobriu a cabeça com o travesseiro. Não havia sinais de que os Alegres Saqueadores iam desanimar e dormir.

Algo bateu na lateral da motocasa. Ela imaginou a mão do pai apoiada na lateral do veículo, enquanto ele, ferido, buscava ajuda, sem conseguir chegar à porta. Ergueu o quartzo-rosa reluzente. Ele brilhou ainda mais, e pequenos raios prismáticos de tom róseo espalharam-se pelo ambiente.

Bobagem. Mas a imagem do pai machucado perdurou. Keelie empurrou a coberta leve que a cobria, levantou-se e foi abrir a porta. Grossas gotas de chuva tamborilavam no solo, do outro lado da parede de madeira decorada com arabescos, lembrando uma casinha de gengibre. A chuva reluzia em meio à escuridão, iluminada pelas luzes da barraca dos Alegres Saqueadores. Dali de fora, ela ouviu gargalhadas femininas vindas de lá, junto com o bramido grave de vozes masculinas. Não ia dar uma espiada.

Uma lata de Budweiser brilhou em meio à luz oriunda da fenda da entrada da barraca. Sem sombra de dúvida era o que causara o barulho na parede. Os idiotizados deviam tê-la jogado por ali. E nem era cerveja de época — embora ela não desse a mínima. Keelie deixou escapar um suspiro. Nada de o pai chegar. Só um bando de farristas boêmios. Ela começava a se sentir tentada a desobedecer ao Zeke e unir-se a eles, mas sabia que ele teria um troço se fizesse isso.

Keelie havia ido, junto com Raven, para uma daquelas baladas mal-afamadas de barraca, no outro Festival, e ficara boquiaberta. Garrafas de hidromel passavam de mão em mão, junto com um cigarro que ela sabia não se tratar de tabaco. Os caras que faziam os papéis de piratas no Festival estavam lá. Eram tão gatos quanto os cavaleiros da justa, só que levavam a sério demais seus personagens maliciosos. Raven tinha dançado para eles, e um dos piratas aproveitara a distração da moça para se sentar bem perto de Keelie. Havia sido ao mesmo tempo divertido, assustador e empolgante. Só que quando Raven viu que o cara estava começando a passar a mão em Keelie, parou de dançar e tirou-a dali, felizmente sem fazer escândalo. A adolescente se sentiu grata por isso, mas, naquele momento, já sabia que não podia ir até uma sozinha. Não que estivesse louca para ir até aquela.

Mais cedo, Keelie entreouvira alguns dos Alegres Saqueadores comentarem que, embora a área de festas Rivendell estivesse tranquila naquele momento, ficaria agitada quando o Festival começasse. Os justadores mantinham os cavalos em uma estrebaria no prado, perto das barracas deles, na seção denominada zombeteiramente Rivendell por algum sabichão ciente de que a maior parte dos justadores era constituída de elfos. Justadores. Keelie tinha uma queda por um deles — Sean. Seu coração acelerou quando se recordou do momento em que se beijaram. Mas ficou apertado quando ela se lembrou de que Sean não entrara em contato desde que partira. E tinha lhe prometido que o faria.

Keelie precisava falar com Raven, só que a amiga não estava ali, e ela continuava enfurnada naquele lugar, sem telefone. Não podia nem dar uma escapada para procurar por um, pois não tinha carteira de habilitação. Aquele era outro assunto chato. O pai não lhe ensinara a dirigir, e sempre se esquivava quando ela pedia que lhe desse aulas.

Algo se moveu na floresta, atrás das barracas. Erguendo o cristal de quartzo-rosa como uma lanterna, Keelie semicerrou os olhos, mas não viu nada. Estava prestes a dar um passo atrás e fechar a porta quando o vulto se destacou entre as árvores. Era um cavalo, embora não tão grande e forte quanto os dos justadores. Talvez fosse árabe. Seu pelo branco brilhava bastante, até mesmo em meio à escuridão e à floresta ensombrecida. Na certa era um daqueles animais treinados, um pônei ágil que apresentava truques engenhosos nos intervalos das justas. Talvez tivesse escapado do prado.

Alguém ia ficar bem encrencado por tê-lo deixado sair da estrebaria de Rivendell. Keelie não estava a fim de ficar encharcada na tentativa de capturá-lo. Como as estradas em torno do Festival não eram nada movimentadas, o cavalo não correria muito risco. Não haveria problema aguardar até a manhã seguinte.

As árvores começaram a balançar, apesar de não estar ventando. Então Keelie sentiu um burburinho clorofilado tentando se formar em sua mente. O quartzo-rosa começou a esquentar em sua mão, e ela sentiu a magia inundá-la. Conforme a pedra protetora se tornava cada vez mais brilhante, a mão da garota formigava. De repente, a luz apagou, e a noite ficou escura de novo. À medida que os sentidos de Keelie se dissolviam na energia verde em espiral, até mesmo os sons da barraca dos Alegres Saqueadores esvaíram-se. Ela estava sozinha, com as árvores.

Instantes depois, um único feixe de luz, similar a um laser, saiu do quartzo-rosa e foi até o outro lado, transformando-se em um forte brilho prateado, que circundou o chifre espiralado na cabeça do cavalo. Então, o animal virou-se abruptamente e correu rumo à floresta, com o chifre reluzente ainda visível.

Keelie, com o coração batendo forte, deu-se conta do que acabara de ver. Ah. Meu. Deus. Adrenalina fluiu por seu corpo. Os músculos de suas pernas contraíram-se. Dispostos a entrar em ação. Prontos. Ela deu um passo em direção à floresta.

Porém, sobrepujada por uma tremenda ansiedade que lhe avisava *perigo*, ela percebeu que não conseguia se mover. Alguma magia a obrigou a permanecer no lugar, arraigada no solo. O aroma de canela a circundou.

Instantes depois, seu pai a encontrou, segurando o quartzo-rosa e fitando, intrigada, as sombras cor de anil.

2

— **U**m unicórnio — repetiu o pai, arregalando os olhos ao se recostar nas almofadas macias do sofá de Sir Davey, segurando uma garrafa de hidromel. — O guardião da floresta. Nunca o vi aqui em Wildewood. Ouvi falar que algumas garotas humanas já o viram. Tem certeza?

— Eu vi. — Keelie estremeceu, embora estivesse quente na motocasa de Sir Davey, e as paredes revestidas de pedra bloqueassem as árvores, tal como ela esperara. Vira um unicórnio. Estava pasma. O pensamento ressoava em sua mente.

Sir Davey serviu-lhe mais chá.

— Acredito em você, moçoila. Mas a pergunta que não quer calar é: por que a escolheu? Os unicórnios são seres poderosos e misteriosos. Você não deve andar sozinha pela floresta.

— Sozinha? Ela não tem nem que entrar na floresta e ponto final. — Zeke franziu o cenho ao fitar a garrafa de hidromel e, em seguida, olhou para Keelie, que estava sentada no chão. — Como Sir Davey acabou de dizer, não sabemos por que o unicórnio permitiu que o visse. Faz pouco tempo que você começou a ter contato com seus poderes. Não está em condições de lidar com o que quer que a criatura tenha em mente, pelo menos não ainda.

— Não posso ficar longe da floresta. E se as árvores me convocarem? Sou a pastora delas, não sou? — A garota olhou para o pai e, em seguida, para Sir Davey, que anuía. — E por que o unicórnio é perigoso? Se é o guardião da floresta, não temos, tipo assim, um objetivo em comum?

Keelie analisou ambos os homens. O pai era alto e magro. Seus cabelos longos, cor de trigo, estavam presos em um rabo de cavalo, cobrindo as orelhas pontudas. Já Sir Davey era moreno e bem-apessoado, com seu 1,20 m, se ficasse na ponta dos pés. Quando o Festival abria, ele usava a fantasia de mosqueteiro. A pluma branca do chapéu sempre se mantinha impecável, até mesmo durante o Show de Lama.

O homenzinho pigarreou.

— Pelo que se sabe, os unicórnios só aparecem para... — Sir Davey enrubesceu. Continuou a examinar o quartzo-rosa de Keelie.

— *Virgens*. Saquei. — Ela revirou os olhos. — Já li uns livros sobre isso.

— O que precisamos descobrir é por que ele permitiu que você o visse — ressaltou o pequeno homem, acariciando a barba curta.

— Ei, eu sou virgem, se quer saber. — Que ultrajante.

O pai não a fitou, mas a filha notou que os ombros mostravam-se mais relaxados que instantes atrás. Quanta hipocrisia! Até ela ir morar com Zeke, ele tinha sido superchegado às farras.

— A gente vai atrás dele? Acho que deveríamos. Eu queria ver o unicórnio de novo. — Ela ansiava correr até a floresta.

— Não. — O pai bateu no braço do sofá com o punho fechado.

A filha se surpreendeu com o gesto violento, mas recuperou-se depressa.

— Por que não? — A vontade de ver o unicórnio estava lhe provocando quase uma dor física, era um anseio a que precisava satisfazer.

Zeke tomou um gole de hidromel e olhou para ela.

— Se eu responder "porque mandei", não darei um basta ao assunto, darei?

— Não.

Ele soltou um suspiro.

— Você é tão teimosa quanto a sua mãe.

Keelie se empertigou.

— Obrigada.

Os lábios de Zeke ergueram-se ligeiramente nas laterais, como se ele estivesse tentando conter o sorriso, mas, então, ficou sério.

— Keelie, os unicórnios podem ser bons, mas também egoístas, principalmente os machos, quando veem uma jovem fêmea que desejam.

— Parece até que está falando dos Alegres Saqueadores. Chegou a ver os caras assobiando para as mulheres da dança do ventre quando elas passaram pela área do acampamento ontem?

Sir Davey deu um largo sorriso. — Eu as vi hoje de manhã. — Ele meneou os quadris, imitando-as.

Zeke revirou os olhos. Keelie se perguntou se as dançarinas tinham passado rebolando por aquela área para chamar a atenção do seu pai.

— É diferente — ressaltou Zeke. — O unicórnio pode enfeitiçá-la, levando-a a se esquecer dos seus sonhos, da sua família, de si mesma. Fazer com que só queira ficar com ele.

— É muito egocêntrico.

— Exato! Fique longe dele.

Mais fácil falar do que fazer. Keelie queria muito, muito, muito mesmo ver o unicórnio de novo. Era lindo de morrer! A forma como seu chifre espiralado parecia brilhar com algum tipo de mecanismo mágico interno. E ela queria...

O pai agitou a mão diante do seu rosto.

— O seu campo de energia está alto. Conte para mim exatamente o que aconteceu quando você viu o unicórnio.

Keelie se recostou no sofá de Sir Davey, ainda sonhando acordada com o animal.

— Eu tive vontade de correr atrás dele. — Sua voz parecia distante, até mesmo para seus ouvidos. — E teria ido, só que comecei a sentir um cheiro de canela. Daí, não consegui me mover.

Ela pestanejou e olhou para o pai.

Ele suspirou, quase aliviado.

— Creio que o unicórnio possui algum tipo de magia do Pânico, que usa para manter os seres humanos longe da floresta.

Sir Davey acariciou a barbicha.

— Ei, mas por que o unicórnio teria saído correndo se estivesse querendo que Keelie fosse até ele?

Ela fechou os olhos, e a imagem do animal formou-se em sua mente, com o pelo branco cintilando como se banhado pela luz da lua. Keelie não conseguia nem conceber a ideia de algo tão adorável ter uma conexão com o Pânico, a magia poderosa que os elfos usavam para manter os seres humanos afastados. Chamava-se Pânico porque era o que as pessoas sentiam, cada vez, conforme iam se aproximando das áreas protegidas por ele. Quando Keelie o sentira no Colorado, tivera vontade de sair correndo, aos berros.

Ela precisava encontrar o unicórnio. Abriu os olhos e fitou o pai, cuja testa estava marcada por rugas de preocupação.

Ele tomou outro gole de hidromel.

— O unicórnio já a enfeitiçou.

— Eu saberia se ele tivesse feito isso. — Ou, pelo menos, achava que saberia. Ela não conseguia se ver deixando tudo de lado e correndo até a floresta feito uma garota apaixonada atrás de um cara, ou, no caso, de um unicórnio.

— Ela vai ficar bem, Zeke. O quartzo-rosa a protegeu.

Keelie suspirou de alívio, embora a atmosfera ali estivesse tão pesada quando uma tarde cheia de fumaça e neblina em Los Angeles, em agosto.

— Bom, você também pode interpretar da seguinte forma: a maioria dos pais tem que se preocupar com as filhas namorando garanhões. Já você só precisa se preocupar com um unicórnio.

Sua tentativa de quebrar o clima pesado não deu certo. O pai tomou outro gole de hidromel. As rugas de preocupação se acentuaram em sua testa.

Sir Davey se levantou.

— Se ela dormir aqui, o feitiço do unicórnio deverá ser neutralizado, pelo menos esta noite. — Ele fez um gesto em direção às paredes revestidas de pedras. — E, após o crepúsculo, ela estará segura o bastante em meio aos seres humanos. — O homenzinho devolveu o quartzo-rosa para Keelie. — Carregue essa pedra o tempo todo. Protegeu você hoje à noite, e continuará a fazê-lo.

O pai dela franziu o cenho outra vez, e falou em tom decidido.

— E o Knot também a protegerá. Vai ficar com você aonde quer que vá.

— Essa não, pai!

O olhar paternal e ameaçador que ele lhe lançou deixou claro que o assunto estava encerrado.

Keelie ficou feliz ao ver a cama de tamanho normal no quarto de Sir Davey. Quando quase adormecia, um ronronado alto surgiu perto de seus pés, onde Knot estava, enrolado. A luz do luar entrou pela fresta entre as cortinas e refletiu na cama de Sir Davey, iluminando o gato, cujo pelo estava todo grudento em alguns pontos. Estranho. Um gato normal teria se lambido, mas Keelie já devia ter adivinhado. Knot não podia ser considerado um gato normal.

Ela ainda não descobrira exatamente o que ele era, mas já lhe tinham mencionado que se tratava de seu guardião, tal como fora de sua mãe. O gato era uma espécie de criatura mágica, um ser encantado, talvez, e algum dia ela descobriria seu segredo. De uma coisa não restava dúvida: era um bichinho danado. Ela se esforçou para escutar a conversa do pai e Sir Davey na sala da motocasa, mas não conseguiu ouvir nada. Tampouco conseguiu dormir. Então, sentou-se e abriu mais as cortinas para contemplar a noite. No alto de uma colina distante, viu uma luz prateada e cintilante, que podia ser descrita como uma estrelinha terrestre bruxuleante. Seria o unicórnio?

Um troço afiado arranhou seu tornozelo. Keelie ficou boquiaberta. Dois olhos verdes luziram ao fitá-la.

— Qual é o seu problema, hein? — Ela pegou o gato e o tirou da cama. Então, fechou as cortinas e se deitou. Um ronronado profundo ecoou no ambiente e foi aumentando cada vez mais, conforme Knot voltava à cama e caminhava ao longo do corpo de Keelie. O bichano, então, acomodou-se no travesseiro. — Eca! Até parece que eu vou dormir com um gato molhado do lado da minha cabeça.

Keelie apoiou o rosto no outro travesseiro e fechou os olhos. Na certa não adiantaria nada, já que o unicórnio a esperava na floresta. Ela estendeu a mão para pegar o quartzo-rosa que tinha levado para a cama. Assim que o segurou com firmeza, conseguiu pegar no sono.

Na manhã seguinte, Keelie estava parada perto da motocasa de Sir Davey, fitando as árvores. Pinheiros, vidoeiros e abetos, com alguns carvalhos aqui e acolá, cresciam juntos para formar o trecho florestal próximo ao acampamento. As árvores cobriam as colinas, e a cadeia montanhosa de Catskill se assomava detrás delas.

Keelie foi andando até o início do arvoredo, olhando de vez em quando para trás para se certificar de que o pai não a estava observando. Estava escuro debaixo dos galhos baixos dos abetos, e o aroma de solo margoso provocava comichões no nariz dela. Então, uma comichão provocada por magia surpreendeu-a. Keelie deu um passo para trás, cautelosa. O vento fez as folhas dos vidoeiros farfalharem, e os galhos dos pinheiros tremularam em meio ao ar frio. Sobre a garota, os abetos dançavam na brisa. Keelie ouviu sussurros clorofilados; as árvores estavam cientes de sua presença. A energia verde delas transmitia tristeza, profundo pesar e dor. Algo trágico acontecera à floresta, que ainda não se recuperara do trauma.

Keelie desconfiava daquelas árvores desconhecidas. Os álamos do Colorado a haviam ajudado, e ela retribuíra, embora houvesse sido estranho tê-los em sua mente. Só que uma vibração mega-arrepiante vinha daquela floresta. A garota não queria entrar, mas sentiu que o unicórnio estava lá, esperando por ela. O amuleto em forma de coração de seu colar, o coração da Rainha Álamo, Reina, começou a esquentar em seu peito.

A magia fazia sua pele formigar de novo. Keelie se perguntou se o unicórnio estaria ali perto.

Seu medo se esvaiu quando se lembrou da forma como ele tinha reluzido à luz da lua. Ela teve vontade de ver como o chifre dele brilharia ao sol, e ficou imaginando de que cor seriam os olhos dele. Ouviu o ruído de folhas secas esmagadas conforme algo ou alguém caminhava ali perto. Se ela entrasse pela floresta, talvez conseguisse encontrar o unicórnio. A vontade de fazer isso cresceu dentro dela. Então, os estalos secos foram ficando mais altos, à medida que a pessoa ou seja lá o que fosse se aproximava. O coração de Keelie disparou. Ela colocou a mão no bolso e pegou o quartzo-rosa. Um calor a preencheu. Unicórnio ou Barrete Vermelho, Keelie estava protegida.

Ao fitar a base dos abetos, ela viu uma pedra coberta de musgo. O objeto estava em posição vertical, como se tivesse criado raízes profundas no solo. Ao pé dela, uma série de diminutos cogumelos vermelhos tinha crescido, formando um aro. Um círculo de fadas. Ela olhou ao redor, mas não viu nenhuma *bhata* — as fadas de graveto que conhecera no Colorado.

De repente, Knot pousou ali perto como um ninja peludo. Keelie deu um salto, e seu braço exposto roçou na casca de um abeto. A clorofila preencheu sua mente, porém não lhe transmitiu a paz das florestas verdejantes com as quais travara contato antes. Aquela era uma existência agitada.

Enquanto isso, Knot havia desenterrado um dos cogumelos, abanando o rabo, e agora os dois precisavam ir embora, antes que as fadas descobrissem que seu círculo tinha sido quebrado.

— Você nunca aprende, não é mesmo? Por acaso se esqueceu do que as *bhata* fizeram na última vez que o pegaram? — Ela procuraria pelo unicórnio outro dia. Naquele momento, precisava ir ver o pai. Ele tinha lhe dito que fosse se encontrar com ele na nova loja. Keelie saiu da floresta, tomando o cuidado de não tocar em nenhum galho ou casca, e caminhou até o Festival.

Usando o mapa que Zeke lhe dera, não demorou a encontrar a loja. Situada na movimentada Curva da Floresta Encantada, do outro lado de um pequeno bosque de carvalhos, a cabana era uma entre várias alinhadas, ao estilo das casas dos loteamentos na Califórnia, em que as residências ficavam tão grudadas que dava até para estender a mão e tocar na janela do segundo andar do vizinho. Por toda aquela área, Keelie viu artesãos e artistas preparando-se, apressadamente, para a abertura do Festival.

A loja do seu pai estava repleta de caixotes, alguns já abertos, e as cadeiras adornadas com cristal e videira, de que ela tanto gostava, encontravam-se empilhadas descuidadamente, aqui e ali. Keelie ficou admirada com a diferença entre aquela estrutura de piso entabuado e a de dois andares, de pedra e madeira, do Festival de Montanha Alta. A loja daqui tinha uma parte frontal ampla e aberta, com um pequeno balcão no meio, e estantes nas paredes dos fundos, em que as casinhas de bonecas e os castelos de madeira que Zeke levara para vender estavam expostos. Uma porta na parede de trás provavelmente dava para um depósito ou uma marcenaria.

Como, aparentemente, não havia ninguém lá, Keelie aproveitou a oportunidade e foi dar uma volta. Na área fechada da Curva da Floresta Encantada, encontrou um recanto familiar, o herbanário de Janice. Naquele Festival, chamava-se Loja do Boticário, e ficava — eca — bem do lado dos banheiros. Com certeza Raven e Janice iam acender um monte de incensos e velas aromáticas antes do final do verão.

O lado bom daquela área era que ficaria cheia de gente passando, conforme os mundanos (os visitantes sem fantasias do festival, de acordo com os renascentistas) fossem aos banheiros. Até mesmo naquele momento a barulheira causada pelos preparativos, juntamente com o som de martelos, serras elétricas e conversas, ressoava à medida que todos tentavam terminar antes da chegada da multidão.

Carvalhos majestosos ladeavam a trilha, dando-lhe sombra com suas copas frondosas. O caminho lamacento estava coberto de nozes caídas das árvores, oferecendo um risco pior do que se sacos de bolinhas de gude tivessem sido jogados por ali. Dois homens de blusas amarelas, com "Segurança" escrito em letra preta atrás, estavam juntando os frutos dos carvalhos com um ancinho e uma vassoura.

O mais alto dos dois chutou uma noz com a bota preta pesada, de trabalho.

— Essas árvores nunca param de produzir essas malditas bolotas?

O outro continuou a juntá-las com o ancinho.

— Não é natural as árvores produzirem tamanha quantidade, repetidas vezes, dia após dia.

Keelie fechou os olhos e concentrou-se na presença sensitiva das árvores, porém, havia algo errado. Aquelas eram mais velhas, muito mais do que as que estavam perto da área do acampamento. Segundo o que o pai lhe ensinara sobre elas, as antigas contavam com mais capacidade cognitiva, tinham mais poderes mágicos e podiam se comunicar telepaticamente umas com as outras e com os pastores das árvores. Mas aqueles carvalhos, embora velhos, pareciam quase primitivos.

E estavam com raiva.

3

Keelie pressionou o quartzo-rosa contra o peito conforme uma fúria em forma de seiva quente fluía por suas veias e espalhava-se em sua mente. Então, a raiva cessou à medida que uma energia verde gelada tomava seu corpo. Um troço peludo se esfregou na sua perna. Ela olhou para baixo esperando ver Knot, só que, para sua surpresa, era um gato branco esquelético.

— De onde é que você veio? — Keelie estendeu a mão para acariciar o gatinho. — Provavelmente me salvou de algum tipo de erupção de lava verde. — O bichano arqueou as costas em direção aos dedos dela e, em seguida, saiu correndo para a floresta, do outro lado do caminho.

Um dos seguranças parou e olhou para as árvores. Em seguida, passou o antebraço pela testa rubra.

— Não sei por que a Finch não derruba de uma vez essas árvores. Ela está sempre se metendo em discussões por causa delas, já que os donos das lojas reclamam dos frutos.

Keelie sentiu a raiva fluir pelas árvores. Os carvalhos agitaram os galhos como se um vento forte estivesse soprando pelas folhas e, de repente, um monte de frutos caiu nos dois seguranças. Um deles despencou, com um baque, em cima de Keelie. Com os braços protegendo a cabeça, ela disparou rumo à loja do pai.

Já em segurança na área fechada, Keelie observou os dois homens correrem pela Alameda Encantada como se as calças estivessem pegando fogo. Comerciantes e trabalhadores pararam o que estavam fazendo para observá-los. Keelie notou que vários deles olharam para as árvores e balançaram a cabeça. Uma mulher de jeans e camiseta percorreu o caminho e entrou apressada em sua própria loja.

— *Hurra, hurra, o rei está em seus aposentos; a rainha foi para a latrina; e eis que ora deparamos com uma bela donzela na trilha* — cantavam três Alegres Saqueadores trajando túnicas verdes e meias-calças do mesmo tom. Eles tinham parado e cercado uma moça cujo corpete fazia os peitos sobressaírem no alto, como duas maçãs numa cestinha de frutas minúscula. A mulher deu risadinhas, enquanto eles iam acrescentando mais palavras repulsivas à canção, e foi passando com cuidado, na ponta dos pés, pelas nozes, seguida pelos três. Eles também olhavam por onde andavam, por causa dos frutos dos carvalhos.

Naquele festival havia mais loucos que nozes espalhadas pelo chão. Ainda bem que Keelie não precisava trabalhar com aquelas figuras. Planejava relaxar naquele evento.

Ela olhou para o alto, para a placa de madeira da loja de Heartwood, na qual havia um carvalho com pequenas nozes em forma de coração penduradas nos galhos. Talvez o pai tivesse escolhido aquele lugar para atuar como bom pastor dos carvalhos exasperados. Apesar de aquelas parecerem árvores comuns, Keelie notou que as raízes estavam retorcidas como mãos artríticas. Mesmo sem o efeito de magia, dava para ver traços faciais enrugados em meio aos nós e às protuberâncias dos troncos.

Na loja ao lado à do pai, para o deleite de Keelie, havia uma barraca de artigos de couro chamada Criações de Couro de Lady Annie. Curiosa, ela foi dar uma conferida. Não que precisasse de botas. Contava com o velho par, que fora da mãe, e o do dia a dia, que tinha ganhado de Janice no Festival de Montanha Alta.

A loja de Lady Annie estava prontinha para abrir, e o cheiro de couro recém-trabalhado sobrepujava o de vegetais oriundo dos frutos do carvalho esmagados, do lado de fora. Keelie respirou fundo. Tinha cheiro de carro novo, o que, por sua vez, levou-a a lembrar-se de que não tinha tido sequer uma aula de direção. Mas todos os seus pensamentos evaporaram quando ela viu as peças de Lady Annie. Ficou de queixo caído.

Os mais maravilhosos calçados em estilo renascentista estavam espalhados nas prateleiras — havia botas deslumbrantes, feitas à mão, com botões de osso nas laterais, em diversos modelos. Um pôster emoldurado do catálogo de botas de Lady Annie mostrava como seu caimento era perfeito nas pernas da modelo, atuando como uma segunda pele. Keelie fechou a boca, receando começar a babar, e espiou uma das etiquetas, com preço escrito à mão, de um par de botas lindo, vermelho-escuro com acabamento em preto. Quase teve um troço quando viu o valor: novecentos dólares.

Espere um pouco. Seu lado de garota californiana lhe deu um tapa mental na cara. Vinha andando por tempo demais com o pai elfo, as árvores e o gato antipático. Tratava-se de um calçado personalizado. Era preciso ter em mente os custos de artigos de designers. Só assim Keelie podia levar aquelas botas em consideração, até porque combinariam perfeitamente com a roupa que Janice e Raven tinham lhe dado. Talvez aquela loja fosse nova, e a amiga não a conhecesse. Ela adorava artigos de couro. Keelie sorriu quando se lembrou da febre de compras de Raven numa loja desse material no Colorado.

— Posso ajudá-la? — perguntou uma jovem bronzeada, de cabelos longos, bem lisos e pretos. Usava jeans e camiseta, uma gargantilha com pendente de turquesa em forma de flor de abóbora, típica dos indígenas americanos, e botas Lady Annie com águias de couro afixadas nas laterais. Um broche em sua camiseta informava: "Lady Annie".

— É você que faz essas botas? — perguntou Keelie.

— A própria. Sou Lady Annie, e todas são feitas por mim ou por alguém da minha família, à mão.

— Uau. Adorei a sua gargantilha, também. Você é indígena? — Quando estiveram no Arizona, ela e a mãe conheceram uma nativa da tribo zuni igualzinha a Lady Annie.

— Sou sim. Navajo. — A mulher fitou Keelie. — Você é filha do Zeke, não é?

Keelie anuiu.

— Como descobriu?

— Você se parece com ele. — Os olhos dela brilharam. Mais uma das conquistas do pai. — Conheci Zeke e o seu gato, ontem.

Está bom, não era uma antiga namorada. Ainda.

— O meu gato deve ter impressionado você.

— Com certeza. Ele derrubou um mostruário de botas. — Ela sorriu. Obviamente uma apreciadora indulgente de gatos. — Acabei de vê-lo do outro lado da rua.

Keelie se virou e observou Knot dar patadas em algumas bolotas no chão. Gato idiota! Viu também uma *feithid daoine*, um inseto-fada, zumbindo por ali. Seu tom bronze reluzia e, se não se olhasse com atenção, era fácil confundi-las com um besouro. Knot não se dava muito bem com essas criaturinhas — culpa dele, claro, pois adorava atazaná-las. O que não era problema de Keelie. O gato podia ficar com as fadas; o pai, com as árvores rebeldes, e ela, com suas botas novas. A ideia a empolgou. Ela respirou fundo e se concentrou nas peças expostas, tentando se decidir entre os emblemas do falcão planando e do unicórnio empinando.

— Se eu fosse desenhar um par de botas para você, sugeriria folhas de árvore, com botões entalhados à mão na forma de nozes, tipo este. — Lady Annie pegou um superbonito, verde, decorado com folhas marrons nas laterais. Os botões eram folhas de carvalho prateadas.

— Que lindo! — Keelie torceu para não estar babando de verdade. Num gesto casual, de quem está considerando comprar algo, ela passou a mão no queixo e deu uma checada. Nada de baba.

— Se quiser um, precisa fazer o pedido logo. Só faço uma quantidade limitada em cada Festival.

— Botas feitas à mão. Tão italiano.

— É, já fizemos botas até para roqueiros em turnê.

— Legal. — Talvez Keelie tivesse descoberto o lado designer do Festival: modernidade californiana mesclada com algo medieval. — Quanto tempo levaria para você fazer uma para mim?

— Três semanas, se eu começar hoje. Você tem que deixar um depósito de trezentos dólares antes que eu tome as suas medidas ou, se preferir, pode pagar tudo de uma vez usando o seu Lady Visa ou Master Card.

O pai havia confiscado todos os seus cartões quando ela comprara roupas novas da La Jolie Rouge online. Keelie estava tão triste e abalada por causa da mãe. Zeke tinha fechado a cara quando vira o total — quatrocentos dólares. Mas Keelie havia comprado tudo em liquidação. Ele não fazia a menor ideia do quanto economizara. Não tinha o menor tino para compras. Na certa por ser por demais elfo.

Keelie não precisava de cartões de crédito. Tinha uma gorda conta bancária. Os advogados da Talbot & Talbot, representantes da mãe na Califórnia, haviam mandado uma carta informando que o espólio dela fora colocado em fideicomisso até ela fazer 18 anos e ir à universidade. Keelie arregalou os olhos quando viu a quantia deixada. Talvez o pai adiantasse uma parte do dinheiro, para que ela pudesse fazer o pedido e usar as botas ainda naquele festival. Ele ia querer que a filha tivesse um calçado condizente com o tema.

— Vou ter que pegar dinheiro com o meu pai. Ele vai adorar a ideia das folhas e das nozes. Volto mais tarde para você tomar as medidas. — Zeke não devia objetar por ela comprar botas, que pagaria com o próprio dinheiro.

Lady Annie fez um gesto com a mão.

— Bom, já que você é a filha do Zeke, posso tirar as suas medidas agora e começar a cortar o couro hoje mesmo, porque, depois que o Festival abrir amanhã, vai ser a maior loucura.

— Vamos lá, então. — Keelie se sentou num banquinho de madeira (vidoeiro de West Virginia), e Annie pôs mãos à obra.

Quando a garota saiu da loja uma hora depois, quase esbarrou num homem que carregava uma pilha de caixas. Aquela trilha era muito movimentada mesmo. Mais adiante, três atores supergatos liam os roteiros, praticando as falas. Eram os guardas do príncipe João. O enredo daquele festival era que a noiva dele, a princesa Eleanor, estava chegando e haveria um casamento. Robin Hood e seus Alegres Saqueadores iam interromper a cerimônia para salvar Lady Marian, que estava sendo mantida prisioneira e servindo de criada para a princesa Eleanor.

Em meio àquele furor pela Idade Média contemporânea, Keelie notou que a magia das árvores avançava em sua mente. Já podia sentir a comichão provocada por ela. Pôs a mão no bolso e pegou o quartzo-rosa. No mesmo instante, acalmou-se. Lembrando-se das botas lindas, sorriu de expectativa. Queria ver a cara de Elia quando as visse. A testa da elfinho perfeita ia enrugar de tanta inveja. Talvez até ficasse com umas rugas permanentes. Keelie adoraria fazer com que Elia demonstrasse seus 60 anos, em vez de apenas 17.

Ela deu uma espiada na loja do pai. Ele não estava lá, e Keelie precisava pegar o dinheiro. Mais uma situação em que, se estivesse com um celular, podia ter ligado para ele para perguntar sobre as botas. Se Zeke não ficasse satisfeito por ela tê-las encomendado, bom, problema dele, tivesse lhe dado outro celular e, então, poderia ter dito a ela para não comprá-las.

Do outro lado da loja de Zeke ficava uma construção cor-de-rosa, com treliça de hera verde-escura crescendo num dos lados e uma placa, que dizia: "Casa de Gengibre". Ela ficou com água na boca até notar que não havia bolinhos nem biscoitos lá. Em vez disso, as estantes estavam repletas com algo que ela adorava: bonecos. Tinha bonecos felpudos de unicórnio branco e marionetes em forma de cavaleiros, princesas e dragões. Todos pareciam superdivertidos.

Quando deu por si, Keelie estava na varanda da loja, embora não se recordasse de haver subido os três degraus amplos. De lá pôde ver Sir Davey passando pelo caminho.

A loja atraiu sua atenção mais uma vez e ela acabou entrando. As paredes estavam cheias de estantes, forradas com cores brilhantes e entupidas de fantoches e marionetes, bem como com bonequinhos que se podia levar sentados no ombro. Era uma lojinha muito fofa, que também cheirava a biscoito, o que só contribuía para o seu charme. Dava para Keelie imaginar todos os fantoches e as marionetes adquirindo vida.

Uma mulher loura, com os cabelos presos em um coque desgrenhado, apareceu e sorriu para Keelie.

— Oi, sou a Lulu, a dona dos fantoches. — A dona da loja tinha um piercing na sobrancelha: uma argolinha de prata com um coraçãozinho vermelho de pendente. Transmitia uma vibração muito legal. A ansiedade de Keelie foi embora e, em vez dela, a garota sentiu uma suave ternura, tão açucarada e agradável quanto algodão-doce num dia quente de verão.

As mãos das duas se tocaram, houve uma estática, e Lulu se sobressaltou, por causa do choque. Em seguida, agitou a mão no ar.

— Puxa, mas você tem uma energia e tanto, hein, menina...? — Seu rosto ficara rubro, como se tivesse comido camarão ou houvesse tido uma reação alérgica.

— Tudo bem com você? — Por algum motivo, Keelie gostou muito de Lulu; ela parecia mesmo uma pessoa do bem, alguém com quem podia passar o tempo quando o Festival estivesse um tédio.

— Tudo. Você trabalha aqui? Como se chama?

— Sou Keelie Heartwood. A loja do meu pai fica aqui na frente.

Sir Davey a viu e acenou, mas franziu o cenho quando viu Lulu.

— Você está bem, Keelie?

— A-hã. Só estou conhecendo as vizinhas. — Ela se perguntou por que ele parecia tão ressabiado. Knot bufou e arqueou as costas.

— É seguro deixar esse bichano solto? Devia estar com uma coleira ou preso numa gaiola. — Lulu deu a impressão de estar apreensiva...

— Não dá para passear com um gato numa coleira. — Mas a ideia de Knot numa gaiola não era má. — Além do mais, ele faz parte dos negócios do meu pai.

Keelie sentiu os carvalhos do outro lado da alameda. A energia verde aumentava, e eles se mostravam definitivamente aborrecidos. Ela olhou ao redor, mas não viu nada que pudesse aborrecê-los. Nem um lenhador nem um castor a vista. Nozes começaram a provocar um ruído metálico ao cair no telhado de zinco da loja de fantoches.

Lulu soltou um resmungo.

— De novo, não! Já reclamei com a gerente do Festival, e ela disse que estava resolvendo o problema, só que, pelo visto, não está.

Keelie olhou para fora. As árvores pareciam, naquele momento, criaturas de madeira de vários braços, apontando os frutos, como se fossem pequenos mísseis, na direção da casa de gengibre. Ela pegou o quartzo-rosa e foi até a trilha. Então, falou com as árvores.

Parem. Deixem a mulher dos fantoches em paz. Seu comando tácito ressoou pela clareira.

Nenhuma resposta. E pior, era como se tivesse se comunicado com uma parede. Estava sendo ignorada.

Chocada, Keelie virou-se. Aquela era a primeira vez que as árvores negavam contato telepático com ela, que não gostou nem um pouco daquela atitude. Equivalia a ligar para alguém e a pessoa bater o telefone grosseiramente na sua cara.

O olhar de Lulu foi de Keelie aos galhos dos carvalhos. Embora apenas uma brisa passasse pela alameda sinuosa, as nozes caíam sobre eles como granizo verde. A garota levou as mãos à cabeça, mas nenhum dos frutos a atingia. Ela ergueu os olhos.

Um guarda-chuva invisível a cercava. Keelie via as nozes caindo do alto, acima dela, mas, em seguida, elas desviavam, como se batessem em algo sólido. Lulu voltara depressa para a loja dela, e a garota ficara presa no meio de uma tempestade de frutos de carvalho. Se aquela magia não era dela, quem a estaria protegendo?

4

Em meio à chuva de nozes de tom verde e marrom, Keelie viu Zeke sair da parte dos fundos da loja. Ele franziu o cenho e, em seguida, estendeu a mão. Ondas de tranquilidade propagaram-se por ela e, depois, para as árvores. A raiva desapareceu, transformando-se em quietude e sossego, até elas caírem no sono.

Aliviada, a filha correu na direção do pai. Ia ter que aprender a fazer aquela coisa com a mão. Ela ia chutando nozes, para afastá-las do caminho, conforme avançava. Havia bolotas até no chão da loja.

— Você fez isso? — Os olhos de Zeke estavam injetados, e a parte branca apresentava um matiz esverdeado. Seria um efeito colateral da magia verde? Keelie se limitou a fitá-lo, com medo de dizer o que quer que fosse. Era difícil saber o que podia ser considerado normal naquela sua nova vida maluca.

— Não, foram as árvores. Elas dispararam contra nós. — A garota tocou numa das vigas de apoio: pinheiro, daquela região. *Uma estrada abandonada, de exploração de madeira, e os tocos de árvores ancestrais ao redor dela, e pesar, profundo.* Uau. Keelie afugentou as memórias da madeira de sua mente. Precisava de mais plástico na vida. Um cartão de crédito já seria um bom começo.

O pai se apoiou no balcão liso, de pinheiro polido.

— Eu sei o que as árvores fizeram, mas foi você que colocou o escudo de proteção?

— O... quê? Está se referindo ao guarda-chuva invisível? Pensei que você o tivesse criado.

Knot surgiu saracoteando, de trás do balcão, com o rabo peludo empinado. Ele não estava agora mesmo do outro lado da rua?

Os dois o fitaram.

— Acha que foi ele? — Ela olhou para baixo, para o gato idiota. — Achei que o Knot tinha irritado as árvores, ao usar uma delas para afiar as unhas ou algo assim.

O bichano deu uma patada numa noz enorme que entrara na loja junto com Keelie. Ela rolou pelo piso de pinheiro como uma bolinha de gude. Knot correu atrás dela, batendo com as patas até a noz girar feito um pião assimétrico.

— Não, não foi ele. — Zeke falava com a filha, mas observava por sobre o ombro dela. Keelie se virou para acompanhar seu olhar.

Ele fitava a mulher dos fantoches e as centenas de nozes espalhadas na frente da loja dela. Com certeza achou que algo estava acontecendo. Então, fechou os olhos. Quando os abriu, franziu o cenho. Sua expressão mostrava-se sombria.

— Esses carvalhos vão ficar quietos por um tempo.

As manchas de Lulu haviam desaparecido, e ela colocava marionetes num mostruário giratório. Ela retribuiu o olhar de Zeke, mas, então, desviou o rosto, com expressão temerosa.

— Venha comigo, Keelie — disse o pai, em voz alta. — Estou abrindo caixotes lá nos fundos, e quero que veja onde deixo os meus materiais de empacotar. — Em seguida, perguntou baixinho, aproximando a cabeça da filha. — O que foi que ela lhe disse?

— Nada, na verdade. Só me contou que se chamava Lulu. A loja dela é muito maneira, com todos aqueles fantoches legais. O que está acontecendo com os carvalhos? Estão supermal-humorados.

— Mais do que isso. E não estão atendendo aos nossos pedidos. Eles vêm agindo assim há anos, mas geralmente um pouco de assistência os reconfortava, acalmando-os. — Zeke balançou a cabeça. — Não sei bem o que está havendo, mas acho que é sério. Se eu ao menos conseguisse conversar com o unicórnio.

— Quer que eu o encontre? — Keelie envergonhou-se, no íntimo. A voz tinha saído aguda demais, como uma menina de oito anos implorando por uma guloseima.

— Fique longe da floresta, e não peça isso de novo. Essas árvores são ancestrais, Keelie, sobreviventes da área de extração de madeira montada aqui trinta anos antes de eles terem construído a represa e a usina hidrelétrica rio acima. O festival é feito sobre o velho acampamento de exploração de madeira, e algumas dessas construções são desse período. Vai demorar muito para a floresta se recuperar.

Aquilo explicava as imagens que lhe vieram ao tocar na viga de pinheiro.

— Mas as árvores não agem desse jeito desagradável todos os anos? — Se fosse assim, deveriam ter chamado o evento de Floresta Assombrada em vez de Festival de Wildewood.

— Era uma floresta linda. — Os olhos de Zeke foram marejando à medida que se recordava do passado. — Como não havia elfos para fazer o Lorem Arboral, a energia e os espíritos das árvores derrubadas continuaram assombrando estas terras, e algo os despertou. É um dos motivos pelo qual não quero que você se aproxime do unicórnio. Ele é poderoso e protege a floresta, e pode não hesitar em usar a sua magia para servir aos propósitos dele.

Keelie sentiu um calafrio na espinha.

— Não tem outro Barrete Vermelho aqui, tem?

— Não. Nada de duendes malignos. Só a gerente do festival, para a qual não estou preparado. Ela é uma fera.

A filha sentiu uma ânsia quando o pai mencionou o unicórnio. Sabia que ele estava na floresta, e embora Zeke a tivesse prevenido a respeito de seu carisma, ela não queria resistir à tentação de ir até o bosque. Que mal a criatura podia lhe fazer? O pai observou a filha com uma expressão desconfiada, que dizia: *sei que vai aprontar algo*. Se ela pretendia mesmo ia à a floresta, teria que distraí-lo.

— Por que os carvalhos estavam jogando nozes na Lulu? Ela é muito legal. — A dona dos fantoches ficara assustada, com razão, por causa daqueles frutos.

— Eu não sei. Ela é nova. A loja de fantasias infantis ficava ali, só que o dono adoeceu na primavera. A gerência penou para encontrar alguém para ficar no lugar dele, e a Lulu estava procurando um novo local para sua loja de fantoches.

— Ela é uma elfo? — Não parecia, e era até legal demais para ser, mas havia algo mágico a seu respeito.

— Não, é humana, mas me deixa pouco à vontade. Parece estranha. Fique longe dessa mulher até eu saber do que se trata, entendeu?

— Mas ela é gente boa! Gostei dela.

— Keelie!

— Está bom, mas posso pelo menos comprar um daqueles bonecos? Gostei do unicórnio de colocar no ombro. — A mãe teria comprado um para ela. Adorava animais de pelúcia. Instantes depois, lágrimas quentes rolaram pelas maçãs do rosto de Keelie, como se estivessem em piloto automático. Ela odiava quando começava a chorar do nada.

Zeke pegou um punhado de lenços de papel do bolso e o passou para ela. Naqueles dias sempre tinha um pacotinho deles, para a filha chorosa.

— Sinto muito. — Ela assoou o nariz.

— É normal, Keelie. Você ainda está triste. Três meses não é muito tempo. E passou por maus pedaços desde que a perdeu, também.

— Nem me fale. Tipo descobrir que não sou uma humana? — Aquilo tinha sido um choque.

— Metade humana — corrigiu Zeke. — Pode ser ótimo para você fazer algo além de ficar na loja. Eu tenho que ficar aqui, preparando tudo para o dia da abertura e esperando a chegada do Scott, mas você não precisa. Por que não procura um trabalho?

— Eu só queria perambular por aí.

— Se você trabalhasse no Festival, podia ganhar alguns trocados. Já vi nos seus olhos o brilho de quem quer comprar.

— Que coincidência. Eu estava mesmo na Lady Annie, dando uma olhada nas botas.

— Você já tem a da sua mãe e a que Janice lhe deu. Por que não compra um arco e flecha e começa a aprender essa arte?

— Arco e flecha? — Só mesmo um elfo para achar que isso era divertido. E claro que ele ressaltaria que ela já possuía dois pares de botas. Simplesmente não tinha a menor noção de calçados e mulheres. Dois pares não bastavam.

— Pensei em usar um pouco do dinheiro que a mamãe deixou para mim. E, além disso, não são tão caras.

— Já vi o preço daquelas botas. — Zeke arqueou uma das sobrancelhas, com se achasse engraçado ela querer outra. — Mas, se realmente as quiser, pode arrumar um emprego.

— Acabei de encomendar um par. — Keelie assoou o nariz ao lhe revelar isso, na tentativa de disfarçar as palavras.

Não colou.

— Espero que esteja brincando. — O tom de voz dele elevou-se ao volume do "está de castigo".

Keelie não podia acreditar que o pai queria comprar uma briga. Era ela que estava tendo que morar num cubículo com ele e o gato dele, sem geladeira e sem banheiro, há três semanas. A filha tinha apontado para o pai toda loja de tatuagem e piercing em oito estados, e ele passara direto por todas, os olhos fixos adiante, sem nem dar uma espiada no que ela estava mostrando. Ela *merecia* aquelas botas.

— *Fiz* a encomenda, e Lady Annie já cortou o couro. — Na verdade, Keelie não sabia se a mulher já começara mesmo, mas podia ter iniciado o trabalho. Tarde demais agora.

— É mesmo? — A face de Zeke estava pálida, mas Keelie notou que o pescoço dele começava a esverdear. Não era normal.

— Você está bem, pai?

— Não mude de assunto.

— Está bom, é o meu assunto favorito, neste momento. Tenho grana no banco, então, qual é o problema? A bota é muito maneira, com desenhos de folhas e nozes de carvalho, que vão combinar com a loja. — Embora ela talvez tivesse de reconsiderar se queria os frutos, após o mais recente incidente.

— Keelie, esse dinheiro é para a sua universidade. Se quiser a bota, vai ter que trabalhar para pagar por ela.

— Como é que é?

— Você me ouviu. Vai ter que trabalhar para comprá-la.

Ela ficou boquiaberta.

— É o meu dinheiro. Posso fazer o que quiser. Vou ligar para a sra. Talbot, que vai dizer para você que posso gastar aquela grana como eu bem entender.

Zeke deu de ombros.

— Ligue. Ela vai lhe dizer que você não pode tocar no dinheiro até fazer 18 anos.

Knot largou o frenético hockey com nozes e se sentou na frente de Keelie, para lamber o traseiro.

— Tá legal. Vou ligar. A mamãe teria deixado eu comprar aquela bota. — As lágrimas voltaram.

O pai pegou o pé de cabra e abriu a tampa do caixote mais próximo com mais força do que necessário. A tampa voou e ricocheteou numa coluna, quebrando no chão depois.

— Você está morando comigo agora. A srta. Finch, coordenadora do festival, tem um escritório no prédio da gerência. É a encarregada das contratações.

Lágrimas frescas fizeram Keelie enxugar os olhos, e ela assoou o nariz com o lenço umedecido por elas.

— Está brincando, né? Quer que eu arrume um emprego?

— Srta. Finch. Vá. Agora. — O pai ficara sério.

— Ah, então está bom, Zeke. Vou levar cem anos para quitar a bota trabalhando só nos fins de semana. — Ela lhe lançou um olhar furioso. Tinha acabado de rebaixá-lo ao tratamento pelo nome. Nada de chamá-lo de pai até ele agir como tal.

— Você precisa aprender como é importante trabalhar para conseguir algo. Sempre recebeu tudo de mão beijada.

— Como ousa? A mamãe me amava. Cuidava de mim. — Keelie deu a volta e começou a andar, afastando-se.

Seu pé direito tropeçou na noz do gato, e ela se estabacou no chão, batendo os dentes dolorosamente. Sem fôlego e sobressaltada, a garota concentrou-se em respirar fundo e expirar devagar, sentindo muita dor no cóccix.

O pai deixou de lado o pé de cabra e correu até a filha.

— Você está bem?

— Estou viva — resmungou ela, abalada demais para se afastar quando ele a ajudou a se levantar. A noz saiu debaixo dela e rolou no chão. O sádico felino laranja saiu saracoteando da loja, sem nem se dar ao trabalho de olhar para trás para ver o caos que tinha provocado. Ele, pelo menos, comportava-se do seu jeito de sempre.

Keelie foi mancando até o final da rua, examinou o mapa do Festival de Wildewood e encontrou a gerência. Sabia que não ia adiantar nada ligar para os advogados. Nunca deixariam que ela pegasse o dinheiro. O pai lhe lançara um desafio, e agora seus planos de um verão à toa tinham ido por água abaixo.

Logo, ela estava na frente de uma cabana branca, que devia ter feito parte, um dia, da área de exploração de madeira. Uma placa na porta dizia "Contratação". Knot passou por Keelie num piscar de olhos e parou na varanda. Ela subiu a escada, mal observando os vasos de ervas dos degraus.

Olhou com raiva para Knot. Era o cúmulo da ousadia mesmo, ele a seguir como se estivesse preocupado. Ela provavelmente ficaria com hematomas a semana inteira, por causa da noz idiota dele.

— Você nunca, jamais vai dormir comigo de novo.

Ela se deu conta de que estava gritando quando viu dois caras lindos de jeans e camisa polo pararem para fitá-la, bem como uma adolescente de cabelos longos, de tom castanho. A garota lhe lançou um olhar ferino, do tipo que Keelie estava acostumada a dar, e não a receber, e que dizia "você é uma tremenda babaca". O trio se entreolhou de um jeito que deixava claro o que pensava: "Que vacilona".

Keelie revidou na hora, colocando a mão no quadril e encarando-os com um "quem foi que disse que podiam ficar me olhando desse jeito?". Se Laurie estivesse ali, com certeza os surpreenderia com um comentário sarcástico.

O trio captou a mensagem e seguiu seu caminho. Keelie ouviu a garota comentar:

— Não é incrível eu ter conseguido um trabalho na Francesca?

Francesca, a loja mais legal do Festival da Renascença.

Ali estava um lugar em que ela podia trabalhar. Keelie adorava as roupas de lá — interpretações fantásticas da roupa de época. Um ponto ultramaneiro de trajes para a galera renascentista, o equivalente a La Jolie Rouge do festival. O tipo de roupa que ia combinar perfeitamente com a sua bota.

Keelie fez uma expressão de dor ao terminar de subir a escada da varanda. Precisava de um guardião para protegê-la do seu suposto guardião. Knot se sentou à porta, como se a desafiasse a entrar.

— Xô! — Ela o afugentou com o pé. Ele ronronou.

A porta de madeira abriu de supetão, e uma brisa fresca surgiu. A gerência tinha ar-condicionado. Não era justo. A brisa agradável se tornou um gelo quando Keelie ergueu o olhar e fitou uma mulher grandona, com cabelo de um tom ruivo intenso e olhos verdes vistosos.

— O que diabos está fazendo? Ia bater ou só ficar aí parada? — Pelo visto, o dia da mulher ia de mau a pior e ela estava prestes a descontar em Keelie.

— Vim procurar um emprego — conseguiu informar a garota, num tom de voz estridente.

As sobrancelhas ruivas da mulher estreitaram-se quando ela olhou Keelie de cima a baixo, para, então, fitá-la diretamente.

— Quantos anos você tem?

— Quinze.

— Hum. Eu a conheço?

— Sou Keelie Heartwood. Meu pai é...

— Zeke Heartwood. — Seu tom de voz frio se tornou mais caloroso. — Você é um deles. Entre, os outros estão lá dentro. Espero que o seu pai possa dar um jeito naqueles carvalhos agressivos.

Keelie seguiu a mulher, que também usava jeans, mas com blusa branca e corpete com estampa de tapeçaria. Notou que ela usava uma bota da Lady Annie. Um sol vermelho nascente, sobre uma cordilheira preta, fora lavrado no couro marrom que aderia às panturrilhas supergrossas dela. Mais decidida que nunca, Keelie sabia que trabalharia para conseguir uma daquelas botas. Mostraria a Zeke que era capaz de fazê-lo.

A mulher posicionou-se a uma escrivaninha de metal comum, de escritório, e se deixou cair numa cadeira giratória. Não havia nada de renascentista naquilo. Ela fez um gesto em direção a uma poltrona forrada de couro com a espuma aparecendo no banco rasgado.

— Quer dizer que é a filha de Zeke Heartwood.

— Isso mesmo.

— Sou a srta. Finch. Por que quer trabalhar no Festival?

— Preciso ganhar uma grana.

— Por que não trabalha para o seu pai?

— Ele tem um aprendiz. Achou que seria melhor se eu fizesse um troco diferente. Quer que eu conheça pessoas novas e passe por experiências distintas.

Ela deu um largo sorriso.

— Tenho o emprego perfeito para você. Sabe que está vindo um pouco tarde. Quase todas as vagas foram preenchidas.

Keelie inclinou-se para a frente.

— Eu também tenho um ótimo emprego em mente. Tem alguma posição disponível na Francesca? Adoraria trabalhar lá.

— Sinto muito. Acabei de dar a última vaga a uma garota que acabou de sair daqui, há alguns minutos. Deve ter visto. Louca por shopping. Do tipo que adora Abercrombie & Fitch.

Keelie ficou imaginando se Knot iria urinar na garota no seu primeiro dia de trabalho. Talvez se o subornasse com erva-dos-gatos. Daí ela podia dar um pulo lá e mostrar para aquela galera da Francesca do que era capaz. Talvez já estivesse com a sua bota até lá, e se entrosaria numa boa com as designers do festival. Uma imagem dela montada sem sela no unicórnio cruzou por sua mente. Mais uma vez, sentiu a ânsia de ir até a floresta. Obrigou-se a se concentrar na sobrancelha ruiva arqueada da srta. Finch.

— Então, o que é que tem em mente para mim?

— Já ouviu falar em pau para toda obra?

— A-hã.

— Bom, você será a minha faz-tudo, trabalhando quando e onde eu precisar.

— Como assim? — Pelo visto, ou seria divertido ou péssimo.

— É o seguinte: um dia você poderá substituir alguém na justa e lidar com os cavalos porque algum escudeiro não pôde ir. Noutro vai servir coxa de peru porque um dos estudantes do ensino médio está de ressaca. Ou posso precisar que vá ao show de malabarismo porque o malabarista deixou cair uma bola na própria cabeça. Ou pedir que ajude Sir Salmoura com o carrinho de picles. Encaixo você onde for necessário.

— Carrinho de picles? Nem pensar. Tem certeza de que não tem nada mais? Um trabalho fixo, talvez?

— Bom, tenho uma vaga de auxiliar de faxina dos banheiros. — Ela se inclinou para a frente, os olhos fixos em Keelie.

A garota deu de ombros.

— Faz-tudo do Festival serve.

A srta. Finch se recostou.

— Ótimo. Seu primeiro serviço será amanhã, no dia da abertura, nos portões de entrada. Chegue às 8h30 para saudar os clientes.

Venha pegar sua fantasia na loja de indumentárias, hoje à tarde, e vou explicar suas funções.

— Fantasia? — Ela visualizou um vestido de arrasar. Seria maneiro. Qualquer que fosse a roupa, valeria a pena pelas botas.

— Plumpkin, o Bebê Dragão. — A srta. Finch fez um gesto com a mão, apontando para o outro lado da cabana. — Será o roxo e felpudo que está ali na loja. Acho que já devem ter lavado o vômito no ano passado. Do contrário, borrife um antiodor e pronto. Melhor levar logo o spray com você caso o cheiro volte.

Podia ser constrangedor usar um disfarce de dragão roxo e felpudo, mas entreter criancinhas era uma ideia legal. Só que o antiodor não tinha eliminado o fedor. Keelie pensou que aquele seria um bom momento para o unicórnio ir depressa até lá, perfurar seu coração com o chifre e acabar com a sua vida.

5

Naquela tarde, Keelie voltou às instalações da gerência. Ela sentiu o aroma reconfortante das flores no vaso à varanda. Janice comentara que a alfazema era usada para combater o estresse, mas as flores violáceas levaram a garota a se lembrar do que estava por vir: Plumpkin, o Bebê Dragão.

Ela passou sorrateiramente pelo escritório, sem a menor vontade de se encontrar com a srta. Finch de novo. No final do corredor havia uma placa: "Loja de Indumentárias". Quando abriu a porta, Keelie deparou com um formigueiro humano em polvorosa. A área estava lotada de mulheres. Uma esquelética, com os cabelos castanhos esbranquiçando, ia de um canto ao outro com uma fita métrica amarela ao redor do pescoço, uma alfineteira no pulso e um bloco e uma caneta na mão. Serpenteava pelas outras, que provavam fantasias.

Keelie se manteve na extremidade da sala, dando uma olhada numa mesa de plástico cheia de peças luxuosas de veludo, renda e seda. Havia cabideiros repletos de mantos, vestidos femininos volumosos e gibões masculinos. Uma mulher cortava um tecido numa mesa longa e alta, à altura da cintura, usando moldes rígidos de plástico. Ninguém prestou atenção em Keelie, o que foi ótimo. Ela queria pegar logo a fantasia de Plumpkin e dar o fora dali.

Estandartes de tecido decoravam as paredes. Aquelas bandeiras longas e pontudas eram apresentadas pelos cavaleiros antes das justas. Em uma delas havia galhos de tom cinza estilizados, aplicados em fundo preto, e as palavras "Justa dos Ramos de Prata". Ao lado havia uma verde, com um falcão prateado. A insígnia de Sean do Bosque. Keelie deixou escapar um suspiro e pensou nele no Festival da Renascença. Naquele momento, ele devia estar treinando duelos com os outros justadores, com o emblema do falcão prateado no peito. A garota torcia para que ele tivesse sentido tanta falta dela quanto ela dele.

Keelie perscrutou o ambiente, tentando localizar a fantasia de Plumpkin. Não estava ali. Sobressaltou-se quando viu a cabeça de um unicórnio no canto, mas logo percebeu que era apenas uma fantasia realista. A imagem do unicórnio de verdade formou-se em sua mente; ela fechou os olhos quando sentiu a ânsia de encontrá-lo tomar seu corpo, suprimindo o burburinho e as pessoas na loja de indumentárias. Talvez o pai tivesse razão, e o unicórnio a houvesse enfeitiçado.

Não! Ela precisava se concentrar no trabalho de faz-tudo. Já havia encomendado a bota e mostraria ao pai que ganharia o dinheiro para pagar por ela. Quem sabe depois que provasse que era uma garota responsável, o velho Zeke a deixaria ter aulas de direção. Ela, então, iria até a cidadezinha de Canooga Springs. Quem sabe ela poderia comprar um celular ali.

Três lindas elfos subiram em banquetas acolchoadas, ficando mais altas que as humanas abaixo. Então, outra garota subiu numa otomana almofadada, jogando os cachos dourados por sobre o ombro. Elia, a que se considerava a perfeição em pessoa.

Keelie congelou. A Elfo Perfeita lançou um olhar de escárnio e cochichou algo para as amigas. A simples ideia de ter até mesmo de falar com aquela garota a deixava doente. Fora Elia que amaldiçoara Ariel. A coragem do falcão acabou por inspirar Keelie; não teria medo.

O grupo não a vira ainda. Ela só precisava pegar a fantasia de Plumpkin e dar o fora dali. Mas, então, as elfos se viraram para olhá-la com o mesmo desdém. Estavam lá de pé, de calcinha e sutiã, sem o menor pudor, como modelos de biquínis prontas para posar para um fotógrafo, cientes de sua perfeição. Keelie desviou o rosto. As três podiam não estar constrangidas, mas ela estava. A mulher da fita métrica voltou, com os braços cheios de sedas e brocados.

— Bom, meninas, vamos provar estas. Sem alfinetes desta vez. Está tudo alinhavado. Se precisarem de ajuda, é só falar.

— E eu vou ter que amarrar isto aqui sozinha? — O tom de voz afetado de Elia fez Keelie apertar os dentes.

Os ombros da costureira encurvaram. Nem bem se afastara um metro e meio e já tivera que voltar para dar um laço na roupa, afofar as mangas e ajeitar as saias de Elia.

As fantasias eram lindas. A de Elia possuía uma saia de seda com camadas alternadas de tom roxo e brocado dourado, com adornos de contas brilhantes, cor de ametista, em cada uma delas e na bainha. O corpete podia ser considerado uma obra de arte, com a combinação de três faixas diferentes de brocado. Parecia um traje reformado da Francesca. Keelie pensou melancolicamente no emprego naquela loja. A vida era tão injusta!

Então, notou que Lady Annie estava sentada no chão, medindo os pés de uma das garotas. A elfo metida e insuportável e cia. iam mandar fazer botas personalizadas. Keelie tentou evitar que sua inveja transparecesse.

Lady Annie ergueu os olhos e sorriu.

— Keelie, que bom ver você de novo. Cortei sua bota hoje de manhã. Não falei que isso ia ficar uma loucura? Veio pegar uma fantasia?

— A-hã. Arrumei um trabalho. — Ela torceu para estar parecendo normal.

— Ah, quer dizer então que a Orelhinha Redonda veio trabalhar como a camponesa que é, na verdade? — A voz de Elia fez-se escutar em meio às elfos, que mandaram a amiga ficar quieta, dando risadinhas.

Keelie imaginou a costureira estrangulando Elia com um rolo de renda e sorriu.

— E quem você será? Claro que trabalhando também? — Teria acrescentado "Orelha Pontuda", mas tinha prometido ao pai não revelar o segredo dos elfos, independentemente do que as elfos fizessem. Além do mais, Elia tomaria aquilo como um elogio.

— Sou a princesa do festival — respondeu a garota, agitando a saia de seda. — Não chega nem a ser um trabalho. É ótimo.

Suas pequenas clones davam risadinhas, feito duas idiotizadas.

— Vou ser a princesa Eleanor de Angouleme, a noiva do príncipe João — prosseguiu Elia, ajeitando as saias, cheia de si.

Keelie não se intimidou.

— Que trabalho mais chato. Vai ficar olhando todo mundo se divertir. Não poderá nem andar a cavalo. Ouvi dizer que Tarl, o cara do Show de Lama vai fazer o papel de príncipe João. Não é legal? — Ela sorriu por dentro, sabendo perfeitamente o que a convencida e presunçosa elfo achava de Tarl.

Elia bateu o pé e deu a volta, esbarrando sem querer com o cotovelo no queixo da costureira, que, após um "ai", deixou cair a tesoura, cuja ponta, por sua vez, foi parar no dedão de uma das elfos, que estava de chinelo.

— Sua desastrada, acabou me cortando! · gritou a garota. Ela tirou na hora o pé do chinelo, atingindo o peito de uma das amigas com seus gestos descontrolados.

Aquilo deve ter doído à beça, pensou Keelie. Os pés da elfo eram brancos e estreitos, e precisavam urgentemente de um trato.

Uma das elfos do grupo quase teve um troço quando viu a tesoura.

— Você vai perder o pé!

— Cale a boca, não vou nada! — vociferou a outra elfo, temerosa.

— Falem baixo, meninas. Vocês parecem mulheres de pescadores. — A srta. Finch as fuzilou com os olhos. Ela carregava uma fantasia de pelúcia roxa, cheia de purpurina, dobrada sobre o braço esquerdo, e trazia um frasco de antiodor pendurado no punho, que lembrava um presunto.

Com a mão livre, ela arrancou a tesoura do chinelo da elfo e entregou-a à costureira rubra. Cada vez que se movia, uma chuva de purpurina se despregava da fantasia.

O sapato de Elia recebeu uma dose generosa do pó metálico, o que levou a garota a limpá-lo na otomana, como se estivesse coberto com fezes de cachorro.

— Você tem que despedir essa mulher. — A elfo apoiou os punhos pálidos na cintura. — Se ela vai ficar por aí mutilando as pessoas com a tesoura, nem deveria estar trabalhando aqui. É uma desajeitada, e não quero que chegue perto de mim. E, srta. Finch, como já vai estar com a mão na massa, aproveite para demitir Keliel Heartwood. Aonde quer que ela vai leva maldições. Viu o que acabou de acontecer? Culpa dela.

As outras garotas começaram a cochichar entre si, parecendo uma minimáfia colérica de elfos.

Os olhos da srta. Finch lampejaram, e ela contraiu os lábios.

— Princesa, cale o bico! — Sua última palavra ressoou na sala.

Pasmas, as elfos ficaram quietas.

A srta. Finch empurrou a fantasia fedorenta de dragão na direção de Keelie.

— Tome. Coloque esta, e passe um monte de desodorante, porque amanhã vai fazer um calorão. Usei um frasco inteiro de Febreze; é o melhor que podemos fazer.

A elfo ruiva retorceu o nariz.

— Eca, é a fantasia que o nojento do Vernerd usou no ano passado.

Uma das garotas deu um passo atrás.

— Vernerd, o Verminoso, foi o escudeiro que transmitiu piolhos para os justadores. Foi rebaixado para dragão depois disso.

Keelie olhou para a fantasia murcha. *Rebaixado? Piolhos?*

Elia pôs as mãos no quadril de novo.

— Então essa roupa ainda pode estar cheia de piolho. — Ela gesticulou com a mão. — Fique bem longe de mim, camponesa.

A srta. Finch disse, por entre os dentes:

— Piolho não vive mais que 48 horas sem um hospedeiro, e eu mandei você calar essa sua boquinha porque, se não fizer isso, será a princesa Resmungona no desfile dos pôneis e das crianças, junto com Plumpkin, aqui.

Dois pensamentos ocorreram a Keelie: ela participaria do desfile de pôneis e crianças e Elia poderia ser a princesa Resmungona, o que cairia feito uma luva nela. Ela teve um acesso de riso e pânico ao mesmo tempo. Pareceu meio incontrolável.

— Ponha a fantasia do dragão — mandou Finch.

— Agora?

— Sim. A gente não pode esperar até o Halloween.

Keelie começou a desabotoar sua camisa da La Jolie Rouge, lembrando-se do primeiro dia de educação física na sétima série. Naquele dia, quando tiveram de ficar de sutiã e calcinha, Laurie estava lá para dar uma força. Keelie praticamente não tinha peito naquela época, e a amiga dera uma bronca nas garotas que comentaram: "O que é isso no seu sutiã? Papel higiênico? Deixe a gente ver."

Agora ela já crescera, e seu busto também. Embora não tivesse mais que Laurie no quesito peito, tinha mais que Elia. E, felizmente, tomara banho na motocasa de Sir Davey naquela manhã.

Conforme o frio atingiu seu peito, um ponto manteve-se quente. Keelie olhou para o pendente de madeira, em forma de coração, que estava em contato com sua pele e a reconfortava, com sua magia.

Elia ficou pasma.

Keelie ergueu os olhos. As garotas a fitavam com olhos arregalados. Uma apontou direto para ela e cochichou algo para outra.

— O que foi? — quis saber Keelie, encarando-as.

Elia semicerrou os olhos.

— Você não merece isso.

— Vocês são malucas.

A elfo bateu o pé. Quase rosnou.

— *Eu* é que deveria estar usando este pendente, e você sabe por quê, *Orelha Redonda*.

— Acontece que eu o ganhei. Foi um presente. Pode esquecer. — Keelie pôs a mão na garganta, sentindo-se sufocada. Era o talismã. Precisava tirá-lo, ou a estrangularia. Estava prestes a fazê-lo, quando olhou de soslaio para Elia, que estava com um sorriso largo, de expectativa.

Sir Davey tinha lhe ensinado a respirar fundo sempre que sentisse qualquer tipo de ataque sobrenatural. A magia terrena ajudava, também. Keelie sabia do que precisava — do quartzo-rosa. Ela foi até o jeans e pegou a pedra lisa no bolso. No mesmo instante, a sensação de asfixia passou.

Contrariada, Elia bateu o pé de novo.

Keelie a fuzilou com os olhos. Aquela bruxinha tinha tentado manipulá-la com magia. A garota ergueu o quartzo-rosa e se perguntou o que aconteceria se ela o apontasse para Cachinhos Dourados. Talvez a elfo implodisse.

A srta. Finch se posicionou diante de Keelie e bloqueou sua visão de Elia. Mas a grandalhona não se deixou intimidar pelo olhar da elfo.

— Olhem aqui, vocês, seja lá quais forem os problemas que têm entre si, não os tragam para cá, nem para o Festival, tampouco os demonstrem para os mundanos, porque, se o fizerem, vou dar um chute no traseiro das duas e mandá-las lá para o Canadá, entenderam bem?

— Sim, senhora. — Keelie sabia que não deveria dizer o que realmente pensava.

Elia sussurrou algo.

A srta. Finch levou a mão à orelha.

— Não consigo escutá-la, Resmungona.

Elia suspirou.

— Sim.

A srta. Finch lançou-lhe um olhar ferino.

— Sim, o quê?

— Sim, senhora.

— Ótimo. Agora, deixe a Mona terminar o seu vestido. Elianard virá procurá-la em breve. Prefiro não vê-lo, e ele prefere não me ver.

Perguntando-se se a srta. Finch teria sido pirata na outra vida, Keelie meteu os pés na fantasia de Plumpkin e quase passou mal quando sentiu o cheiro do que devia ser restos de vômito seco.

— Eca. O que foi que houve aqui?

— Nada. A fantasia já foi lavada. — A srta. Finch se inclinou e sentiu o cheiro; em seguida, franziu o cenho e borrifou antiodor em Keelie e na roupa. — Vernerd gostava de farras e, às vezes, não conseguia tirar a fantasia a tempo. Adorava cerveja e hidromel, mas as bebidas não se davam com ele. Achei que a lavagem a seco daria conta desse fedor. — Ela inalou de novo. — Pelo visto, o antiodor também não está surtindo efeito.

— Posso usar a fantasia do unicórnio? — Keelie apontou para ela. Era muito fofa e felpuda, tipo os fantoches da loja da Lulu, algo que as menininhas adorariam abraçar; já os olhos de botão de Plumpkin giravam no sentido anti-horário, dando a impressão de que o dragão tinha fumado craque.

— Quem dera. — Finch deixou escapar um suspiro. — A gente ficou sem a parte de baixo por causa de uma melindrosa no ano passado. Como ela foi embora para se tornar corista, na certa está lá em Las Vegas com ela. A única que temos mesmo é a do dragão roxo, e a criançada está esperando ver Plumpkin. Que é você. Então, tape o nariz e feche logo essa fantasia. — Se os dragões pudessem assumir a forma de seres humanos, a srta. Finch seria um deles.

Elia e a sua galerinha tinham se reunido e cochichavam algo umas para as outras. Os olhares que lançavam para Keelie deixariam até um dragão nervoso.

Depois de se certificar de que a cabeça havia encaixado bem na garota e de lhe passar um texto, a srta. Finch voltou à sala dela. Keelie pôs as próprias roupas de novo. O cheiro de Vernerd continuava ali.

Levando a fantasia fedorenta, Keelie saiu da construção e passou por uma pequena trilha coberta de adubo orgânico de pinheiro. Era um caminho que ladeava a floresta e conduzia à área de acampamento. Ela podia levar a fantasia de Plumpkin até a motocasa de Sir Davey ou usar o acesso do Festival para mostrar ao pai a roupa ridícula. Talvez assim ele sentisse compaixão pela pobre coitada da filha dele, que ia ter que usar um traje no qual um idiotizado infestado de piolho tinha vomitado, por causa da ressaca. Se Keelie deparasse com a melindrosa que roubara a parte de baixo da fantasia do unicórnio, o chute que daria no traseiro *dela* é que a mandaria lá para o Canadá. Beleza. Agora dera para citar a srta. Finch.

Uma sombra perpassou pela trilha e bloqueou o sol. Keelie parou, sentindo ondas de expectativa percorrerem suas costas. *Ah, por favor, que seja o unicórnio!*

A figura saiu da floresta, mas se manteve à penumbra. Keelie recuou. Era Elianard, o lorde-elfo, pai de Elia.

6

Elianard ocupou um ponto repleto de raios de sol na trilha, iluminando sua veste luxuosa, ornada com árvores bordadas. Sua eterna e costumeira expressão de escárnio estava estampada no rosto.

A tarde mostrava-se misteriosamente silenciosa. Normalmente, o caminho entre a gerência e a praça de alimentação era bastante movimentado, mas não havia mais ninguém ali, além dela e de Elianard. O velho Escárnio-nard não a intimidava, mas se um gnomo de jardim com dentes afiados e Barrete Vermelho aparecesse ao lado dele, ela sairia em disparada.

— Achei que depois da sua última experiência, teria aprendido a lição sobre pegar caminhos que a levam a florestas escuras e profundas, Keliel. — A voz dele saíra grave, mais intensa que o normal.

Keelie se perguntou se Elianard tivera lições de tons vocais de vilão, para parecer mais ameaçador. Não dera certo. Ele deveria pedir o dinheiro de volta.

— O que quer? Está procurando por um livro que talvez tenha sido enterrado? — Keelie suspeitava de que ele usara uma obra proibida de tradições e magias dos elfos para evocar o Barrete Vermelho, no Colorado. Tanto o livro quanto o duende tinham sido aniquilados, mas, com o livro destruído, não restara prova do envolvimento de Elianard.

A fantasia de Plumpkin começava a pesar. Keelie colocou-a no outro braço, e o movimento fez os olhinhos do dragão rodopiarem.

— Nunca fale comigo nesse tom de voz! — Elianard fungou e torceu o nariz. — Que cheiro é esse?

— O seu? — respondeu Keelie. Ela não ia admitir que a fantasia fedia.

— Garota abusada — repreendeu ele. — Vou lhe dar um conselho. Fique longe da floresta. Não é lugar para mestiças. — Ele franziu as sobrancelhas ao se inclinar para a frente e inalar de novo.

— Ah, tudo bem. As árvores conversam comigo. Sou pastora delas, está lembrado? — Claro que Zeke tinha proibido que ela entrasse lá, mas o pai de Elia não precisava saber disso.

Elianard franziu o cenho ao analisar a fantasia de dragão de tom roxo que ela segurava. Purpurina espalhava-se no solo ao redor dela.

— Você é uma aberração da natureza. Nos velhos tempos, nós colocaríamos um ser insignificante como você numa encosta e a deixaríamos morrer de frio.

— O que explica por que a raça dos elfos prospera, contando com número tão grande de habitantes — ressaltou Keelie. — Vocês mataram seus melhores.

Ele ignorou o sarcasmo dela.

— Ao menos nossa linhagem é pura, ou, melhor dizendo, assim podemos considerá-la se ignorarmos a sua existência.

Ela não precisava continuar ali, conversando com aquele sujeitinho asqueroso. Tentou mover o pé para sair daquele lugar, mas não conseguiu. Foi como se sua perna estivesse envolta num concreto invisível e toda acorrentada. Keelie olhou de relance para Elianard, que sorriu para ela.

— Nossa conversa ainda não terminou. Não vá para a floresta. Se o fizer, pessoas que considere mais íntimas ou queridas podem se machucar.

— Está ameaçando a gente?

— Não. Estou sugerindo que caso se meta na floresta e interfira, as pessoas ligadas a você sentirão as consequências.

— Como assim, interferir? Com o quê? — Enquanto Keelie falava, sentiu o instinto guiá-la. Precisava usar o quartzo-rosa para romper a magia que ele estava usando para mantê-la no lugar.

Jogou a fantasia por sobre o ombro, pegou a pedra protetora no bolso da calça e tirou-a dali, mantendo-a no punho fechado para quebrar o feitiço. Nada aconteceu. Não a reação que esperava.

Elianard estreitou os olhos.

— A magia terrena não me impede. Acha por acaso que esse seu quartzozinho vai me afastar, como alho contra vampiro? — Ele riu.

— Claro que não vai surtir efeito. Pergunte ao seu pai.

— Perguntar o que para mim? Já lhe avisei, Elianard, fique longe da minha filha.

— Pai! — Keelie sentiu os joelhos enfraquecerem, por causa do alívio ou talvez do rompimento do feitiço, porque ela teve a súbita sensação de que as pernas tinham sido liberadas das correntes e do concreto invisível. A garota deu um passo para trás, a fim de recuperar o equilíbrio.

Elianard foi embora, andando.

Zeke franziu o cenho.

— Que idiota! Está cada vez mais ousado. Fique longe dele.

— É o que eu faço. Estava cuidando da minha vida, e ele me parou.

— Quero que fique no festival. Mantenha-se longe da floresta.

— Ele disse a mesma coisa. Tem a ver com o unicórnio? — Keelie sentiu preocupação com aquela criatura e, ao mesmo tempo, grande vontade de protegê-la. Se Elianard machucasse um só fio de cabelo dele, ela ia...

Bom, não sabia o que faria, mas tomaria uma atitude. Protegeria o unicórnio. Não queria outro ser ferido por causa de Elianard ou Elia, como acontecera com Ariel. Só naquele momento ela se alegrou pelo falcão estar na Pensilvânia e não ali, em Wildewood.

— Talvez. A magia dele, pelo visto, está mais forte. — Zeke fechou a cara, e seus pensamentos pareceram estar longe. — Os unicórnios são muito poderosos, à sua maneira.

Keelie deu de ombros, lembrando-se do chifre reluzente que vislumbrara naquela noite e dos comentários de Elianard sobre linhagens puras. Que tipo de feitiço seria necessário para ferir um unicórnio? O pai tinha razão. Elianard *era* um idiota.

— Cadê o Knot? Ele deveria ficar com você o tempo todo. — Zeke deu uma espiada no mato, como se o gato estivesse se disfarçado de arbusto.

— Sei lá. Talvez tenha ido até os pubs.

Ele olhou, contrariado, para a floresta.

— Vou encontrá-lo e, quando o fizer, ele terá muitas explicações a dar.

Keelie massageou a têmpora.

O pai franziu o nariz.

— Que cheiro é esse?

— Na certa, Elianard.

Zeke arqueou a sobrancelha, e os cantos de sua boca ergueram-se, num sorriso.

— Essa não é a fantasia de Plumpkin que Vernerd usou no ano passado?

Ela fitou-o, de olhos arregalados. Aquele era o momento de que precisava para fazer com que o pai se apiedasse dela.

— É sim. Acredita que estão me obrigando a usá-la? Pelo que me contaram, até piolho ele teve. — O pai não precisava saber que Elia tinha lhe dado essa informação.

Zeke acariciou o queixo, com expressão pensativa.

— Acho que me lembro de ter ouvido algo a esse respeito. — Ele começou a caminhar rumo ao acampamento.

Keelie acompanhava as passadas largas dele com facilidade. *Tal pai tal filha*, pensou.

— E?

— E o quê?

A sutileza não estava dando certo.

— Como pode deixar a sua filha única usar uma fantasia ridícula de dragão, infestada de piolho e fedendo a vômito? Cadê a preocupação? Cadê o amor?

— Sei que a Finch mandou lavar a fantasia a seco, então, já não está infestada de nada. E, quanto ao cheiro, não há nada que eu possa fazer a respeito, exceto talvez pedir que Janice recomende alguma erva ou óleo essencial para fazê-lo desaparecer. Vamos pendurar a fantasia na motocasa de Sir Davey. Quem sabe só precise arejar.

— Nem um furacão daria jeito nisto aqui. — Mas talvez a Janice pudesse ajudar. Conseguia fazer milagres com aquelas ervas. — A gente não pode enterrá-la e dizer para a Finch que já era? Além do mais, se a colocarmos para arejar, todo mundo da área do acampamento vai saber que sou o Plumpkin. Mal posso esperar para montarmos a nossa barraca. Ficar lá no trailer alpino não vai rolar.

— Más notícias sobre a barraca. Eu também fui arejá-la e está cheia de mofo. Tinha até cogumelo crescendo de um lado. Por sorte, Sir Davey diz que podemos ficar com ele.

Keelie quase se esqueceu da desastrosa fantasia roxa e fedorenta que segurava. Banho quente! E nada de dormir numa tenda mofada ou, pior, na casinha de conto de fadas sobre rodas.

Zeke sorriu.

— Usar essa fantasia de dragão vai ser uma grande lição para você, mais do que qualquer coisa que eu lhe possa dar.

— Ah, é? — Por que os pais adoravam essa história de lição de vida?

— Nada de sair por aí fazendo compras impulsivas, sem pensar bem nas decisões. Por falar nisso, já fiz o depósito de trezentos dólares da sua bota personalizada. Agora vai ter que trabalhar para pagar por ele e pelo restante também. O que significa que terá de usar uma fantasia de dragão roxa e fedorenta. Bem-vinda ao mundo da responsabilidade. Ah, e vou precisar de você lá na loja. Acabei de receber notícias do Scott. Ele não poderá vir.

— Como é que é? Não posso ter dois empregos. — Ela se imaginou na loja Heartwood, vendendo móveis com a abominável fantasia. Então, deu-se conta do que o pai dissera. Scott, o aprendiz dele, embora meio cerimonioso, era um cara legal. — Ele está bem?

— Finch me passou alguns recados. Scott aceitou um trabalho num festival da Califórnia e não vai continuar o aprendizado comigo.

— Aquele babaca! Ele se mandou e deixou a gente na mão. Você vai contratar outra pessoa?

— Não, a menos que apareça a pessoa certa. Preciso sentir a aprovação das árvores. — O pai só fazia móveis com as que tinham caído naturalmente. Ele as reconfortava durante a transformação na nova forma, dando às peças que fabricava um brilho natural notório até para os mundanos.

— Sabe, Zeke, isso parece meio pirado, até para alguém como você. — Apesar de tudo o que acontecera com o Barrete Vermelho no bosque perto do Festival de Montanha Alta, ela ainda não se sentia muito à vontade com a herança e magia dos elfos, que acabara de descobrir.

— Pelo visto, voltei a ser Zeke.

— Durante o período em que eu tiver que usar esta fantasia, *Zeke*. E quanto à aprovação das árvores, contrate alguém enquanto a pessoa certa não aparece.

— O que posso dizer, Ke-li-el? — Ele ressaltou todas as sílabas de seu nome elfo. Em seguida, deu de ombros. — Sou o Pastor das Árvores. E elas a amam. Você é a escolha natural para me ajudar. Além disso, não preciso pagá-la.

— Puxa, que sorte a minha. Não posso então trabalhar só para você e desistir do biscate no festival?

— Não. Você já assumiu o compromisso e agora terá de cumpri-lo. Por sinal, a outra mensagem era para você. Sua amiga Laurie ligou. Vai chegar no trem das 11, na sexta que vem.

Keelie olhou para a fantasia fedorenta pendurada no ombro. Tinha dois empregos e vivia numa motocasa com um anão, um elfo e Knot — ou o que quer que ele fosse quando não estava sendo um felino. Laurie seria a única a se lembrar da sua antiga vida em Los Angeles, com aulas de tênis, escola particular e compras nos shoppings. Ia rir quando visse como a amiga vivia agora. Keelie torcia para que as duas dessem boas risadas, juntas. Rir com Laurie era muito melhor que ser motivo de troça.

A fantasia fedia. Não havia como se acostumar com o mau cheiro de Plumpkin. Keelie estava parada logo após os portões de entrada do festival, cercada de inúmeras mocinhas, cavaleiros e Alegres Saqueadores com expressões esgotadas. Os funcionários do festival deviam interagir com a multidão, tentando animar os visitantes com a expectativa de diversão. Era evidente que alguns dos Alegres Saqueadores não estavam com energia para fazê-lo.

Lulu, trajando um vestido branco e asas brancas, diáfanas, de fada, distribuía balinhas para as criancinhas, algumas das quais estavam fantasiadas. Elas dançavam ao redor dela como borboletas em torno de uma penca de flores cheirosas. Keelie gostou de observá-las, mas não queria interagir mais com elas.

Havia uma marionete de unicórnio no ombro da Lulu, uma daquelas com peso para dar a impressão de que estava assentada. Ela usava um cordão longo, escondido, para mover a cabeça do unicórnio. O bichinho reluzia em meio aos raios de sol. Como se Lulu soubesse que Keelie a fitava, a cabeça com chifre de tom marfim virou-se para retribuir o olhar. A marionete piscou um olho lentamente e, em seguida, voltou a se concentrar nas crianças.

Então, Keelie pestanejou, perguntando-se se realmente tinha visto aquilo ou se fora um reflexo de luz. A mulher das marionetes era muito talentosa — e as crianças pareciam adorá-la. Ela saiu andando, ainda circundada pelos pequenos seguidores, exceto por uma menininha que, com as asas de fada tortas, olhava para o vazio.

Keelie se afastou um pouco para permitir a passagem de uma família e, mais uma vez, o pequeno unicórnio voltou a cabeça em sua direção, os olhos de botão a encarando, sem vê-la. Puxa, aquilo estava ficando esquisito demais. Ela se perguntou como Lulu fazia aquilo. Talvez pudesse trabalhar na loja de marionetes e descobrir. Qualquer coisa seria melhor que ser Plumpkin, o dragão.

O suor escorria por suas costas; Keelie pusera uma roupa de ginástica para evitar que seu corpo entrasse em contato com o interior felpudo de Plumpkin. Bolas de purpurina irritantes, das escamas, tinham caído na parte interna do seu sutiã, o que provocava uma coceira danada. Só que Keelie não tinha como coçar. Uma multidão tinha se reunido diante dos portões, e ainda faltavam trinta minutos para o toque de abertura das trombetas. Ela revirou os olhos. Deviam fazer algo de suas vidas, tomar um latte, qualquer coisa!

Várias garotinhas de collants e tutus cor-de-rosa, com asas de fada tingidas, correram na direção de Lulu e quase derrubaram Keelie.

Keelie estava desesperada de vontade de se coçar. Embora Zeke (ela continuava brava com ele), a srta. Finch e vários outros funcionários tivessem lhe assegurado que não restava mais nenhum piolho na fantasia, ela não se convencera.

Aquele poderia ser seu último dia na Terra. Poderia morrer de comichão e claustrofobia. Só conseguia ver o que a rede na boca do dragão permitia. Com certeza não morreria de fome, pois o cheiro de vômito dentro da roupa provavelmente a deixaria sem apetite para sempre. Jamais comeria de novo. Teria anorexia, e tudo por culpa de Zeke. Se ele tivesse deixado que ela sacasse parte do dinheiro de herança para pagar pela bota feita sob medida, poderia estar contando com a ajuda dela na loja. Tomara que ele ficasse sobrecarregado de clientes naquele dia.

Keelie ficou de costas para um bordo fininho e esfregou-se para cima e para baixo, usando a parte rígida do zíper para diminuir a coceira na escápula. A sensação foi tão boa que ela quase gemeu; daí parou, horrorizada. Estava agindo como Knot. Havia um troço espremido no interior da roupa, sob o pé direito dela. Keelie moveu os dedos. Algo tipo um pano.

Um grupo de mães conversava debaixo da sombra de uma árvore, cercado de um bando de criancinhas e bebês em carrinhos.

Um garotinho, que usava uma armadura preta, de plástico, fitou Keelie e gritou:

— Vou te matar, dragão malvado.

A sra. Finch tinha mandado Keelie fazer gestos exagerados, como um personagem de desenho animado, quando fosse lidar com crianças traquinas. Elas adoravam, tal como os pais. Então ela deu um passo atrás e ergueu os braços, como se estivesse com medo.

Plumpkin era o maior covarde!

No estado de ânimo em que ela se encontrava, se fosse um dragão de verdade, assaria aquele garoto. Um sujeito vestido como maltrapilho andou, cambaleando, em sua direção. Ele sorriu.

Eca! Aquelas cáries nos dentes da frente não pareciam falsas.

— E aí, dragão?

Keelie foi indo para o lado, disfarçadamente. Ele a seguiu.

— Dragão, espere aí!

Keelie parou e se virou e, colocando as patas na cintura, bateu o pé, o que estava com o pano enrolado no fundo.

O mendigo se aproximou.

— Sou Vernerd, o pedinte. Só queria saber se você por acaso encontrou alguns itens pessoais dentro da fantasia?

Ela balançou a cabeça. Os olhos salientes de Plumpkin chocalharam nas órbitas de plástico.

Vernerd ergueu a cabeça.

— Ah, bom. Vou te dar um conselho. Não deixa os Alegres Saqueadores meterem você no brinquedo Barril do Caos na festa depois do final do Festival.

Ela não falou nada, esperando que ele não ficasse sabendo quem estava dentro da fantasia.

Os menestréis reuniram-se num lado da clareira e começaram a tocar uma melodia animada, celta. Vernerd sorriu, expondo de novo os dentes podres. Keelie fez a observação mental de que deveria usar mais fio dental naquela noite.

— Essa é a minha deixa. — E ele saiu cambaleando.

Um cavaleiro passou por Keelie. Parou e deu a volta, daí caminhou em torno dela. Era um cara atraente, com cabelos castanhos presos em um laço. Usava uma longa túnica verde, sobre uma meiacalça da mesma cor, e luvas de couro pretas.

— Seu dragão, retire-se da Floresta de Sherwood, pois o bom povo de Nottingham precisa lidar com perversidades piores que vosmecê.

Keelie ergueu os braços, numa rendição falsa. O cavaleiro desembainhou a espada e pressionou a ponta dela no pescoço de Plumpkin.

— Devo matar o dragão?

Vários visitantes gritaram: — Não!

Uma vozinha sobressaiu em meio às outras:

— Mate sim.

Keelie sabia a quem pertencia. Ao sapeca de armadura preta.

— Dragão, o que me diz?

De novo, Keelie ergueu as patas, ou melhor, as garras de tom roxo, numa rendição simulada. Podia ouvir os olhos pretos de plástico rodopiando dentro dos envoltórios transparentes e redondos quando balançou a cabeça, implorando pela vida. Talvez, se o cavaleiro a matasse agora, não precisaria participar do desfile. Ainda assim, eles teriam que lhe pagar o salário.

O rapaz charmoso fez um gesto em direção à multidão.

— Bom povo, sua bondade me permite deixar esse dragão viver, mas o perverso príncipe João não terá a mesma sorte.

Uma fanfarra ressoou acima dos portões de madeira. Estandartes compridos e pontudos haviam sido pendurados nas trombetas longas e douradas que os trombeteiros sopravam numa direção e, em seguida, noutra.

O cavaleiro charmoso correu e subiu em uma pedra.

— Bom povo de Sherwood, fique sabendo que, segundo os boatos, o perverso príncipe João trará a sua nova noiva, a princesa Eleanor de Angouleme, para a nossa bela cidade. Mas vocês estarão seguros. Eu e os Alegres Saqueadores vamos salvar a boa gente de Nottingham da traição de Sir Guy de Gisbourne e do Xerife até o retorno de Ricardo Coração de Leão volte. E assim digo eu: Robin Hood!

Palmas ruidosas ecoaram detrás de Keelie. Ela foi para o lado e esbarrou em um dos Alegres Saqueadores, que a empurrou, afastando-a do caminho. Teria caído sentada se não tivesse agarrado o tronco de um bordo. Os galhos se abaixaram para equilibrá-la no momento em que a brisa aumentava. Keelie ergueu os olhos e viu todos os ramos das árvores ali perto oscilarem. Bom disfarce.

Obrigada, pensou ela.

Uma clorofila reconfortante preencheu sua mente. Ao contrário do que ocorrera com os carvalhos, Keelie não sentiu nenhuma raiva nem quaisquer outros problemas emocionais naquele bordo.

Um sujeito de vermelho, provavelmente Will Escarlate, gritou:

— Dragão, você está do lado dos Alegres Saqueadores ou do príncipe João?

E como é que ela ia saber? Não lera o roteiro e nem tivera aulas de improvisação.

De cima da plataforma de madeira, Tarl, o ex-participante do Show de Lama, acenou para a multidão abaixo. Agora usava um traje elegante, de veludo azul. Embora ele tivesse ficado bem sem o lodo, Keelie estremeceu ao se lembrar da silhueta em forma de batata de seu corpo nu, avistada pela tela da barraca em que ele "entretinha" uma frequentadora do Festival de Montanha Alta. Ela ficaria traumatizada pelo resto da vida — a imagem ficara gravada na sua mente.

Os olhos de Keelie ficaram marejados de novo.

Tarl ergueu os braços.

— Bem-vindos, moradores e visitantes, ao Festival de Wildewood. Hoje é um dia bastante especial, pois minha noiva está chegando. Vamos dar-lhe as saudações de Wildewood.

Mais fanfarra. *Isso, isso, vão em frente.* Keelie esperava ter um momentinho para ir até o banheiro e tirar o sutiã. Talvez isso ajudasse a coceira. Pela rede da boca de Plumpkin, ela viu um caixa automático e se lembrou do seu cartão. Se ela o encontrasse, talvez pudesse sacar grana o suficiente para pagar Zeke e quitar as outras parcelas da bota.

Caraca! Algo rígido deu um golpe no joelho dela. Ela quase caiu por causa da dor. Olhou para baixo e viu que o traquinas melequento, de armadura de plástico, tinha batido nela com a espada de madeira. Naquele momento o danado voltava correndo para a mãe.

Keelie se apoiou numa árvore, tentando minimizar o latejar no joelho. Mais fanfarra ressoou no alto dos portões. Ela observou enquanto a princesa Eleanor e suas damas de companhia uniam-se ao príncipe João na plataforma. Elia estava linda. Keelie contemplou com inveja cada detalhe, da saia ampla aos cabelos bem penteados e trançados.

A garota levou adiante seu roteiro de loura burra e estendeu a mão delicada para que o príncipe João a beijasse. Ela fez uma careta quando recebeu o beijo. Keelie sorriu por dentro. Elia tinha aversão a humanos. Keelie imaginou-a dando um beijo de língua em Tarl. Eca! Talvez ser dragão não fosse tão ruim assim.

O príncipe João soltou a mão dela e fez um gesto para alguém atrás dele.

— E permitam-me que lhes apresente minha adorável protegida, Lady Marian.

Uma jovem de manto verde passou por Elia, com a mesma expressão de desprezo dela. Caramba, uma elfo estava fazendo o papel de Lady Marian. A garota acenou para a multidão. Havia algo estranho nela, mas talvez por Keelie estar vendo o mundo pelos olhos-tela de Plumpkin. O rosto de Lady Marian parecia pouco definido.

Robin Hood gritou para o príncipe João.

— Você não é o verdadeiro soberano da Inglaterra. Ricardo Coração de Leão voltará e reivindicará sua coroa.

— Robin, meu amor — vociferou Lady Marian, de cima.

Minha nossa. Quem será que tinha escrito aquilo?

Robin estendeu a mão na direção de Lady Marian.

— Minha querida, coragem.

— Ah, mas quanta baboseira! — Pessoas viraram-se para Keelie com olhares reprovadores. Opa! Ela fizera o comentário em voz alta. Fosse como fosse, era obrigada a admitir que derreteria sob o olhar ardente de Robin, o que deveria deixá-la com sentimento de culpa, por causa de seu relacionamento com Sean, embora ele não tivesse ligado para ela desde que saíram do Colorado.

O príncipe João deu um passo à frente.

— Já chega. Lady Marian está sob minha proteção.

Caramba! Tarl estava bem no papel de príncipe João. Keelie ficou impressionada com seu talento para atuar. Lady Marian deixou cair o manto, revelando um vestido vermelho. Ali perto, Will Escarlate, que usava roupa da mesma cor, anuiu com a cabeça. Talvez Marian e Will comprassem na mesma barraca, Da Cabeça aos Pés. Por falar em pés, Keelie mal podia esperar para se livrar de seja lá o que estivesse enrolado sob o seu. Estava fazendo os seus próprios dedos coçarem. Uma daquelas coçadas profundas, com unha e tudo, aliviaria a irritação. Ela só precisava se livrar daquela comichão e da dor latejante no seu joelho, para dar continuidade ao trabalho.

Talvez prestar atenção no show ajudasse. Lady Marian tinha conseguido se livrar dos cavaleiros do príncipe João e se jogara nos braços de Robin Hood. Keelie observou com inveja, imaginando-se no lugar da elfo bonita.

O príncipe João se inclinou e gritou para Robin Hood:

— Até o final do dia, darei sua cabeça de presente de casamento à minha noiva.

Robin Hood, abraçando Lady Marian de forma protetora, bradou:

— Não, em vez disso, você cederá a coroa a Ricardo.

— Então, às dez e trinta, decidiremos o destino da Inglaterra na justa. O que me diz?

— Estarei lá. — Robin Hood ergueu bem alto a espada, e a multidão aprovou: "Hurra".

Por fim, o príncipe João disse para os visitantes aproveitarem o festival e o dia passado na Floresta de Sherwood. Os portões, então, abriram-se de forma majestosa.

Ah, legal. Festival era a maior diversão. Keelie resistiu à tentação de se coçar conforme a multidão se dirigia à entrada. Parecia até que haveria um prêmio para os primeiros que chegassem. Ela movia a pata roxa e fazia um gesto rumo aos portões, para as pessoas. A maioria das crianças mostrava a língua quando passava, ou gritava: "Fedorento!" Keelie estava com uma vontade irresistível de dar uns chutes em alguns deles.

Todos os funcionários do festival formavam fila. *Ah, o desfile idiota!*

Keelie não fazia a menor ideia da sua própria posição. A srta. Finch tinha dito apenas "vá até os portões de entrada".

Na fila, ela ficou atrás das Damas da Roupa Suja, um grupo humorístico que apresentava piadas sujas no palco de Mudville. Elas se viraram e apertaram os narizes com os dedos, e uma disse com falso sotaque carregado:

— Olhe, Molly, eis um dragão que precisa ser esfregado.

A outra mulher balançou a cabeça.

— Dinheiro nenhum deste reino me faria lavar esse bicho abominável.

Um grandalhão, que lembrava um ogro, meteu-se na frente de Keelie. Tinha cabelos ruivo-amarelados e uma penugem de tom pêssego nas maçãs do rosto. Levava um bastão longo; arrotou.

— Perdão. Nós fomos a uma festa ontem à noite, e o meu estômago precisa de um pouco de hidromel para curar a indisposição.
— Ele deu uns tapinhas na barrigona, cuja protuberância estava felizmente coberta pela túnica marrom.

Keelie deu um passo atrás, porque não queria ficar na direção do vento e dos arrotos, mas reconheceu a voz profunda de barítono da cantoria que tivera de aguentar no acampamento, no Trailer Alpino.

A julgar pela aparência do gigante com carinha de bebê, aquele tinha que ser o cupincha do Robin Hood, João Pequeno.

Ele olhou para Keelie de soslaio e, então, fitou-a. Semicerrou os olhos.

A fanfarra tocou de novo, e o pessoal do desfile começou a se mover. Keelie seguiu João Pequeno. Do outro lado dos portões, todos os Alegres Saqueadores tinham se reunido no pátio junto com seu chefe, Robin Hood. O príncipe João e seus cavaleiros estavam no outro lado da clareira, olhando-os de cara feia, enquanto uma multidão se aglomerava para assistir ao espetáculo.

Lady Marian reunira vários admiradores, até mesmo sete garotinhas vestidas de princesas. Ela sussurrou algo para elas, que deram risadinhas. Então, apontou na direção de Keelie, que acenou para as menininhas.

Nenhuma delas retribuiu o aceno. Em vez disso, as menininhas pegaram varetas. Antes que Keelie pudesse reagir e dar o fora dali, Lady Marian e as princesinhas foram correndo na sua direção.

As princesas-ninjas atacaram Plumpkin. Bateram nele diversas vezes, atingindo-o nas costas, nas pernas e nos braços. Keelie levantou o pé rumo a uma delas, errando o alvo de propósito. A menina gritou, num medo simulado, e golpeou-a no joelho. A ponta de sua varinha piscante penetrou na fantasia. Keelie estava prestes a acabar de verdade com uma das princesinhas quando viu Robin Hood e João Pequeno caminhando na sua direção e na do bando de sapecas. Reforços. Keelie estava salva.

João Pequeno chegou primeiro e, uivando como um animal ferido, bateu com o bastão no traseiro de Plumpkin.

— Tome isso, seu desgraçado repugnante!

— Ai, doeu mesmo!

Ah, sim, os reforços tinham chegado. Para ajudar o lado errado!

7

Keelie tentou esfregar o traseiro machucado com as patas enluvadas e roxas, ao mesmo tempo que procurava se defender dos ataques.

De meia-calça vermelha e capa de cetim, o presunçoso Will Escarlate gritou:

— João Pequeno, afaste-se do dragão. Vou matá-lo para você.

Uma das princesinhas comentou:

— Esse dragão fede.

Robin Hood vociferou:

— Pare!

João Pequeno agarrou a cabeça de dragão de Keelie e puxou-a. Ela lhe deu um chute na canela. Pretendia atingir as partes íntimas dele, mas a perna não era longa o bastante. Will Escarlate pisou no seu pé. A garota já estava farta.

Gritou para ele e, quando deu um passo atrás, João Pequeno a puxou com toda a força. A cabeça saiu. Keelie respirou ar fresco pela primeira vez naquela manhã.

João Pequeno ergueu a cabeça de Plumpkin e deu um grito de vitória, como se estivesse no Canal de Lutas Renascentistas ou algo assim.

Gritinhos altos e berros ressoaram pelos portões do Festival conforme as garotinhas iam correndo até os pais. João Pequeno se virou e olhou chocado para Keelie, como se ela tivesse queimado as princesinhas. Então, jogou a cabeça de Plumpkin no chão. Pelo visto, a separação entre o que era e o que não era faz de conta no festival não tinha ficado clara para ele. Keelie não ficaria ali parada, esperando que o grandalhão se desse conta dela. Saiu correndo.

A srta. Finch falava ao telefone, numa conversa não muito agradável com alguém, enquanto Keelie aguardava, ansiosa, olhando para as fotos na parede. Havia fotografias dos funcionários do Festival de Wildewood, bem como de algumas das atuações. O pai de Keelie e Janice estavam em uma delas. Zeke segurava uma coxa de peru. Ela tentou não ficar prestando atenção na conversa da gerente, mas era difícil evitar.

— Bom, se quiser pode vir, não temos nada a esconder. Mas não traga equipamentos de teste que assustem os visitantes. Poderia vir durante a semana? — A srta. Finch arqueou uma sobrancelha e pegou papel e lápis. — Está bom, ficarei esperando a srta. Valentina Crepúsculo, da Câmara Municipal. Claro, pode trazer também alguém da Agência de Proteção Ambiental. Sei. Isso, nesta quarta-feira. — Ela anuiu, e seus olhos pareceram se arregalar ante o comentário da pessoa do outro lado da linha. — Obrigada. Aguardarei ansiosamente a visita. — A srta. Finch bateu com tanta força o telefone que os lápis do porta-lápis saltaram.

Keelie deu um passo atrás.

— Que tipo de nome é Valentina Crepúsculo? — perguntou a srta. Finch, o pescoço tão rubro quanto o rosto.

— Ah, não tenho muita certeza.

— Vou lhe dizer. Mais parece uma maldita stripper, não uma vereadora. Como se eu já não estivesse cheia de trabalho. Agora preciso encontrar um lugar para essa srta. Valentina e sua equipe, caso contrário a nossa falta de colaboração será observada, óbvio, e no futuro as malditas licenças necessárias para o funcionamento do festival não serão concedidas. Não lhe parece, por acaso, uma ameaça velada?

— Bom, acho que sim.

— Por que estou contando isso para você? E cadê a cabeça do Plumpkin?

— Eu perdi. — Keelie tentou parecer corajosa. — João Pequeno a arrancou.

— Como é que é?

— Ele pegou a cabeça.

A srta. Finch contraiu o maxilar e deu um soco na escrivaninha.

— Por que deixou que ele fizesse isso?

— O João Pequeno me golpeou com o bastão e arrancou a cabeça do Plumpkin. Acho que ele tem dificuldade de distinguir ficção e realidade. — Keelie queria se coçar.

— Eu sei, mas acaba atuando com muito realismo. — A srta. Finch pegou o walkie-talkie. — Está bom, vou chamar a segurança.

Ouviu-se um pouco de estática e, em seguida, uma voz masculina.

— Jackson falando.

— Ei, o Plumpkin está sem a cabeça. Preciso dela.

Por favor, que tenha sumido. Por favor, que tenha sumido. Por favor, que tenha sumido.

— Já estamos com ela. Está no Pronto-Socorro — disse Jackson.

— Ótimo. Traga aqui para a gerência.

A srta. Finch colocou o walkie-talkie de volta na escrivaninha.

— Você precisa estar na loja de marionetes da Lulu às 11h30. Tem que ajudá-la a atrair a garotada.

Keelie soltou um gemido.

— É preciso mesmo que as crianças batam em mim com varetas? Ela franziu o cenho.

— Elas estão batendo em você com varetas? Engraçado. Geralmente adoram o Plumpkin. Isso nunca aconteceu antes. Deve haver alguma novidade. O fedor?

— O que é que eu devo fazer quando começarem a bater em mim?

— Fazer? — A srta. Finch elevou a voz. — Fazer? Faça o que for preciso para que as crianças sorriam. Não as assuste, divirta-as.

Alguém bateu à porta.

— Pode entrar.

E chegou um cara barbudo e robusto, de camisa amarela, com "Segurança de Wildewood" escrito no peito. Ele entregou a cabeça poeirenta de Plumpkin para Keelie. O objeto revirou os olhos. Ela teve vontade de golpeá-lo. Talvez as criancinhas estivessem intuindo algo.

Seu "obrigada" não pareceu sincero.

O segurança deu um sorrisinho irônico.

— Algo mais, chefa?

— Não, só fique de olho em João Pequeno. Parece que ele acha que está mesmo na Velha e Animada Inglaterra.

Keelie ficou ali parada, segurando a cabeça de Plumpkin e fitando os olhos giratórios. Quem quer que tivesse desenhado aquela fantasia tinha algum problema mental ou uma predisposição para o sadismo.

A srta. Finch voltara a se concentrar na papelada. Olhou para Keelie.

— Você ainda está aqui? Se mande e vá divertir as crianças na Lulu. Já são 10h45. — Lidar com pessoas não era, definitivamente, seu forte.

Embora Keelie tivesse saído correndo, ainda chegara tarde lá. A Alameda Encantada fervilhava de gente. Em qualquer ocasião ou lugar que um ator atraía uma plateia, o trecho ficava repleto de mundanos. A loja Heartwood estava lotada. Keelie parou, perguntando-se se deveria mostrar a fantasia para Zeke. Imaginou-o tirando, cheio de remorsos, sua cabeça de dragão, e dizendo a ela que estava muito arrependido e lhe daria o dinheiro da bota. Até parece. Na certa, ele diria: "Você tem que aprender a ter responsabilidade, agora, vá lá para a loja de marionetes."

Uma mulher, que empurrava um carrinho de bebê, chamou-a.

— Plumpkin, quero tirar uma foto sua com a minha filhinha. — Sentada no carrinho estava uma bebê de dez meses, com o nariz escorrendo, cheio de um muco esverdeado. Ela deu um gole ruidoso no copinho com bico, daí jogou-o no carrinho e estendeu os bracinhos na direção de Plumpkin. Bom, Keelie gostava daquela menina. Não começara a se esgoelar, o que, estranhamente, fez com que a garota se sentisse melhor, depois de uma manhã de rejeição.

Knot escolheu aquele momento para sair saracoteando da loja de Heartwood. Passou diante de Keelie e se sentou na frente do carrinho; em seguida, dirigiu os olhos verdes para a neném e pestanejou. A menina começou a se mover para cima e para baixo no carrinho, abrindo e fechando as mãozinhas meladas e dizendo:

— Miau, miau, miau.

O gato virou a imensa cabeça laranja na direção de Keelie. Ela podia jurar que ele sorria maliciosamente. Então, o gatinho branco do outro dia apareceu, saindo correndo da área dos carvalhos. Sentou-se à margem da alameda e ficou observando. Tinha olhos azuis, mas o pelo mostrava-se falho, e ele parecia supermagro.

Uma família com duas criancinhas parou e admirou Knot, como se nunca houvesse visto um gato. O garotinho tentou alcançar o felino, que caminhava rumo a Keelie com o rabo empinado. Aquilo geralmente queria dizer "vai se ferrar". Knot se sentou na pata de Plumpkin, e o calor do seu corpo espalhou-se pelos dedos de Keelie. Ela não podia ver os pés quando estava com a cabeça do dragão.

A mãe da bebê se inclinou, tirou a menina inquieta do carrinho e caminhou na direção de Keelie.

Zeke saiu da loja, olhando aborrecido para Knot.

— Assim é melhor. É para ficar aí, sem desgrudar os olhos do Plumpkin. — Nada como contar com a compaixão do pai.

O gato balançou o rabo e, então, ronronou mais alto ainda. Não era bom sinal. Significava que aprontaria algo.

Para a surpresa dos mundanos, Zeke fez uma reverência graciosa.

— Este gato encantado recebeu a incumbência de proteger o dragão e mantê-lo em segurança.

Todos bateram palmas. Knot bocejou. Keelie levou a mão acolchoada à boca e balançou a cabeça.

A mãe entregou a câmera para Zeke e pediu:

— Pode tirar uma foto da gente?

Ele sorriu, e a mulher corou. Ela se inclinou na direção de Keelie e a neném pegou os olhos giratórios de Plumpkin.

— Digam xis — estimulou Zeke. A filha notou que o pai estava com olheiras. Ela não se lembrava de ter visto olheiras nele de manhã.

— Xis. — A mãe deu um sorrisinho de dentuça. A bebê espirrou e lançou a meleca em Plumpkin. Zeke tirou a foto. Um protesto chamou a atenção de Keelie para a loja de Lulu.

— Seu idiota! Deixe a minha loja em paz. — Lulu era uma mulher brava. Enrubescida e agitando o punho no alto, ela ameaçava um sujeito atarracado, com chapéu em forma de pepino e meia-calça verde, que saía correndo, com uma das mãos segurando o chapéu desengonçado e a outra segurando uma geringonça de madeira contra o peito. Uma mulher de calça xadrez verde o perseguia, esbaforida, empurrando um carrinho de duas rodas. O caminho percorrido por Lulu estava cheio de picles. Coitada. Primeiro nozes de carvalho, agora pepino em conserva.

Lulu foi para dentro da própria loja e, então, ressurgiu com as asas de fada brancas, fazendo uma marionete de dragão dançar diante de seu belo vestido longo branco. O toque de sinetas ressoou, e as crianças que estavam na loja de Heartwood correram na direção de Lulu, seguidos dos pais desnorteados. Keelie não imaginara que os bonecos fossem tão populares. Observou enquanto o bebê virava a cabeça na direção de Lulu. Os olhos brilhantes da criança ficaram vidrados na mulher das marionetes, em seu esplendor de fada madrinha.

Knot entrou saracoteando na loja de Lulu. Ela pareceu confusa ao vê-lo, seguido de Keelie, que, por sua vez, foi seguida pelo gato branco. Seu sorriso pareceu meio forçado.

— Aí está você, Plumpkin.

Keelie apontou na direção da sede da gerência. Esperava que Lulu entendesse que a srta. Finch a mandara até lá.

Um número cada vez maior de crianças se reunia na frente da loja de Lulu. Tinha-se a impressão de que o lugar as atraía como as melodias cativantes atraíam as que seguiam o flautista de Hamelin.

Lulu parecia pouco à vontade, e em sua pele surgiam estranhos caroços inflamados e avermelhados, com aspecto de mordida de mosquito. Keelie entendia o que ela sentia. Por causa do incômodo pedaço de pano na pata da fantasia e da purpurina, ela continuava a sentir uma tremenda comichão.

As árvores começaram a balançar.

Keelie sentiu um formigamento provocado pela magia verde. Beleza, agora alguma coisa estava acontecendo com os carvalhos. Eles estavam superdespertos. Ela esperava que não começassem a golpear os mundanos com as nozes. Chegara a hora de Zeke usar algum tipo de terapêutica de pastor das árvores.

De repente, Knot apareceu com um unicórnio de pelúcia na boca, com a etiqueta balançando. Deixou-o cair já fora da loja.

— Ei, parem aquele gato. — Lulu apontou para ele.

Pestanejando para ela com os grandes olhos verdes, Knot colocou a pata em cima do bichinho de pelúcia. Lulu saiu para a Alameda Encantada. Antes que Keelie pudesse avisá-la, uma chuva de nozes caiu em cima da dona da loja. Embora as famílias reunidas para ver o show houvessem saído correndo, não foram o alvo da ira dos carvalhos.

Keelie estava procurando pelo pai. Ele precisava pô-los para dormir. Ela não sabia como fazer isso.

Enquanto a garota arrastava os pés na direção da loja de Heartwood, desejando poder correr com aquela fantasia ridícula, o traquinas de armadura de plástico reapareceu. Rumou rápido até Keelie e começou a golpeá-la com a espada de madeira.

— Morre, seu dragão fedorento. Morre, seu dragão fedorento.

Onde é que estava a mãe dele? Keelie tentou saltitar e se apoiar ora num pé, ora noutro. O danadinho atingiu a parte posterior do seu joelho, e ela caiu de cara no chão. Em seguida, ele bateu diversas vezes em sua cabeça. A espuma de látex da fantasia amortecia a espada, mas Keelie não conseguia se levantar.

Dolorida e frustrada, ela gritou uma única palavra — uma que começava com a letra "B". Então, deu-se conta do erro assim que o termo escapuliu de sua boca. O garotinho sumiu do campo de vista de Plumpkin e foi substituído por uma mulher cuja boca formava um "O" mudo de choque.

Knot estava indo para a loja Heartwood, com o unicórnio de pelúcia na boca. Por todos os lados, pais chocados cobriam as orelhas dos filhos.

Lulu deixou cair a marionete de dragão e começou a se agitar.

— Fora. Se manda. Fora daqui. Essas crianças não precisam ouvir sua boca suja! Pode ter certeza de que vou contar isso para Finch!

Keelie se viu a caminho da gerência, preparando-se para enfrentar o verdadeiro dragão.

8

— **P**ode tirar! — A voz estridente da srta. Finch martelava nos ouvidos de Keelie.

— Hein? — Surpresa, Keelie tentou olhar para trás, mas só conseguiu ver o interior cavernoso da cabeça do dragão.

— Você me ouviu. Tire essa maldita fantasia. Agora!

Ela abriu o fecho de velcro, no pescoço, e tirou a cabeça de Plumpkin. Sentiu o ar fresco no rosto. A sensação do ar-condicionado era maravilhosa em sua pele, e o cheiro, fresco e agradável, sobretudo quando comparado ao fedor da fantasia.

Pelo visto, a srta. Finch não sentia os efeitos do ar-condicionado. O suor escorria por sua face, e cachos rebeldes de cabelo ruivo estavam grudados na sua testa. A impressão que se tinha era a de que a qualquer momento a mulher entraria em combustão. Ela pegou um walkie-talkie amarelo na escrivaninha e pressionou um botão vermelho na parte de cima do aparelho.

— Mona — gritou. — Traga uma daquelas fantasias do Churrasco no Espeto. — A srta. Finch deve ter compreendido os sons abafados que sobressaíram em meio à estática, porque jogou o walkie-talkie de volta na mesa e olhou aborrecida para Keelie. — Você está tentando fazer besteira de propósito? Sabe muito bem que não deveria ter dito aquele palavrão na frente dos mundanos.

Keelie ficou constrangida por ter perdido o controle, mas odiou receber a bronca, apesar de já esperá-la. Ergueu o queixo.

— É um termo de época, inclusive. Tem raízes anglo-saxãs.

A srta. Finch inclinou a cabeça, como um touro pronto para atacar.

— Estripar delinquentes também é de época. Você devia agradecer muito por termos bom-senso aqui e por eu ser famosa por minha ponderação, ou sua cabeça estaria enfeitando o maldito portão principal. — O rosto dela foi ficando cada vez mais vermelho. Ela parecia estar atiçando um fogo interno, prestes a cuspir fogo em qualquer um perto dela. — Soltar um palavrão na pele do nosso único personagem animado, o favorito das nossas crianças é um absurdo! — gritou a srta. Finch. — Tire essa porcaria de fantasia de Plumpkin. Não merece usá-la. De agora em diante, vai trabalhar na barraca do Churrasco no Espeto.

As janelas vibraram com os berros dela. Keelie quase pôde ver o suor da mulher evaporar.

A garota tirou depressa a fantasia, receando que, se não o fizesse, Finch a viraria de cabeça para baixo e sacudiria a roupa até ela cair. Ficou se perguntando se tinha feito tudo errado porque, no fundo, odiava ser Plumpkin. Seja como fosse, Keelie estava superfeliz. A barraca do Churrasco no Espeto não podia ser ruim. Nada de fantasia fedorenta. Mas o que será que fora aquilo no fundo da pata do dragão? Ela esticou a mão e pegou um pedaço de pano macio, preto, com listras amarelas e o sacudiu para ver o que era. Gritou e jogou-o longe.

— O que foi agora? — gritou a srta. Finch.

Keelie apontou para a cueca masculina encardida, de estampa tigrada, no chão. Algumas das listras iam em outra direção, suspeitosamente similares a marcas de freadas.

A gerente deixou escapar um suspiro.

— Vernerd estava procurando por ela. — Entregou a Keelie um frasquinho de gel higienizador. — Melhor você passar esse troço duas vezes.

A garota aceitou, dando de ombros. Aquilo era pior que piolho. Seu pé tinha estado em cima da cueca de um cara. E o pior era que, obviamente, ela havia sido usada por Vernerd.

A srta. Finch se recostou na cadeira.

— Talvez eu aposente o Plumpkin. Pensei em, quem sabe, usar fadinhas. Sabe algo a respeito delas?

Keelie fez uma careta.

— Mais do que você gostaria de saber.

A compleição da mulher voltava a ficar rosada, mais parecida com a de seres humanos.

— Bom. Faça alguns esboços delas e entregue-os para Mona. Ela vai começar a fazer as fantasias na semana que vem. Não é como se não tivéssemos mais o que fazer aqui. Se eu receber outra reclamação da princesa Resmungona, vou pessoalmente costurar os lábios dela.

Keelie estava começando a gostar da srta. Finch, apesar do seu temperamento. Pelo menos alguém mais não achava que Elia era perfeita e linda

— Não sei desenhar.

— Sabe fazer desenhos de palitinhos?

— Acho que sim. — Quanto será que a mulher sabia sobre as *bhata*? Essas fadinhas eram feitas de gravetos, folhas e fragmentos de musgo, mas a maioria dos seres humanos não podia vê-las.

A srta. Finch deu de ombros.

— Volte mais tarde, e vou lhe dar uns lápis de cor e papel de impressora para que os faça.

Alguém bateu à porta.

— Entre — ordenou a gerente.

Mona entrou com uma roupa enrolada debaixo do braço. Não parecia estar tão estressada quanto no dia anterior. Embora o rosto continuasse enrugado e demonstrasse preocupação, os ombros não se mostravam encurvados.

— Aqui está a fantasia que você pediu.

Ela entregou uma saia rodada e um corpete preto, de couro com estampa malhada e, para completar aquele desastre fashion, uma capa curta de vampiro, com gola alta e tudo.

Keelie achou aquela roupa de Conde Von Bovino quase pior que a velha saia amarela do Show de Lama, que tinha impressões de mãos vermelhas no traseiro e que ela fora obrigada a usar quando chegara ao Festival de Montanha Alta. A garota estremeceu.

— Você deve estar brincando.

— Não estou não. Ponha a roupa e se mande lá para o Churrasco no Espeto. Já passou do meio-dia. — A srta. Finch estalou os dedos várias vezes. — Encarregados do almoço. As pessoas estão esfomeadas. Ande logo.

— E os sapatos? — Keelie balançou o pé descalço. — A ideia de uma boa carne era apetecedora. Ela não tinha comido nada ainda.

— Mona, pegue uma meia-calça e uma bota.

— Venha comigo. — A costureira pegou uma meia-calça verde de uma estante em que havia uma pilha delas. — A gente tem um monte dessas aqui, por causa do tema deste festival, Robin Hood. — Ela deu um sorrisinho sem graça. — E esta é a única que sobrou no seu tamanho.

Keelie pôs a meia-calça, embora não combinasse nem um pouco com a fantasia. Ela estava parecendo um enfeite de árvore de Natal passado.

O sapato era um troço fenomenal. Não só destoava da roupa, como parecia ter saído de uma pilha rejeitada por um gênio: uma bota dourada brilhante, com arabescos de tecido lanoso que iam até a altura dos dedos.

Quando terminou de se vestir, Keelie pegou a roupa de ginástica suada, que usara sob a fantasia de Plumpkin. Mona gritou:

— Espere um pouco. Não se esqueça da sua correspondência. — Ela apontou para as várias cartas em cima de uma cadeira.

— Valeu.

Keelie pegou os envelopes meio desorganizados e os papéis e, em seguida, desceu a escada com todo cuidado, por causa da bota estranha. Logo ela, que já achara difícil passar pelas nozes dos carvalhos de sapato normal — ia quebrar a perna. Ela passou pela trilha que ladeava a floresta e se dirigiu ao acampamento, perguntando-se se Elianard estaria escondido no bosque, observando-a.

Pensar na floresta fez com que sentisse saudades do frescor clorofilado das profundezas do bosque. Uma súbita necessidade tomou conta da garota: precisava encontrar o unicórnio. Naquele exato momento. Keelie olhou de esguelha para as cartas e os papéis nas mãos, sentindo-se tentada a jogá-los fora e entrar correndo na floresta. A folha de cima tinha sido arrancada de um caderno e estava cheia de mensagens de telefone manuscritas.

A atração pelo unicórnio enfraqueceu quando ela leu o nome de Laurie. Começou a caminhar mais devagar e a ler. A amiga dizia que mal podia esperar para vê-la na sexta-feira! A breve alegria de Keelie acabou quando os arabescos soltos na ponta das botas douradas emaranharam. Ela teve que se esforçar para recuperar o equilíbrio e, então, olhou ao redor, depressa. Por sorte, ninguém pareceu notar.

Keelie continuou, apressada, acostumando-se cada vez mais a andar com a bota esquisita, a mente rodopiando, cheia de planos. Deu-se conta, de súbito, que com Laurie ali não poderia passar o tempo livre ajudando o pai.

Mas sua satisfação durou pouco, pois se lembrou do pai exausto de trabalhar. Há apenas algumas horas ele deu a impressão de estar pálido e esgotado. Não poderia dizer não para Zeke, embora quisesse, por um lado, que Laurie se divertisse e, por outro, provar a si mesma que a nova vida não era tão decadente quanto ela sempre a acusava de ser. Tinha a triste sensação de que sua vida seria uma loucura nos próximos dias.

Uma família, que passava por ela, riu quando o filhinho apontou para a roupa de Keelie e disse algo na linguagem de bebê. A garota contraiu o maxilar e prosseguiu. *Não era nada fácil*, pensou. Scott estava lá, no Festival da Califórnia, e ela, atrelada àquela viagem sem retorno rumo ao Churrasco no Espeto. Mas não podia se sair mal nesse trabalho. O festival devia ser considerado mais que um lugar em que se serviam alimentos e usavam fantasias ridículas, e o Churrasco no Espeto nada mais era que um passo rumo a uma boa grana e a um emprego divertido — talvez até na Francesca.

Para evitar ficar reparando nas reações dos visitantes que viam sua fantasia, Keelie resolveu checar o restante da correspondência. Havia envelopes comerciais — embora alguns dessem a impressão de terem sido feitos de papel alternativo, do tipo que se vê em museus — dirigidos a Zeke Heartwood, em uma caligrafia com aspecto desbotado.

Uma das cartas havia sido endereçada a Zekeliel Heartwood e o remetente fora a Floresta do Pânico. Ela reconheceu a caligrafia de um pacote que tinha recebido antes, no verão. Uma tristeza pareceu se infiltrar em seus dedos oriunda do envelope. Sabia que Keliatiel, mãe de seu pai, não escrevera para ela. Sua avó elfo não sentia pela neta o mesmo que a vovó Josephine. Sua avó materna gostava de ficar com ela, de levá-la para fazer compras e de lhe enviar cartões engraçados de vez em quando. Morreu antes da mãe e, àquela altura, parecia que tudo o que restava da antiga vida de Keelie findara — exceto Laurie.

Ela não esperava contar com os mesmos sentimentos calorosos por parte da avó Keliatiel. Afinal de contas, a mãe de seu pai era elfo, e os elfos diferiam dos seres humanos. Keelie se perguntou se a anatomia deles também podia ser considerada distinta. Na certa descobriria no outono. Como eram muito narcisistas, talvez tivessem espelhos no peito, em vez de corações. Ela não era como eles. Tal qual sua orelha direita arredondada, seu coração também podia ser considerado totalmente humano. Inclusive até demais, caso se levasse em consideração a dor que sentiu nos meses subsequentes à morte da mãe.

Keelie colocou a carta da avó embaixo da pilha de envelopes e rumou para a loja Heartwood. Lá, surpreendeu-se ao não encontrar nem o pai nem os clientes. Estranho. No Colorado, a marcenaria sempre ficava cheia de gente. A alameda, na frente, estava lotada de visitantes, e da loja de Lulu, ao lado, ressoavam risadas, já ali, o único movimento foi feito por Knot, que estava deitado de lado no balcão, asseando o unicórnio de pelúcia que roubara da loja de Lulu.

— Espero que o meu pai obrigue você a trabalhar para pagar por isso. — Keelie jogou a correspondência perto dele. — E aí, ele deixou você tomando conta daqui?

Para um mundano transeunte, o felino na certa pareceria um gato comum, de loja. Ele miou, um lamento meigo que terminou num tom mais elevado, como se fizesse uma pergunta.

— Não tem carta para você, Knotsie.

Keelie estendeu a mão para acariciá-lo. Ele lhe deu uma patada, com as unhas à mostra, mas ela puxou o braço a tempo.

— Pode ficar frio, que não vou tomar o seu brinquedinho. — O bichano resmungou. — Também Knot te amo. — Ela mesma riu do trocadilho bobo. O felino não pareceu ter achado graça, embora, como saber, no caso desses bichos? E foi quando Keelie viu o gato branco enrolado na entrada do quarto dos fundos.

Zeke entrou na loja, deixando para atrás um rasto de folhas de carvalho. Apoiou o corpo numa das colunas daquela área de exposição aberta e levantou um dos sapatos para desgrudar uma folha que estava presa na sola.

— Keelie, ainda bem que você está aqui, preciso da sua ajuda... — Ele parou de falar quando a olhou bem. Examinou-a de cima abaixo, até a ponta da bota de arabesco dourado. As pontas de sua boca contorceram-se. — Pelo visto você está com um novo trabalho, mas onde? Não estou reconhecendo a... há... fantasia.

— No Churrasco... — Ela apontou para o corselete com estampa de vaca leiteira. Daí, fez um gesto em direção à capa de vampiro. — No Espeto.

O pai deu uma risadinha, mas, na tentativa de evitar a gargalhada prestes a ocorrer, tossiu, cobrindo a boca.

— Estou muito orgulhoso de ver você dando um duro danado para me reembolsar o dinheiro da bota, mas também vou precisar da sua ajuda aqui. Até eu encontrar um ajudante, quero que fique aqui.

— Depois do trabalho? Nem pensar — protestou ela, por uma questão de princípio. Ela suspeitara de que ele necessitaria da sua ajuda, mas achara que contaria ao menos com alguns dias para se dedicar ao que bem entendesse antes de ter que mergulhar no mundo da madeira. Contraiu o maxilar. Mas, se não tentasse evitar esse serviço extra, talvez tivesse mais tempo para si mesma quando Laurie chegasse. — Está bem. Pode me dar os detalhes depois. — Keelie colocou a roupa de ginástica debaixo do balcão. — Posso deixar isso aqui? Estou atrasada.

— Claro. — O pai deu a impressão de estar cansado. — Obrigado por não reclamar. E boa sorte no trabalho.

— Vou ser a rainha... do gado. — O trabalho seria fácil, não fosse a fantasia humilhante. Keelie acenou, despedindo-se, e foi até a alameda, onde no mesmo instante seus pés afundaram até o tornozelo nas folhas de carvalho. Os ramos farfalharam sobre ela, e mais algumas folhas caíram, como se as árvores estivessem rindo dela.

Keelie lançou um olhar severo para o alto, daí foi na direção do trabalho, arrastando os pés para manter os frutos nas laterais de sua bota de sola fina. Seria perigoso andar normalmente naquele lugar. Os frutos escondidos ali pareciam bolinhas de gude.

Knot sentou-se à entrada da loja e pôs-se a observá-la dançar em meio às nozes dos carvalhos. Ela fez uma careta para ele.

— Pode se divertir, seu peludo. E nem pense em vir comigo.

O gato piscou para ela naquele estilo de código Morse felino. Keelie conhecia o bichano. Ele quis dizer: "Não só posso fazer isso, como vou, e você não pode me impedir."

Keelie o ignorou e rumou depressa para a praça de alimentação, caminhando tão rápido quanto podia, tentando não tropeçar. Knot a acompanhou, e ela notou que os mundanos apontavam para ele.

— É isso aí — sussurrou. — As pessoas nunca viram uma vaqueira vampira e seu guarda-costas felino esquisito antes. Pasmem, turistas!

A barraca do Churrasco no Espeto ficava na Praça de Alimentação do Rei, apinhada juntamente com umas vinte barraquinhas. A área lembrava muito a Alameda Encantada, exceto pelo aroma delicioso de diversos tipos de comidas.

A barriga de Keelie roncou quando ela sentiu o cheiro tentador de carne grelhada. Longas filas de gente se estendiam até a clareira, na frente de cada uma das barracas. Não sobraria nada para os atendentes, nem para os esfomeados sem grana. Ela não teria nem como fingir que não encontrara a barraca do Churrasco no Espeto: a placa pendurada sobre o balcão mostrava uma vaca dançante, com presas e capa preta.

Knot tinha sumido do pedaço, felizmente.

Entre as barracas do Churrasco no Espeto e da Morte por Chocolate havia uma cerca de madeira com um portão estreito, em que se lia "Somente camponeses". Ela levantou a frágil alavanca de madeira e se viu momentaneamente desorientada ante a visão de caminhões modernos de entrega, estacionados nos fundos das lojas. A ilusão da Idade Média não ia até ali, onde roncavam os motores de enormes refrigeradores de metal.

Um sujeito corpulento, de barba por fazer e avental sobre o jeans manchado, gritou para ela.

— Ei, garota do churrasco, vá logo até a barraca. Está atrasada. A Peggy está esperando por você.

Keelie bateu na porta simples, revestida de metal, do Churrasco no Espeto. Ela foi entreaberta, e a cabeça de uma mulher, com os cabelos grisalhos presos em uma trança no alto, apareceu.

— Já não era sem tempo você aparecer no trabalho. — Uma forte e calosa mão agarrou o pulso de Keelie e a puxou para a cozinha.

— Sinto muito, tive problemas com o meu uniforme. — É, fazia com que se sentisse enjoada.

Garotas esqueléticas, com camisetas do Churrasco no Espeto, grelhavam tiras de carne. Assim que elas as tiravam do fogo, um rapaz, cujas mechas de cabelos ruivos saíam fora da touca, pegava-as, espalhava um troço cheio de ervas, usando um frasco de temperos transparente, daí jogava-as numa bandeja quadrada de 60cm, que, então, era colocada no passa-pratos sob a janela.

— Eles te deram a fantasia errada, mocinha. Tire essa capa e pegue uma touca de cabelo.

— Touca de cabelo? — Mas Keelie tirou com satisfação a capa e a jogou para o lado. No mesmo instante, ela pegou fogo.

Irromperam gritos conforme Keelie tentou pisotear o tecido para apagar as chamas, mas então parou, receando que sua bota de lamê dourado derretesse nos seus pés.

Peggy jogou um jarro grande de água nas chamas e apagou-as, encharcando Keelie no processo. Agora ela se tornara uma vaqueira vampira ensopada. Beleza.

Olhares curiosos a observaram pelo passa-pratos. As garçonetes do balcão eram as que usavam as fantasias com capa de vampiro e corpete com estampa de vaca malhada. Devia haver uma exigência em relação ao tamanho do sutiã também, porque todas as garotas eram bem peitudas.

— Voltem ao trabalho — mandou Peggy, e a linha de montagem voltou a funcionar.

Uma loura robusta pegou a bandeja com os espetos de carne grelhada que estava no passa-pratos, e virou-se para servir os clientes. Na cozinha, todos os que lidavam com a grelha estavam acalorados e suados, movendo-se o mais rápido possível.

Peggy ignorou a roupa ensopada de Keelie.

— Quero que fique no lugar do Jimmy e passe o "adubo", como a gente costuma chamar, na carne. Não toque na comida, segure o espeto. — A mulher meteu o frasco de "adubo" na mão da garota e gritou para Jimmy: — Preciso de você na grelha. — E, então, virou-se para os outros. — Vamos lá, gente. Andem logo. Os clientes querem comer antes do torneio.

Keelie polvilhava o "adubo" picante na carne o mais rápido que podia. Tinha visto um frasco plástico de temperos idêntico num supermercado de vendas por atacado. Em questão de instantes ela já começara a fazer parte da linha de montagem da carne, o que a fez se lembrar de uma fábrica de desenho animado. Acabara de pegar o ritmo, ou assim achara, quando Peggy gritou:

— Anda, garota do adubo. Vamos lá. Mais rápido. Mais rápido.

Bastava acrescentar uns palavrões e Keelie estaria convencida de que a srta. Finch e Peggy eram parentes.

Keelie sacudiu mais depressa o frasco de tempero em cima da carne. Uma nuvem de condimentos espalhou-se ao seu redor. Ela começou a sentir uma coceira no nariz. Não espirre, pensou. *Não espirre.* Não adiantou.

Ela virou a cabeça para evitar a bandeja à sua frente. Seu espirro sobressaiu-se em relação ao burburinho da barraca e espalhou-se na bandeja de carne já pronta, prestes a ser levada ao passa-pratos.

Silêncio.

Como se não bastasse a nova interrupção da linha de produção do Churrasco no Espeto, um diminuto miau ressoou por ali. Keelie olhou para baixo. E todos os demais também. Knot estava sentado aos pés dela, os olhos verdes arregalados, lembrando os de um filhotinho. Ele colocou a pata na perna de Keelie, olhou-a e ronronou.

Algo estava acontecendo. Ela sabia por causa do tom, pois aquele não era o ronronado sádico de sempre, mas um suave, do tipo que faria a pessoa ter vontade de acariciá-lo, se não o conhecesse.

Alguém disse "caramba", mas recebeu a ordem de ficar calado.

Peggy foi até os dois, armada com uma vassoura.

— Nada de gatos. Nada de bichanos imundos e sarnentos!

O rabo de Knot balançava de um lado ao outro, os olhos semicerrados concentrados na mulher furiosa. Seu ronronado mudou, tornando-se mais alto e intenso. Peggy ergueu o braço, pronta para golpeá-lo.

Embora o gato fosse muito danado, Keelie não podia permitir que aquela mulher batesse nele com uma vassoura.

— Sinto muito. Vou tirar o gato daqui.

Peggy abaixou a vassoura e olhou-a, fula da vida.

— Esse gato é seu?

Keelie confirmou. Não adiantava negar.

— Sei. — A expressão de Peggy relaxou, e ela se apoiou na vassoura. Por um momento, Keelie sentiu esperança, mas, instantes depois, a mulher agitou a mão, com desdém. — Pegue seu gato e dê o fora da minha barraca.

— Está bem. Já volto. — Não demoraria muito ir dar um chute bem dado no Knot, mandá-lo para a floresta e voltar rápido.

— Nem se dê ao trabalho de voltar.

O coração da garota apertou.

— Mas eu acabei de aprender como espalhar o adubo mais rápido... — Não era justo.

— Fora. — Peggy apontou para a porta dos fundos. As outras meninas a fitaram, com expressão tão inteligente quanto a da vaca fantasiada da placa na entrada. — A gente usa a regra das três chances. Iniciar um incêndio, espirrar na comida, trazer o seu gato; pode se mandar, mocinha.

Os músculos de Knot se contraíram. Ele saltou no passa-pratos exatamente no momento em que Jimmy passava a bandeja seguinte de carne grelhada para a loura peituda. A garota com o corpete apertado demais deu um berro quando o gato pulou na bandeja, interrompendo o grito dela de: "Precisamos de mais carne!"

Knot caíra em cheio na parte central da carne, fazendo com que a bandeja virasse para o lado quando ela fazia menção de pô-la no balcão. Um cliente de short cáqui e camisa polo branca impecável deu um salto para trás, mas a gordura da carne ainda respingou nas meias e no tênis da mesma cor da blusa. Foi uma chuva de churrasco.

Os olhos de Peggy arregalaram.

— Eu falei para você se mandar daqui! — gritou.

Keelie saiu correndo, com a mulher ao seu encalço, de vassoura e tudo na mão.

9

Keelie tinha certeza de que sentiria o golpe da vassoura de Peggy na cabeça ou no traseiro, mas a mulher voltara depressa pela passagem dos camponeses. Ouviu quando ela pediu mil desculpas, provavelmente para o sujeito todo cheio de respingos.

A filha de Heartwood olhou ao redor furiosamente em busca de Knot, daí o viu se dirigindo rápido para a floresta, com um espeto cheio de pedaços de carne na boca. Ela correu atrás dele, erguendo os pés bem alto para evitar tropeçar, daí ficou olhando para o frasco de adubo, que ainda segurava. Aquele não era o momento de devolvê-lo.

Atrás dela, uma multidão ria e aplaudia, como se aquela confusão fizesse parte do show. Keelie continuou a correr, tentando não perder o gato de vista. Passou depressa pelos fundos das lojas, onde caminhões de entrega faziam fila, numa ruela de cascalhos que dava acesso ao estacionamento dos funcionários.

No outro lado da área, várias mesas de piquenique foram colocadas sob um aglomerado de sicômoros. Ao longe, ressoou uma fanfarra e ela ouviu gritos eufóricos. A justa começava. Keelie se deixou cair na cadeira de madeira de uma das mesas e jogou o frasco em cima da mesa suja de gordura. Nenhum visitante a veria ali, e todos os demais estavam ocupados, trabalhando. Ficaria sozinha por um tempo.

Talvez Elia a tivesse amaldiçoado. Keelie fora mandada embora de dois empregos, num só dia. Mas a filha de Elianard não era tão inteligente assim. E, com as más escolhas que a filha de Heartwood vinha fazendo, não precisava de uma maldição para que tudo desse errado na sua vida.

Ela voltaria à gerência para devolver o uniforme, aturar outra tremenda bronca de Finch e implorar por outro serviço. Ou ela conseguiria um emprego ou a gerente a despediria de vez, o que a obrigaria a trabalhar de graça para o pai. Teria de fazer isso de qualquer maneira.

Keelie precisava de um descanso. Praticamente todos os adultos que conhecia haviam gritado com ela, que tivera de aguentar tudo para poder pagar o pai. Tudo por causa do dinheiro.

Knot saltou com suavidade na mesa de piquenique e esfregou a cabeça no frasco de adubo, ronronando alto. A boca brilhava por causa da gordura do condimento. Ele lambia o beiço com a linguinha, para prová-la.

— Graças a você, a gente vai parar na lista de Mais Procurados do Festival. Ou pior, na de *Personae Non Gratae*.

O gato saltou da mesa e olhou para trás, na direção dela. Era como se quisesse que o seguisse.

— Ah, sim. Agora você está recorrendo a artimanhas de cachorro, feito uma espécie de Lassie felino.

Ele miou e olhou para as construções do festival e, em seguida, para ela.

— Está legal. Vou topar. — Não tinha mais nada para fazer, mesmo.

Knot conduziu-a até a parte da frente do festival, parando de vez em quando para permitir que Keelie o alcançasse, quando a multidão se interpunha no caminho. Ela pensou ter visto Elianard, mas depois notou que se tratava de um cara com fantasia de mago, que fitava um grupo de crianças. Ou era um mágico em busca de uma plateia ou alguém que logo seria denunciado por ser mega-horripilante. O sujeito não notou quando Keelie passou, mas ela viu que nas árvores sobre ele havia um monte de *feithid daoine*. Mas os insetos-fadas pareciam estar fazendo uma festinha lá.

Knot andava pela multidão como se não houvesse ninguém ali. O rabo peludo dele, com a ponta virada, atuava como uma bandeira, que ela seguia enquanto desviava de carrinhos e molengões, os pés machucados por causa da bota de arabescos, nada apropriada para o uso em areia e cascalho.

Eles rumavam para a gerência. Keelie começou a andar mais devagar. Não queria ir até lá, ainda. Knot parou, balançou o rabo e foi correndo à frente, pelo caminho. As árvores balançaram, e a garota pensou ter visto as *bhata* movendo-se entre as folhas de um ramo baixo de um bordo alto, ali perto. Ela ouviu seu zunido empolgado. Na certa riam de sua fantasia.

A srta. Finch tinha mencionado que queria fadas. Bom, agora contava com elas. A gerente se arrependeria daquele desejo, se aquelas fossem como as do Colorado.

A brisa mudou e, de repente, na mente de Keelie surgiu a imagem de um unicórnio branco reluzente, levantando a cabeça, o pelo esvoaçando, o chifre prateado cintilando à luz da lua. Mais uma vez, ela sentiu a vontade repentina e irresistível de encontrá-lo. A imagem surgira do nada, e a deixara com uma ânsia premente de ir correndo para a floresta. Desconfiada, ela olhou ao redor. Nenhum sinal de magia — não que soubesse pelo que procurar, mas, pelo menos, nada incomum ocorria por ali. Além do povo-graveto nas árvores.

Knot parecia estar encorajando Keelie, como se soubesse onde estava o unicórnio. Com certeza o pai — Zeke! — ia adorar saber disso, ainda mais depois de ter pedido que ela não se aproximasse da criatura "mítica". Seja como fosse, algo a estava evocando, e ela sabia que tinha que ser o unicórnio.

O gato miou e começou a andar, olhando por sobre o ombro para Keelie.

Por fim, a curiosidade e o gato insistente a convenceram de que precisava encontrar o unicórnio. Ela pegou a trilha, torcendo para que Elianard não estivesse à espreita. Contava apenas com o pendente da Rainha Álamo, que de nada serviria contra lordes elfos desagradáveis.

Na floresta, a barulheira diminuía e o ar era diferente, mais denso, com a forte essência terrosa dos seres vegetais. Knot foi andando à frente, os passos quase inaudíveis, apesar da costumeira vegetação rasteira. Keelie deixou os sentidos se conectarem com as árvores, já prevendo o fluxo de clorofila que circundaria o seu corpo e a envolveria, em um abrigo de boas-vindas.

No entanto, o que ocorreu foi bem diferente. Ela sentiu um aperto na garganta e uma revirada no estômago, que pareceu estar prestes a expulsar seu conteúdo. Caiu no chão, balançando a cabeça, tentando diminuir a pressão dentro de si. Ficou nauseada com a sensação acachapante e a dor, que foram aumentando até ela achar que não poderia respirar. As árvores estavam doentes, todas elas. Algo as enfraquecia.

Um energia obscura lhe disse para não prosseguir. O Pânico. Ela se obrigou a transpô-lo. As árvores mostravam-se enfermas e precisavam de ajuda. O lado elfo de Keelie contatou-as, incapaz de suportar a dor delas.

— O que é que eu posso fazer para ajudar? — perguntou ela, em voz alta. Então, ergueu os olhos e viu Knot passar pelas folhas e pular em um penedo de granito, coberto de líquen. Mais uma vez, ele miou para a dona.

Ela subiu na pedra. O vento esvoaçou seus cabelos. Em cima do penedo, a temperatura estava agradável, como na primavera, e o aroma de flores espalhava-se pelo ar. O unicórnio podia ser comparado com a estação primaveril. Keelie imaginou que ele passara ali a primeira primavera da Terra, quando o mundo ainda era novo e brilhante.

Daí, ela o viu. Ele estava parado sob um raio de sol vespertino, o chifre luzindo, glorioso em sua beleza e esplendor. Cada espiral brilhava como se tivesse sido mergulhada numa luz iridescente. O unicórnio olhou-a, em seguida, saltitou, brincalhão, os cascos afundando na terra fértil.

Keelie se agachou e pulou do penedo.

Ele deu a volta e correu, avançando rápida e agilmente por entre as árvores.

— Não vá embora.

Um pássaro revoou de um arbusto ali perto, seguido de outros. O ambiente foi escurecido brevemente pelo bater de asas.

O unicórnio parou e se virou, agitou a crina prateada e, então, afastou-se, galopando. Knot deu um salto, seguindo-o, e Keelie também foi ao encalço da criatura. Ela não ficaria para trás.

Ao seu redor, as árvores imploravam que ela ficasse.

Não vá. Seja nossa pastora. Ajude-nos.

Keelie afugentou os pensamentos das árvores de sua mente e se concentrou no unicórnio. Uma pequena parte de si reparou que não se tratava de um esforço consciente — os pensamentos das árvores tinham esvaecido, ficando a segundo plano. O animal tomara conta de sua consciência, tornando-se uma compulsão peculiar. Ela continuou a correr, ciente de que não deveria perdê-lo de vista. Pertencia a ele. Keelie prosseguiu pelas árvores, passando por arbustos densos, correndo como se estivesse em transe, movimentada como uma marionete por uma corda mágica.

Sua saia prendeu num galho e rasgou. Ela a ergueu e a amarrou na cintura, daí se livrou da bota ridícula e correu descalça, já com a meia-calça toda rasgada em torno dos tornozelos, mal sentindo as pedras e os galhinhos nos quais pisava. Fez questão de ir cada vez mais depressa, sempre mantendo Knot e o unicórnio em seu campo de vista. Sentiu uma pontada na lateral da costela e colocou a mão ali para apaziguá-la.

O unicórnio saltou por um riacho, com o rabo ondulando, e pousou com suavidade no outro lado. Keelie agarrou uma árvore nova para evitar cair.

Ajude-me, pastora, estou cada vez mais fraca. Era um carvalho jovem, doente, como os outros.

Ela tirou a mão, e os pedidos de ajuda sumiram. O unicórnio batia as patas no solo com suavidade, sem sair do lugar. Keelie foi se aproximando devagar, deliberadamente, como um felino perseguindo uma caça. Um diminuto recôndito de sua mente perguntava-se por que ela não parara para ajudar a árvore nova.

Knot estava sentado ereto, à beira do riacho, observando com atenção a criatura branca à sua frente. Sem desgrudar os olhos do unicórnio, Keelie abaixou o pé e sentiu a água abaixo. Quando seu dedo tocou no leito ela prosseguiu. O riacho estava extremamente gelado, e os cascalhos do fundo machucavam os seus pés. O unicórnio meneou a cabeça, mas não fez menção de ir embora. A água molhou a bainha da saia dela, tornando-a pesada, mas o frio por fim a acordou o bastante para que se desse conta de que havia sido, de alguma forma, enfeitiçada. Ela deu um passo adiante e deparou com um muro invisível.

Uma onda de temor percorreu seu corpo. Uma força mágica a mantinha no lugar. O medo não sobrepujou sua vontade de seguir o unicórnio, mas uma parte sã de sua mente despertou, libertada do feitiço.

Knot miou, e seu miado baixo virou uma bufada furiosa. Ele fitava o outro lado do riacho, sem se mover, mas Keelie não sabia se ele também tinha sido enfeitiçado ou se era por causa da aversão natural dos bichanos à água.

Os olhos do unicórnio brilharam, perceptivos.

— O que você quer? — perguntou ela, num sussurro. Ele inclinou a cabeça e moveu as orelhas para a frente. Keelie deu um passo para trás, e o feitiço desapareceu. Foi como se ela tivesse saído de uma teia de aranha, e diminutos filamentos do feitiço levaram-na a ter vontade de ficar quieta.

Mover-se, não se mover. Uma brisa passou com suavidade pela floresta e rompeu os fios do feitiço quebrado ao seu redor.

Ela voltou à margem do riacho, feliz por seus pés estarem dormentes, pois quando voltassem ao normal eles na certa doeriam para caramba.

Atrás dela, o unicórnio relinchou, um rincho tão similar ao de um cavalo que Keelie se virou para olhá-lo. Será que a chamava de volta? O brilho que o circundara tinha desaparecido e, de repente, ela viu que seu pelo estava falho em alguns pontos e o chifre, opaco e amarelado. O pescoço, fino. Como se a criatura soubesse que ela podia vê-lo daquele jeito, abaixou a cabeça e, em seguida, foi recuando até desaparecer na mata atrás dele. Aquele não parecia o guardião da floresta.

As lágrimas de Keelie caíram no riacho. A pequena clareira em que estivera o unicórnio aparentou estar mais obscura naquele momento. O sol vespertino abaixara mais, e a claridade acabaria em breve. O coração da garota doía de tanta tristeza, e ela queria deitar-se no solo florestal e chorar.

Keelie perguntou-se o que poderia ferir um unicórnio, se a floresta provocara a doença dele ou se era a enfermidade dele que estava afetando o bosque. Segundo o seu pai, essas criaturas eram muito poderosas. Que poder maligno poderia fazer aquilo? Zeke era o Pastor das Árvores. Ela precisaria contar para ele o que vira, embora lhe tivesse pedido que se mantivesse longe da floresta.

O bosque pareceu sombrio e ameaçador.

— Knot, venha. Vamos voltar.

Mancando, ela foi regressando pelo mesmo caminho. O pequeno carvalho à beira do riacho mostrava-se definhado e triste. Keelie pegou com suavidade um de seus galhos e, com a outra mão, tocou no coração da Rainha Álamo. Sentiu uma comichão na ponta dos dedos, o sinal do início do encantamento. A magia borbulhou, como seiva quente, e espalhou-se. Ela a guiou até as raízes débeis da árvore e sentiu-as engrossarem e formarem radículas, estendendo-se mais profundamente na terra nutritiva. Folhas surgiram nos galhos, e a casca amaciou.

Conforme a magia se intensificava, Keelie ouviu o espírito que vivia no riacho cantar e o pedido das árvores altas ao seu redor, que solicitavam também um pouco de sua magia.

Não havia suficiente para todas. *Eu vou voltar*, prometeu a garota. Um empurrão lançou-a na direção do riacho encantado, e ela gritou quando a própria mão esbarrou em uma casca, grudou rápido e sua magia foi usurpada pelo carvalho grande, cujos galhos ramificavam sobre a água. Ele sugou sequioso a magia da Rainha Álamo. Mas a magia não vinha apenas do pendente — era a energia vital de Keelie também.

A garota caiu de joelhos, os batimentos acelerados. O coração batia como uma geringonça mecânica fora de controle. Outras árvores protestaram sobre ela, exigindo prová-la. Keelie caiu, atordoada, e, conforme sua visão ficava cada vez mais turva, viu uma formiga caminhar na ponta de uma folha. O mundo tinha se reduzido àquilo: a marcha da criatura mais minúscula.

Com esforço, ela virou a cabeça. Figuras prateadas surgiram ao redor dela, uma floresta fantasmagórica que precisava regressar à terra. A garota ouviu reverberações de motosserras, gritos de homens, fissuras e irmãos despencando.

De súbito, já não conseguia respirar. *Já era*, pensou. *Estou morrendo, porque não obedeci ao meu pai*. Um estrondo ressoou em seus ouvidos, como uma máquina de fazer vento batendo contra seus tímpanos. As serras elétricas tinham ido buscá-la. Ela fechou os olhos, preparando-se para o que viria a seguir.

Alguém lixava suas pálpebras, e a sensação pavorosa de estar sendo drenada aumentou. Keelie abriu os olhos. A face de Knot se assomou, ampla, revelando por que ela não estava conseguindo respirar. Ele estava sentado no peito dela, ronronando, com a pata apoiada na testa da garota, enquanto a lambia.

Keelie o empurrou e se sentou. Ele ronronou e se esfregou no braço dela.

— Eu achei que estava morrendo, seu Meleca, e era só você. — Ela riu, trêmula, ciente de que poderia ter, de fato, estado morrendo e de que talvez o gato houvesse feito algo para impedir que as árvores sugassem sua vitalidade.

A floresta fantasmagórica tinha esmorecido, mas continuava visível. Keelie estremeceu. Fora real. Aquela havia sido a floresta a respeito da qual o pai lhe falara, as árvores procuravam descanso, as irmãs e os irmãos dos carvalhos, os quais se mostravam tão doentes que, em breve, poderiam unir-se a elas, perdendo a vida.

Ela olhou de soslaio para o jovem carvalho, naquele momento frondoso e saudável. Um foco de saúde e energia na floresta assombrada e agonizante. A boa ação dela quase a matara.

Enjoada, Keelie se ajoelhou e, em seguida, levantou-se, tomando o cuidado de não tocar em nenhuma árvore. Precisava contar o que acontecera para o pai. Quem sabe a floresta assombrada fosse o motivo de ele estar com aparência tão doentia. Embora ela duvidasse de que ele se deixaria consumir daquele jeito, talvez houvesse permitido que as árvores absorvessem sua energia. Provavelmente conhecia uma forma mais eficaz. Não, ele decerto não teria se deixado drenar como ela. Aquele fora um feitiço maligno.

Keelie já estava bastante encrencada. Tinha sido despedida do segundo emprego, devia ao pai e a Lady Annie centenas de dólares e Laurie estava prestes a chegar. Sua vida mostrava-se tão enrolada que ela não sabia o que poderia piorá-la mais.

Então, teve uma ideia. Zeke poderia ligar para Elizabeth e pedir que não deixasse Laurie vir para Nova York, alegando que Keelie não dirigia. Além disso, poderia sugerir que Lady Annie vendesse a bota encomendada. Ela precisava ficar bem com o pai, o que significava que manteria em segredo seu contratempo na floresta.

Keelie olhou para Knot, que pestanejava para ela.

— Não conte para ele. Será o nosso segredo.

Em resposta, ele caminhou na frente dela, com o rabo empinado. Keelie seguiu seu traseiro peludo, e o gato conduziu-a até o ponto em que estava sua bota. Nunca teria imaginado que ficaria feliz da vida por encontrar aquele calçado de lamê dourado de gnomo, mas quase chorou de alívio quando o colocou. Seus pés machucados faziam com que progredisse devagar, quase parando. Atrás dela, na floresta densa, o unicórnio relinchou, e as árvores sussurraram canções de pesar e lamento.

10

Keelie abriu caminho pelo último arbusto. A luz do sol havia se transformado em um melancólico crepúsculo, e começava a anoitecer. Crepúsculo e amanhecer — períodos em que as fadas surgiam; ao menos era o que diziam nos contos que lera. Mas ela sabia como aquelas criaturinhas atuavam. Cometiam travessuras independentemente do horário do dia.

Uma nuvem delas cercara Knot, e ele desaparecera, deixando-a sozinha para encontrar o caminho naquela floresta desconhecida. Mas ela o perdoaria. A brisa fria da noitinha gelou os ombros expostos de Keelie, e a garota desejou ainda estar com a capa de vampira. Ao menos contava com a meia-calça de Robin Hood para aquecer as pernas. Esta a ajudara a evitar arranhões naquela região; seja como fosse, ela continuava a tomar cuidado para não tocar nas árvores.

Keelie se lembrou do feitiço esquisito na água. Alguma coisa muito errada estava acontecendo com aquelas árvores que sugaram sua energia. Um ser humano normal, ou até mesmo outro elfo, não teria corrido perigo por causa delas. Ela afugentou o pensamento de que não teria estado em maus lençóis se houvesse obedecido ao pai e se não tivesse ajudado a árvore nova.

Não entendia como alguém podia lançar um feitiço daquele na água. Como ele não atuara em meio às árvores, não devia ter sido lançado para evitar que as pessoas caíssem no riacho, mas sim para que não o cruzassem.

Ela viu a gerência adiante e, em seguida, deu uma olhada no corselete com estampa de vaca todo rasgado, na saia molhada e lamacenta e na botinha brilhante de gnomo, toda esfarrapada. Não conseguiria enfrentar a srta. Finch naquela noite. Sua cabeça ainda zumbia por causa do feitiço, e estava exausta, enfraquecida pela intensidade da doença das árvores.

Talvez o pai estivesse tão doente que não tivesse se dado conta de como o arvoredo estava mal. A clorofila das árvores feridas pressionou-a, e Keelie passou a sentir o cheiro de musgo e marga como se estivesse com o nariz no solo e não simplesmente caminhando pela trilha de cascalho, que cintilava à luz tênue. As árvores a tinham convocado e ela fugira, receando que lhe tirassem o que não oferecera.

Seus ombros doíam de tanto intuí-las, não que isso houvesse evitado que escutasse suas súplicas. Seu pai teria que estar em coma para não notar que o arvoredo agonizava. Talvez não pudesse ajudá-las, também. Na certa seria necessário um exército de pastores para sanar as dores daquelas árvores, ou quem sabe um unicórnio poderoso, não aquele espécime patético que assombrava aquela floresta. Keelie tinha que encontrar Zeke, e rápido. Ele precisava saber do que estava acontecendo, e ela não poderia manter em segredo sua aventura no bosque se quisesse descobrir como ajudá-lo.

Seguiu depressa pela trilha, fazendo caretas quando o cascalho a machucava pela bota de cano curto e sola fina, ferindo seus pés já doloridos. Sir Davey precisava saber da floresta também e, sobretudo, do unicórnio. Keelie estremeceu ao se lembrar do couro falho e do chifre opaco, depois que ela o vira além do glamour dele. Os carvalhos do outro lado da loja Heartwood, na alameda, estavam muito tristes, e com razão. Considerando a derrubada de árvores e o declínio do unicórnio, tinham tido um século difícil. Ela queria ajudá-los, mas não sabia onde poderia evocar tanto poder — sem falar no tempo, já que precisava trabalhar, ajudar na loja do pai e servir de cicerone para Laurie.

Keelie se agachou, escondendo-se à altura dos arbustos ao passar pela sede da gerência. Não queria que a srta. Finch a visse. No dia seguinte, engoliria o orgulho e aceitaria outro emprego. Ainda tinha que pagar por aquela bota da Lady Annie.

Alguns dos visitantes, que ficaram até o último momento, na certa no pub, arrastavam-se pelo caminho de saída do festival, ainda cantando. Keelie foi vítima de olhares esquisitos, como seria de imaginar. Mas estava esgotada demais para se importar.

Por toda parte, os artesãos arrumavam tudo e os vendedores de alimentos limpavam suas barracas. Um grupo de homens altos caminhava diante de Keelie no caminho estreito, e ela foi mais devagar, empacada atrás deles. Estava prestes a dar uma cutucada no ombro de um deles e pedir que abrissem caminho, quando se deu conta de que era João Pequeno, junto com seu grupo de saqueadores. Ele deu a impressão de ter sentido a presença dela, pois se virou para olhá-la. Ela foi mais devagar, receando que o sujeito a golpeasse, mas o cara apenas piscou e prosseguiu, as pernas longas caminhando com facilidade ao lado de Robin Hood e Will Escarlate. Lady Marian ia mais devagar, arrastando-se atrás.

De onde estava, Keelie notou a mancha enevoada que parecia envolver a face daquela mulher. Semicerrou os olhos. Algum tipo de magia, mas ela não sabia exatamente qual.

Então, ouviu quando Will Escarlate disse:

— Jared, a gente se encontra em Rivendell.

O sujeito exercendo o papel de Robin Hood acenou, indicando que o veria lá.

Apesar de estar supercansada, Keelie não deixou de notar, no bom sentido, como o cara que atuava como o rei dos ladrões era um tremendo gato. Se ela estivesse fazendo o papel de Lady Marian, teria abraçado e dado um beijo naquele sujeito gostoso, de traje verde. Keelie pensou na festa no Condado, no Festival de Montanha Alta, e na mão boba do capitão Dandy Randy. Ficou rubra ao lembrar.

Os demais Alegres Saqueadores dedicavam-se a uma canção indecente, acompanhada de gestos, sobre Robin e Marian se frutificarem e multiplicarem na Floresta de Sherwood. As longas tranças negras de Lady Marian, enfeitadas com fitas de veludo verde e cordões de couro entrelaçados, balançavam em suas costas como dois pêndulos. A saia também oscilava enquanto ela caminhava. A mulher era linda. Keelie se perguntou quantos anos teria. Dezoito? Noventa e dois? Não se podia dizer, no caso dos elfos. Talvez Zeke soubesse.

Keelie fez uma careta, atrás dela. Lady Marian tinha sido a responsável pelo início do ataque das princesinhas com varetas, no comecinho do dia. Daí a elfo virou a cabeça, e Keelie quase perdeu o fôlego. A beleza da moça era uma máscara, um truque. Sob o feitiço, parecia doente, com olhos fundos e pálida.

Quando se aproximaram do palco principal, passaram por Elia e seu séquito de elfos — as garotas que a tinham acompanhado no dia anterior, na loja de fantasia. Um cavaleiro esguio estava ao lado delas, com a armadura empilhada perto de si. Ele virara a cabeça para o lado, e Keelie admirara seu perfil. Seu nariz era tão reto quanto uma faca, e mechas de seus cabelos longos e louros agitavam-se com suavidade em meio à brisa. Ela vislumbrou uma orelha pontuda. Um elfo, claro.

Keelie não tinha conhecido ainda os justadores dali, os gatões de todo festival. Alguns deles estavam doentes. Seu próprio justador favorito, claro, estava no Festival da Flórida. Em parte, era por causa dele que Elia a odiava tanto. Sean do Bosque tinha ficado com ela — ou seja lá qual era o equivalente elfo de namorar — até Keelie chegar no pedaço.

Ela vinha se perguntando por que Sean não retornara suas ligações nem lhe enviara e-mails pela gerência, desde que partira para a nova área de justa. Já fazia duas semanas! Ele na certa estava ocupado, mas Keelie estava magoada por ele não ter entrado em contato. Era o cara mais lindo que a filha de Heartwood já vira, e sorria para a garota como se fosse a mais bonita do mundo. Ela sentiu um calor por dentro ao se lembrar do beijo na última noite do festival. Tinha sido tão romântico. Quer dizer, romântico até o Knot arranhar a perna de Sean.

Bom, mas como ele não telefonara, Keelie não se sentia culpada por paquerar Robin Hood. Mais à frente, Lady Marian dirigiu-se apressada para o grupo de elfos, unindo-se a elas sem se despedir dos seus companheiros atores. Elia a saudou, daí se colocou na frente de Keelie:

— Minha nossa. Essa fantasia é de quê, hein? — Ela alisou a própria saia e se ajeitou para os Alegres Saqueadores, que deram um largo sorriso de admiração quando passaram.

Keelie não os culpava. Elia estava deslumbrante. Parecia ter passado uma semana num spa. Já as amigas dela, por outro lado, mostravam-se pálidas. Se havia uma doença se espalhando, Elia não a pegara, só suas amigas.

Como os Alegres Saqueadores não diminuíram o ritmo da caminhada, Keelie andou mais depressa para alcançá-los. Ela gostou de fazer parte daquele bando meio ébrio e, além disso, cansara-se de zombar de Elia.

Mas a elfo foi atrás dela, sorrindo como se ambas fossem melhores amigas.

— Ouvi dizer que você fedeu feito esgoto de humano, hoje.

Keelie a ignorou e continuou a caminhar. Talvez pudesse dar Elia de presente para as árvores da floresta, para que a usassem como bateria. Ela não duraria muito. E talvez as árvores a jogassem de volta.

Elia lhe deu um beliscão na parte posterior do braço.

— Ei, estou falando com você, Orelha Redonda.

Os retardatários do bando viraram-se para olhá-la de soslaio. Keelie puxou o braço para perto de si e continuou a olhar para a frente; os outros, então, fizeram o mesmo. Ignorar Elia tinha sido fácil, naquele dia. Não havia nada que ela pudesse dizer que piorasse mais a situação. No cruzamento rumo à Alameda Encantada, Keelie pegou um caminho e os Alegres Saqueadores prosseguiram, ainda cantando. Conforme as vozes deles foram se esvaindo, a alameda perdeu seu encantamento. Parecia triste sem os turistas agitados, e, naquela tarde, não havia nem o costumeiro burburinho de lojistas conversando sobre o dia que tiveram.

A loja de Lady Annie já fechara. Keelie passou na frente, andando com cuidado em meio aos frutos de carvalho caídos no caminho de terra. Receava olhar para os pés. Doíam muito por causa da corrida descalça pela floresta e, na certa, estavam cortados e cheios de hematomas.

A marcenaria de Heartwood também aparentava estar abandonada. Olhando de soslaio para a vizinha, Keelie notou que a loja de Lulu já havia sido fechada para a noite. Que alívio. Não queria encará-la. Não podia, na verdade, culpar a mulher das marionetes por perder o controle. Gritar um palavrão na frente das criancinhas, indiferentemente do quão traquinas tivessem sido, fora péssimo.

Ela fechou os olhos e, para seu alívio, deu-se conta de que os carvalhos dormiam. Um sono pesado e esverdeado cobria suas consciências. Mas Keelie sentiu uma onda de compaixão ao perceber que dormiam sob um manto de pesar.

Uma voz alta ressoou da parte da frente da marcenaria de Heartwood.

— Sua loja estava fechada e, sempre que alguém se aproximava dela, era atacado por frutos de carvalho. — A pessoa vociferava tanto que Keelie ficou surpresa pelos carvalhos não terem acordado e se mandado para o cume mais próximo.

Zeke dissera, parecendo esgotado:

— Sinto muito. Eu...

Keelie teve vontade de entrar correndo na loja e defender o pai da gerente alterada do festival, que teria assustado um navio de vikings, mas ficou quieta enquanto a srta. Finch dava continuidade ao sermão bombástico. Então, ela gritou:

— Você não abriu a loja hoje. Onde é que estava? Nunca tivemos tantos problemas na Alameda Encantada. Recebi centenas de reclamações sobre a quantidade de frutos de carvalho no caminho, e ainda nem estamos no outono! Daí, assim que mandei recolhê-los, eles caíram de novo.

Zeke aparentava estar perdido.

— Os carvalhos... Estou tentando descobrir o problema.

— Os carvalhos! Vamos conversar sobre essas árvores idiotas e o mundo real. Você não precisa ter seguro de responsabilidade civil para cobrir lesões causadas por quedas, eu, sim. E quando o perito de sinistros vir todos esses frutos, as taxas aumentarão. A matriz vai querer uma explicação, vou ter que ir até lá para contar por que não derrubei as árvores. Seguramente não posso dizer a eles que o Pastor das Árvores não conseguiu controlar os carvalhos. E, quando venho tratar disso com você, o que é que eu encontro? A loja fechada!

Zeke mordiscou o lábio. Keelie nem acreditou que ele estava deixando a gerente falar daquele jeito com ele.

— Você disse que daria um jeito nos carvalhos. Então, dê! Agora, vamos falar do seu gato. Lulu ficou furiosa hoje porque sua bola de pelos roubou um boneco ou algo assim.

— Já paguei pelo unicórnio de pelúcia. E Lulu e eu já conversamos a respeito do ocorrido. — Sua voz era quase inaudível.

— Fico feliz em saber. Certifique-se de que não receberei mais reclamações sobre Knot, porque, se isso acontecer, juro que eu mesma vou dar um nó no rabo dele, de forma que nunca mais conseguirá endireitá-lo. Meta esse bicho no seu trailer, compre uma TV e sintonize no Animal Planet.

— Vou dar um jeito de controlá-lo — ressaltou Zeke, com voz fatigada.

— É bom mesmo que faça isso, porque ele já aprontou na barraca do Churrasco no Espeto mais cedo, junto com a sua filha.

Zeke ficou calado. Keelie se perguntou no que estaria pensando. Ela é que queria ter contado tudo para ele. Bom, seja como fosse, estava aliviada. A ideia de Knot trancado no Trailer Alpino não era nada má, não mesmo. Não que isso fosse deixar a bola de pelos mais humilde. Na certa, o bichano só aproveitaria a oportunidade para estragar as coisas de Keelie, como fizera no Colorado quando mijara na mala dela e acabara com toda a sua roupa íntima.

Mas Knot tinha de ficar solto, pois era o único elo de Keelie com o unicórnio. Sem ele, ela provavelmente não o encontraria de novo.

— Faça algo, Zeke; do contrário, eu terei de fazer.

Sons de passadas pesadas, cada vez mais longínquos, significavam que srta. Finch devia ter ido embora. Mas Keelie esperou alguns minutos, só para se certificar.

Por fim, entrou na ponta dos pés na loja. De repente, algo peludo roçou nas pernas dela. Ela deu um salto e evitou dar o grito que estava prestes a dar, caso a srta. Finch ainda estivesse por perto. Colocando as mãos ao peito, cujo coração batia acelerado, Keelie percebeu que o troço cheio de pelos era o gato branco. Ela tentou pegá-lo no colo, mas ele lutou para se libertar. Então, soltou-o, e o bichano saltou de seus braços rumo à alameda. Será que pertencia a algum funcionário do festival? Não deviam deixá-lo solto daquele jeito.

Keelie saiu de trás dos móveis encostados na parede e usou seu tom de voz mais animado.

— E aí, pai, tudo bom?

Ele se sobressaltou. Estivera encostado no balcão e, na luz do entardecer, parecia bem mais pálido que no início do dia. Coitado. Scott tinha muita culpa no cartório. Se o idiota tivesse honrado o acordo, seu pai não estaria trabalhando feito um louco e levando bronca por não ter aberto a loja.

Keelie observou o pai e seu coração ficou apertado quando a intensidade da luz mudou lá fora, iluminando-o. Aparentava estar realmente doente. As exigências da srta. Finch provavelmente estavam fazendo com que se sentisse pior. Só estar perto dela já estressava Keelie o bastante. A mulher transmitia a vibração de um vulcão prestes a entrar em erupção ante a menor provocação.

— Onde é que estava? Procurei por você a tarde inteira. Recebi um recado muito preocupante da Finch.

— Fui atrás de Knot na floresta. Ele queria que eu o seguisse.

Zeke fez uma expressão de surpresa.

— Não me dê bronca por ter ido até lá. A floresta está doente, e as árvores precisam da nossa ajuda. — Keelie fez um gesto em direção aos carvalhos altos do outro lado da loja. — Não são apenas eles. Você não está sentindo?

Em resposta, o pai respirou fundo e se recostou no balcão; seus ombros encurvaram-se como se um saco imenso com os fardos da vida houvesse sido colocado ali.

— Eu fui procurá-lo hoje. O unicórnio. As árvores bloquearam a energia dele, evitando que passasse para mim.

E você não está lá com a melhor das aparências, pensou a filha. — O que é que você vai fazer?

— Conheço a floresta, Keelie, embora o unicórnio... — Ele lhe lançou um olhar estranho, como se estivesse tentando ficar bravo, mas não conseguisse nem reunir a energia para tanto. — Uma magia negra está envenenando a floresta. Sir Davey e eu estamos trabalhando nisso, mas, filha... Você precisa se manter longe dela. E se tivesse se ferido?

Ela se aproximou de Zeke.

— Pai, eu já fui para a floresta. O Knot me levou até lá. Queria que eu ajudasse o unicórnio.

A face do pai mostrava-se impassível.

— O que aconteceu? — perguntou ele, num sussurro.

— Tem um feitiço na água, no riacho, e fiquei presa nele, como se fosse uma teia de aranha. Parecia com o Pânico, só que não era apenas algo que dava medo. Não me deixava passar. O unicórnio passou por ele, mas, daí, perdeu a beleza. Adquiriu o aspecto de um cavalo velho e sarnento. Seu chifre ficou todo amarelo, gasto e rachado, e ele, esquelético. Acho que está morrendo, pai.

Zeke passou a mão no rosto, e Keelie viu que os olhos dele estavam marejados.

— Foi tudo o que aconteceu?

— Não. — Ela falava em voz baixa. Não queria lhe contar aquela parte. — Tinha um carvalhinho novo, que precisava da minha ajuda. Daí achei que poderia ajudar só aquela árvore.

— Não...! — O pai soltou um grito abafado. — Keelie, não pode ajudar apenas uma árvore numa floresta agonizante.

A filha prosseguiu, receando que, se parasse, nunca mais contaria tudo.

— Usei o coração da Rainha Álamo, evoquei seu poder, mas as outras árvores o queriam também, daí eu meio que desmaiei, e Knot me fez recobrar os sentidos.

O pai a abraçou e a puxou para perto.

— Ah, Keelie.

Ela o cingiu, aceitando de bom grado o abraço. *O único parente que me resta*, pensou. A filha sentiu os ossos protuberantes da costela do pai, e a clavícula dele machucou sua maçã do rosto. *Ele está desaparecendo*, sentiu ela, *esvaecendo como o unicórnio*. Keelie estremeceu.

— Você realmente o viu. — Zeke fitava uma cadeira diante de si, como se seus galhos espiralados e adornados com cristais pudessem lhe indicar o que dizer. Sons de passos ressoaram no assoalho. Keelie se virou depressa, irritada.

— Olá? Tem alguém aí? — A voz era suave.

— É a Janice — disse o pai.

— Estamos aqui — gritou Keelie. O pai colocou o dedo nos lábios. — Vamos conversar sobre isso mais tarde. É melhor que os outros não fiquem sabendo da doença da floresta.

Janice talvez já tivesse ideia do que afligia Zeke.

A senhora das ervas entrou animada, com as pulseiras tilintando, rodeada dos aromas deliciosos das plantas com as quais trabalhava. Ela sorriu para os dois.

— Ei, vocês. Queria convidá-los para jantar lá em casa. Um ótimo ensopado que fiz na panela elétrica, pão fresco e muito chá quente. Como a Raven não está aqui, fico muito sozinha no minúsculo cubículo que me serve de moradia aqui.

— Obrigada, Janice. Você é um amor. — Zeke anuiu, balançando a cabeça como se fosse a única parte de si flexível o bastante para se inclinar.

Knot pulou no balcão e esfregou a cabeça no cotovelo do pai da garota.

— Keelie, o que aconteceu com você? — Janice franziu o cenho. — E o que é isso que está usando?

— Você ainda não deve ter ido à praça de alimentação. Eu trabalhei no Churrasco no Espeto. Brevemente. — Ela lançou um olhar furioso para o gato, que deu uma piscada, como se respondesse. — Knot me fez perder o emprego.

— E também fez com que passasse por um roseiral? — Janice meneou a cabeça. — Vamos. Tenho um unguento que vai aliviar o ardor provocado por esses arranhões. E você não está com aparência nada boa, Zeke. Minha nossa! Vocês dois precisam de cuidados. Sigam-me. — Ela saiu apressada, feliz por ter alguém para cuidar.

Keelie a seguiu, aliviada.

— Esta comida parece deliciosa. — Só estar perto de Janice já a reconfortava. — Como é que está a Raven?

Janice agitou a mão.

— Está se divertindo. Vou contar tudo durante o jantar. — Ela entrelaçou o braço no de Zeke, e ele se apoiou um pouco nela. Knot caminhava perto dele, o unicórnio de pelúcia surripiado pendurado na boca.

— Ei, e a Laurie? — deixou escapar Keelie. — Ela disse que chegaria aqui na sexta. Podemos ir buscá-la?

— Vamos dar um jeito — prometeu o pai. O coração de Keelie apertou ante a ideia de ir até a estação no Trailer Alpino.

A barraca de Janice era menor do que a do Colorado, mas emanava o mesmo perfume maravilhoso de ervas.

— Os banheiros ficam aqui perto. — Keelie tentava ser diplomática.

— É ruim e bom ao mesmo tempo — ressaltou Janice. — Sempre tem muito movimento aqui, porque as pessoas passam em todos os horários. Mas, quando faz muito calor, o cheiro não é dos melhores.

— Que bom que tem todas essas ervas, então.

Janice riu e fez Zeke entrar. Keelie estava prestes a segui-los quando ouviu um som, que a atraiu até a pequena construção de pedra e madeira. A floresta ficava mais perto ali, e ela ouviu o ruído com clareza. Uma única nota, mantida por tanto tempo que a garota não sabia que instrumento a fizera, ou que garganta.

Ela ficou ali parada com os braços cruzados sobre o peito e, então, aproximou-se de um carvalho reto e delgado. Parou a boa distância dele, mas algo fez cócegas em sua cabeça e puxou seus cabelos. Ela pôs a mão ali e seus dedos tocaram na mão de graveto de uma *bhata*.

— Pare, ou vou dar um jeito em você.

Risadinhas vagas, como dois gravetos se esfregando, vieram de cima, e juntaram-se aos dos arbustos no limiar da floresta. O povo diminuto estava festejando naquela noite. Tudo bem. Mas Keelie não tinha a menor vontade de participar das suas travessuras.

A brisa fez circular o aroma de canela. Keelie aspirou-o, de bom grado, até se dar conta de que não vinha do herbanário de Janice. Chegava da floresta. Ela ficou ansiosa. Como se só de pensar na floresta já evocasse um feitiço — de súbito, Keelie não conseguia mais respirar. Ela agarrou a garganta, tentando afastar as mãos invisíveis que a enforcavam. O coração bateu disparado contra as costelas.

Keelie se virou e correu, sem fôlego, até a porta de Janice. Bateu nela, sem conseguir girar a maçaneta e nem pedir socorro.

A porta abriu, e Sir Davey apareceu sob a luz dourada da luminária.

— Ei, olá. Você está atrasada para o jantar!

Keelie caiu aos pés dele, com asfixia. Ela ouviu Janice e o pai correrem na direção dela, e a última coisa que ouviu antes de perder os sentidos foi a voz sombria de Sir Davey.

— O Pânico.

11

Aprisionada. Subjugada. Enclausurada. Detida. Keelie pensou em todas as palavras pertinentes, que significavam o mesmo, indiferentemente de como as dissesse. Estava empacada, ajudando o pai. Não achara que ele aceitaria sua oferta de ajudá-lo, mas, lá estava ela, cortando partes de ramos de árvores (pinheiro da Geórgia) para fazer blocos de madeira, e ficando com os músculos doloridos por causa da serra manual. Aquela não era sua ideia de "ajudar". Tinha se imaginado na porta da loja, saudando os clientes, toda gata com uma roupa comprada na Francesca.

Com a mão imóvel, em total contato com a tora de madeira, ela recebeu a imagem do lar daquela árvore, uma floresta de clima quente, de aroma agradável, cheia de pinheiros. Ouviu o canto do pássaro-das-cem-línguas e o chilreio de um gaio. Keelie desejou estar lá, naquela floresta quente e úmida, repleta de vegetação, em vez de estar despedaçando aquela árvore, mas aquela era a forma como elas deveriam se sentir — com os anéis de lembranças e as visões felizes da época em que estavam na floresta embrenhados na madeira.

Keelie sentiu um profundo repuxão de energia. Largou a serra e se afastou. Aquilo fora diferente do que ela vivenciara alguns dias atrás, na floresta de Wildewood. Ela se recordou do cedro que ajudara o pai a cortar na marcenaria no Colorado e de como aquela madeira mostrara seu passado, uma lembrança que faria parte de tudo feito com ele. A garota pegou a serra outra vez. Aquele tipo de visão era normal. Para uma pastora das árvores, claro.

Seu encontro com o Pânico no sábado à noite a deixara meio atordoada. Ela desmaiara no meio da loja de Janice. Recobrara os sentidos algumas horas depois, no diminuto quarto no andar de cima, com a face preocupada de Janice parecendo pálida e sombria, angustiada à luz de vela.

Quando tentara se sentar, uma pedra caíra de sua testa, e outros cristais e seixos rolaram de seu peito. Obra de Sir Davey, com certeza.

— O que aconteceu?

— O Pânico — sussurrou Janice. — Alguém lançou um feitiço na floresta atrás das lojas, e ele se estendeu e pressionou você. Fiquei bastante apreensiva. — Seus olhos castanhos calorosos ficaram marejados e sua mão apertou mais a da garota.

Keelie afagou Janice com a mão livre.

— Estou bem agora. Por causa da magia terrena, né? — Embora Janice soubesse dos elfos e tudo o mais, Keelie se sentiria melhor se estivesse no trailer revestido de pedras.

Janice anuiu.

— Sim, de Sir Davey. E o seu pai está na floresta agora, tentando descobrir a fonte do feitiço.

A lembrança das árvores famintas, da floresta assombrada e do unicórnio esquelético, com pelos falhos, voltara à mente de Keelie. O pai dissera que aquele animal era o guardião do bosque. O que quer que o houvesse deixado daquele jeito na certa mataria um pastor de árvores, e ela fora vítima duas vezes, no mesmo dia. Ela engoliu saliva para aliviar o aperto na garganta.

— Eu não acho que seja seguro ele ir até lá.

Janice deixara escapar uma risadinha e afastara a mão.

— Seu pai é o Pastor das Árvores. Ninguém está mais seguro na floresta. — Ela se levantara e se inclinara um pouco para não bater a cabeça no teto baixo. — Que tal um ensopado de legumes?

Keelie não estava com fome, mas se obrigara a sorrir.

— Ótima ideia.

O pai e Sir Davey voltaram um pouco depois e se juntaram a elas no jantar, mas Keelie notou que, quando foi se deitar logo depois, exausta, eles também foram. Já na manhã de domingo Zeke a pusera para trabalhar e, então, voltara para a floresta. Keelie sabia que ele procurava o unicórnio. Esperava que as árvores o levassem até o animal, ou que ele se mostrasse para Zeke. Só que ela podia fazer era trabalhar duro na marcenaria.

Na mesa ao lado dela havia uma pilha das pecinhas que virariam Blocos Naturais de Heartwood. O pai dissera que as peças de montar eram muito populares. Uma mulher fizera a encomenda, explicando que a filha tivera um conjunto daqueles quando criança e que ela agora queria dar um para a neta. Zeke não tinha nenhum pronto, e achou que seria um projeto fácil no qual Keelie poderia trabalhar. Ah, sim. Está certo. Precisava dela para ajudar com o unicórnio, mas era teimoso demais para admitir isso. E o pior, estava adoecendo cada vez mais ao se abrir magicamente para as árvores, sobretudo para os carvalhos.

Um lado de Keelie queria voltar correndo para a floresta para se juntar ao unicórnio, agora mais por compaixão que por compulsão mágica. Mas outro lado seu queria ficar no santuário do festival. Parecia mais seguro estar ao lado de pessoas como Janice — seres humanos.

Keelie tocou em um bloco de madeira, pensando em como era estranho ela nunca ter notado o tom esverdeado no acabamento de outras peças. Outra onda de energia percorreu o seu corpo. A garota olhou para os carvalhos do outro lado da alameda e fechou os olhos. Sentiu que estavam dormindo.

Olhando de soslaio para o bloco, Keelie notou que a maior parte do tom esverdeado tinha ido para o centro. Bom, talvez aquela fosse uma peça esquisita, que não fora incluída no ritual elfo neutralizador de magia que o pai realizava com as árvores. A garota a jogou no balcão, e ela caiu de ponta e rodopiou sem parar, como uma moeda.

O pai precisava contratar outro assistente, assim que possível. Para Keelie, ir até a floresta conversar com as árvores, escutar os seus problemas, ser uma espécie de mediadora do bosque não era problema, mas construir objetos com elas não fazia parte dos seus planos.

Ela ergueu a mão. Um pingo viscoso de seiva de pinheiro tinha ficado grudado nela. Keelie desprendeu a substância pegajosa e sacudiu o dedo para tentar desgrudá-la, mas ela ficou ali, pior que supercola. Por fim, conseguiu se livrar dela e jogá-la no balcão. Ela acabara indo parar no bloco de madeira verde. A garota ouviu o ruído de quem toma algo.

Como água numa esponja seca, a seiva foi absorvida pelo bloco. Em questão de segundos, um pequeno broto de pinheiro despontou do centro da peça. Keelie recuou, lembrando-se que, no Colorado, um galho surgira de uma cerca de cedro quando ela se apoiara nela.

Bem diante de seus olhos, no momento em que seu pai entrava na marcenaria, o broto se transformou em uma muda de pinheiro.

— De novo, não. A sua magia arboral está descompensada; a madeira morta a usou para se regenerar. Venha. — Zeke tirou-a depressa da loja e levou-a até Janice para que tomasse um extrato de ervas e também um composto misterioso de Sir Davey, com gosto de excremento. Nojento demais.

Quando foi se deitar, Keelie continuou sentindo uma coceira por causa da serragem que ficara grudada nela, apesar de ter se ensaboado bastante. Na manhã seguinte, tomou outro banho. Fazer isso no trailer de Sir Davey era ótimo, mas precisava se curvar muito para passar o xampu, de outro modo batia a testa na ducha.

Já no final do dia, seus músculos doloridos protestaram. Ela vinha serrando, lixando e polindo madeira havia quatro dias. Tudo culpa de Scott. Era ele que deveria estar ali. Em vez disso, estava lá, no Colorado, ao passo que Keelie se vira obrigada a ficar presa ali, em Lugar Nenhum, Nova York.

O único motivo de ela não ter feito um tremendo escândalo por causa disso era o pai estar tão pálido quanto o queijo de cabra gourmet que sua mãe costumava beliscar quando tomava vinho com as amigas. Zeke estava acabado.

Por outro lado, os negócios iam tão bem que ele mal podia dar conta do recado sozinho. O que era uma faca de dois gumes, pois Keelie não podia ser considerada tão útil quanto Scott. Não obstante, conseguira vender seis cadeiras e uma cômoda, e recebera encomendas de várias outras peças.

Eles não fabricavam peças apenas para o Festival da Renascença. Como o Natal chegaria dali a quatro meses, havia uma série de pedidos de casinhas de boneca, como a que Zeke fizera para a filha quando ela era pequena. Aquilo a irritava um pouco, já que sempre achara que a dela fora especial, mas, àquela altura, vinha ajudando o pai a fabricar seus clones.

Naquela noite, Keelie sonhou com uma casa de bonecas. Mas a construção tinha um tamanho natural, em Wildewood, e estava escura — o sol nasceria em breve, e vislumbres de um tom róseo cintilavam no horizonte...

O unicórnio galopara até a entrada e batera nela com o chifre. Knot abrira a porta, apoiado nas patas traseiras, com sua fantasia de Gato de Botas. Ele saíra e caminhara junto com a criatura até o alto de uma montanha. Em segundo plano, Keelie ouvira algo que soava como turbinas — a usina hidrelétrica.

Ursos, veados, lobos e todo tipo de animal concebível surgira da floresta e eles formaram um círculo ao redor do unicórnio e de Knot. Com um floreio da pata, o gato tirara o chapéu e fizera uma reverência para o unicórnio. Em meio aos primeiros raios da alvorada, este empinara, apoiando-se nas patas traseiras. Seu chifre reluzira com esplendor ofuscante. Keelie cobriu o rosto, e sentiu cheiro de café...

Ela acordou e pestanejou em meio à luz tênue que passava pelas cortinas do trailer. Aquele tinha sido um sonho esquisito, até mesmo para ela.

Por sorte, o aroma de café era real. Ainda bem! Sir Davey já se levantara. Keelie foi até a cozinha e serviu uma xícara para si, e o líquido marrom-escuro fez com que se recordasse do extrato que o pai a obrigara a tomar.

Zeke entrou na cozinha, os cabelos longos esvoaçando. Keelie quase derrubou a xícara. Nunca o tinha visto de cabelo solto. Ele sempre o usava preso, mesmo quando foram para a floresta. Ela o analisou, observando-o por sobre a xícara enquanto tomava o primeiro gole de café.

O pai se deixou cair pesadamente no banco diante dela e fechou os olhos. Seus cabelos moveram-se um pouco, permitindo que se entrevisse uma orelha pontuda, que a fez se lembrar das amigas de Elia. Elas também não andavam com uma aparência muito boa.

Na mesa havia um exemplar de *Vossa Gazeta de Wildewood*, o jornal do festival. Keelie pegou-o e leu alto a manchete:

— Mais dois justadores doentes, alojamento em quarentena. — Ela ergueu os olhos. — Pai, o que é que está acontecendo no alojamento? Seria algum tipo de gripe dos elfos?

Zeke levantou a cabeça.

— Não está havendo um surto de gripe, mas não me surpreende que alguns elfos estejam doentes. — Ele cobriu a boca e tossiu.

Sir Davey espiou o mingau de aveia e, em seguida, mexeu-o, de olho em Zeke.

— Encontrou algo? — quis saber ele.

— Não. Estou exausto. — O pai se recostou no canto do banco, e Keelie se lembrou de como ele se inclinara no balcão da loja, em busca de apoio. Ele não fizera isso no Festival de Montanha Alta. Zeke notou que ela o observava e se endireitou. Os olhos dele se iluminaram, e ele sorriu. — Não estou gripado.

A filha sentiu o aroma de canela. Como o mingau de aveia dela não tinha esse condimento, aquela aparência subitamente saudável devia ser fruto de magia. Ele tentava encantá-la. A preocupação de Keelie se transformou, por alguns instantes, em pânico. O pai devia estar pior do que ela pensava. A garota não o perderia, também. Daria um duro danado na marcenaria para que ele pudesse descansar, e não reclamaria. Naquele meio-tempo, averiguaria com Janice que tipo de remédio natural poderia sugerir para o pai.

Gotículas de suor espalhavam-se na pele de Zeke.

Estranho. Keelie nunca o vira suar. Ela não sabia se esta era uma característica dos elfos. Somente os justadores movimentavam-se o bastante para suar, mas ficavam escondidos sob a armadura.

Zeke deu uma batidinha no joelho da filha.

— Pode ser que eu esteja trabalhando demais. Temos muitas encomendas pela frente.

— Por que aceitou todos aqueles pedidos extras de casinhas de boneca? — Keelie não conseguiu disfarçar a irritação.

— Tenho uma filha para sustentar e contas para pagar.

Ela sentiu uma onda de culpa ao pensar na compra extravagante de um sapato.

— Você aceitou todos aqueles pedidos de casas de boneca para pagar pela bota?

— Em parte, embora você tenha prometido pagar por ela.

Zeke precisava dela. Por isso Keelie viera trabalhando tanto. Tinha uma finalidade. Legal da parte do pai pegar trabalho extra para se certificar de que teria dinheiro para sustentá-la. Mostrava que realmente se importava. Apesar de ele afirmar estar feliz com a filha em sua vida, ela ainda se questionava, de vez em quando. Ele passara de solteirão mais cobiçado para pai em dois meses, e talvez lamentasse perder a liberdade.

— Então como é que consegue obter aquele acabamento suave no teto da casinha de boneca?

Zeke estendeu a mão e acariciou os cabelos de Keelie.

— Está fingindo se interessar, mas aprecio seu esforço. Vamos voltar para a loja.

— Você dá a impressão de não poder andar daqui até o banheiro.

— Estou bem, e temos algo importante para fazer a caminho da loja. Leve-me até onde viu o unicórnio.

O coração da filha disparou, como se ela estivesse prestes a ver um cara de quem estava a fim.

— Claro. Não fica muito longe.

— Vou ficar aqui e terminar minha pesquisa. — Sir Davey olhou para Keelie. Ele também estava preocupado com Zeke.

O pai dela levantou-se, titubeou um pouco, daí caminhou com firmeza em direção à porta. A filha o seguiu. Se ele caísse, seria difícil para ela tirá-lo da floresta.

— Pai, tem certeza que está bem? Acho que você devia ir se deitar, não ir para a floresta.

— Vou me sentir melhor quando estiver em meio às árvores, na área dos pinheiros; elas têm me dado energia extra para manter os carvalhos dormindo. O líder deles e das coníferas é um abeto chamado Tavak. Ele entrará em contato com você em breve.

Keelie torcia para que aquele Tavak fosse tão inteligente quanto Hrok, o álamo com quem ela travara amizade perto do Festival de Montanha Alta. O pai apoiou uma das mãos no ombro da filha, que se perguntou se o fizera por afeição ou para se equilibrar.

— Se estivermos perto do unicórnio, vou sentir o poder dele, mas não poderei vê-lo.

— Não estará perdendo nada, pode crer. Fiquei desapontada quando o vi direito.

— Esperava algo saído de um desenho animado? — Zeke sorriu para ela.

— Não esperava nem ver o unicórnio. Mas, quando isso aconteceu, ele brilhou feito um vaga-lume gigante. Lindo de morrer, como um quadro.

— Com a nossa ajuda, ele voltará a ser assim.

Keelie se endireitou. Com a *nossa* ajuda.

No caminho rumo à floresta, Knot saltou de trás de um arbusto, correu pela trilha e subiu em uma árvore do outro lado. Pendurou-se em sua casca e miou, num lamento. Apesar da energia, não pareceu o bichano arrogante de sempre.

O pai de Keelie assentiu.

— Certo. Acho que chegou a hora de usar o lendário charme dos Heartwood. Keelie, precisamos passar na loja antes.

Bom, ali estava, bem na frente dela, a prova do que suspeitava havia muito tempo.

— Você conversa com aquele gato — acusou a filha.

O pai arqueou a sobrancelha e, embora aparentasse cansaço, seus olhos brilharam de forma travessa.

— Você também conversa com Knot. Toda manhã o chama de "bola de pelos metida à besta" e diz que ele não precisa poluir a Terra com a sua baba.

— É, mas não espero que o Knot me responda. O que foi que ele disse?

— Keelie, ele miou porque é um gato.

— Não, aí tem coisa. Ele é um felino de *elfos*. Você é um elfo. Então, peça que o bola de pelos fale de modo que os seres humanos possam entendê-lo.

Knot saltou da árvore e saiu saltitando.

O pai ousara rir.

— Aí está sua resposta.

— Está bom, se é assim que você vai agir, bola de pelos, não vou limpar sua caixa de areia por uma semana.

O ronronado alto de Knot ressoou. Ela não faria isso com ele, e o bichano sabia muito bem disso. O gato vingativo na certa usaria sua roupa lavada como caixa de areia se ela não mantivesse a dele limpa. Keelie pensaria em outra forma de perturbá-lo. Tinha se tornado seu passatempo predileto.

Perto da loja de Heartwood, eles ouviram o burburinho de vozes. Por entre as árvores, Keelie vislumbrou um pequeno grupo de pessoas. O pai colocara o dedo nos lábios, um código para: "Não precisamos falar sobre assuntos de elfos."

— Aconteça o que acontecer, não quero que você interrompa. Entendeu bem?

A filha anuiu, lembrando-se do aviso de Knot. Ela sentiu o cheiro de canela e se perguntou se era magia ou o aroma de casquinhas de sorvete sendo assadas. Seu estômago roncou. A magia não parecia tão assustadora à luz do dia.

Quando por fim viram bem o grupinho, Keelie teve vontade de sair correndo. A srta. Finch o liderava, esmagando com as botas pesadas os frutos de carvalho conforme caminhava na direção dos dois. Pelo visto, a mulher não estava nada satisfeita — nenhuma mudança em sua expressão de sempre — e vinha acompanhada de três homens que ou eram espiões ou agentes do FBI. Eles usavam jeans e camisa polo, o que podia ser considerado bastante normal, mas suas botas de trabalho exageradas, os óculos de sol espelhados e o jeitão de robô não transmitiam a mensagem "fim de semana divertido no Festival da Renascença". Nem suas caixas de ferramentas.

Uma quinta pessoa surgiu no campo de visão deles, alguém que certamente destoava. A mulher usava um terninho de saia e jaqueta cor-de-rosa, saído direto de um seriado cômico dos anos 1980. Seu sapato de salto alto, de tom carmim, não combinava com a roupa. Uma vítima da moda daltônica. Não sobreviveria sequer um minuto em Los Angeles.

A tal figura levava uma câmera, olhava ao redor e tirava fotografias.

Os cabelos ruivos da srta. Finch tinham sido presos num coque espetado, e sua face e seu pescoço estavam quase da mesma cor. O dragão esfumaçava de raiva. Ela na certa fuzilaria Keelie por ter sido despedida de novo ou por não haver devolvido a fantasia do Churrasco no Espeto. A garota esperava não ter de pagar por aquela roupa em que pagara mico. A capa tinha queimado e o resto, incluindo as botinas douradas de gnomo, estava arruinado.

O pai fez uma reverência elegante quando se aproximaram.

— Lindo dia, não é mesmo?

A cor da srta. Finch passou de vermelho de molho de pimenta a pêssego, e a mulher de rosa deu um belo sorriso.

O aroma de canela se tornou bem acentuado, naquele momento. Ou a casa de chá abrira fora de hora ou era magia de elfo.

12

O pai segurou a mão da Terninho Rosa e fez uma reverência.

— Tinha ouvido dizer que há seres mágicos na floresta, e realmente acredito nisso agora, pois tamanha beleza não pode ser mortal. Meu primeiro vislumbre de você ficará para sempre gravado na minha lembrança e passarei a definir meus dias restantes a partir do instante em que a vi. Precisa me dizer o seu nome.

Minha nossa... Podem passar os saquinhos de vômito. Mas o pai lhe ordenara que não interrompesse.

A mulher sorriu, expondo ainda mais seus dentes brancos e brilhantes. Não era à toa que aqueles caras usavam óculos. O cintilar dos dentes da Terninho Rosa os teria cegado.

— Eu me chamo Valentina Crepúsculo.

A srta. Finch dera um passo na direção de Zeke, como se achasse que as palavras dele haviam sido dirigidas a ela. Valentina Crepúsculo, a vereadora com nome de stripper, parecia hipnotizada. Keelie teria que resgatar o pai. Ele devia estar mesmo muito doente para trocar olhares românticos com aquele estrupício.

Terninho Rosa fez um gesto com a mão para os três sujeitos de óculos escuros.

— Vão dar uma olhada nos banheiros, no final da alameda. — Então, pegou um mapa do festival na prancheta e entregou-o a um dos caras.

O sujeito anuiu e acenou com a cabeça para os outros dois. Eles o seguiram no mesmo instante, concentrados nos mostradores que tiraram das caixas de ferramentas. Conseguiam até caminhar de forma sincronizada.

O sorriso de Zeke aumentou.

— Valentina Crepúsculo. Adorável. O nome de uma deusa!

Deusa! Keelie sentiu um pouco de náusea.

Terninho Rosa tirou os grampos dos cabelos castanhos opacos, que caíram sem vigor em seus ombros. Luzes, produtos para dar volume e corte decente, urgente! A mulher olhou Zeke de alto a baixo.

— E você é? — Seu tom de voz se tornara feminino e recatado. Que asco!

— Que descuido. Sou Zeke Heartwood. — Ele estendeu a mão outra vez, num gesto elegante. A mulher colocou a dela debilmente sobre a dele.

Muito bom, exceto que seu pai não soltou a mão da Terninho Rosa, e a vereadora tampouco deu a impressão de ter pressa. Com certeza, gripe dos elfos. Ou isso ou ele tinha enlouquecido.

Zeke se virou para a srta. Finch.

— O que vocês duas estão fazendo neste dia tão agradável?

A gerente fez um gesto em direção à mulher.

— A srta. Valentina veio em nome da Câmara Municipal de Canooga. Está aqui acompanhando os funcionários da Agência de Proteção Ambiental. — Lançou um olhar ferino para a Terninho Rosa.

— Achou algo? — perguntou Zeke, olhando-a nos olhos.

— Eles querem checar umas leituras aéreas esquisitas no alto da montanha. Há uma usina hidrelétrica no outro lado. — A srta.

Valentina apontou para os homens, que partiam. — Então, eles estão fazendo testes no lençol freático.

A srta. Finch apontou para a colina arborizada atrás da Alameda Encantada.

— Estamos indo lá para cima.

Fora ali que Keelie vira o unicórnio pela última vez, percebeu a garota. Ela duvidava de que Valentina Crepúsculo fosse capaz de vê-lo, mas receou que os caras da APA tivessem algum instrumento que detectasse a energia do animal. Precisava ir até a montanha. Como o pai estava ocupado, aquela seria uma boa oportunidade de dar uma olhada.

— Posso ir com vocês? Além de ser um mestre carpinteiro, conheço muito a floresta.

— Não, obrigada. Temos dois cientistas trabalhando conosco — respondeu Valentina.

— Sou formado em biologia, geologia, administração florestal e poesia medieval.

Trezentos anos dão muito tempo para a pessoa se instruir.

— Uau! — Valentina Crepúsculo deu a impressão de derreter. Olhava Zeke como se estivesse pronta para dar a ele tudo o que pedisse.

Em vez de sentir repugnância diante daquela reação, o sorriso de Zeke foi ainda mais caloroso.

— Posso acompanhar as duas senhoritas adoráveis até a encosta?

Valentina Crepúsculo sorriu afetadamente, como uma estudante do Ensino Médio apaixonada pelo jogador de futebol da escola.

— Eu adoraria, mas sei que a srta. Finch está cheia de trabalho, e já a ocupei bastante.

A gerente, que parecia imune aos encantos de Zeke, anuiu, aparentando ter ficado aliviada.

— Tenho mesmo um monte de papelada para resolver. Vou deixar que vocês dois investiguem a encosta.

— Será um prazer. — O pai ofereceu o braço à hipnotizada Valentina Crepúsculo, e ela entrelaçou o dela no dele. Eles caminharam pela Alameda Encantada juntos. Keelie ergueu os olhos esperançosamente para os carvalhos, esperando que jogassem frutos em cima deles, mas não caiu nenhum.

A srta. Finch deu um sorrisinho irônico ao observá-los partir. Em seguida, olhou para Keelie.

— Seu pai com certeza sabe usar o charme Heartwood.

— A-há.

— Não funciona comigo! — A gerente riu. — Zeke está me fazendo um favor ao tirar a Valentina do meu pé, portanto, vou ignorar o fato de que você não voltou à gerência depois de ser despedida do Churrasco no Espeto. Já me contaram tudo a respeito. Devolva sua fantasia bem cedinho no sábado de manhã, e esteja preparada para agir com muita humildade; então, talvez eu lhe arrume outro emprego.

Keelie se sentiu mal.

A fantasia estava acabada. Sua vida terminaria no sábado de manhã. Bem, talvez Janice tivesse linha e agulha, e Keelie pudesse consertá-la. Caso contrário, teria de escrever o próprio testamento naquela semana.

A srta. Finch deu uma olhada no relógio anacrônico e ridículo e franziu o cenho.

— Tenho que ir voando até o acampamento, para me certificar de que João Pequeno tomou a medicação. Juro que o meu trabalho se resume a servir de babá para atores, artistas e chorões. — Ela começou a descer rápido pelo caminho. O dragão voltara.

Zeke sumiu de vista, e Keelie foi para a loja, a fim de almoçar. Precisava bolar um plano. Tinha que agir com inteligência, e não sair desembestada floresta adentro e acabar levando o pessoal da APA até o unicórnio.

Para sua satisfação, o gato branco estava sentado em cima do balcão, aguardando-a. Knot encontrava-se do outro lado do móvel, ronronando até não poder mais. Os dois gatos pareciam suportes peludos para livros, só que o branco não ronronava. Keelie afagou a cabeça dele. Quanto mais pensava no assunto, mais achava que aquele seria um bom momento para ir procurar o unicórnio.

— Você viu meu amigo mítico na floresta?

O bichano fechou os olhos e acomodou o rabo sob o corpo.

Keelie podia caminhar pela floresta para clarear as ideias e, caso se deparasse com o unicórnio, teria a chance de avisá-lo sobre o pessoal da APA e pedir-lhe que tomasse cuidado. Devia haver algo que pudesse fazer para que a criatura melhorasse.

Conforme ela foi saindo da loja, o pai voltou.

— E aonde pensa que vai? — Ele a pegou pelo cotovelo e a conduziu de novo para dentro.

— Eu ia procurar o unicórnio, para alertá-lo.

— Não quero que vá à floresta sozinha. — Seus olhos verdes reluziram, e sua pele, brilhou. Zeke se apoiou numa das colunas da loja. O aroma de canela se esvaiu e, junto com ele, seu viço, fazendo com que ele voltasse a ter a aparência cansada e doentia que apresentara no café da manhã. Até mesmo pior.

— Pai, você está com a cara péssima. Precisa me deixar encontrar o unicórnio. Sei que consigo.

Ele suspirou e esfregou a testa como se estivesse com dor de cabeça.

— Sabe, os elfos têm um dito: "Quando se perde a floresta, perdem-se também os elfos." Não estamos indo bem.

— Então, como é possível que eu não esteja doente?

Zeke estendeu a mão e tocou na orelha direita dela, a redonda.

— Agradeça à sua mãe.

— Isso não explica Elia e Elianard. Eles têm a sua aparência quando você recorre àquele charme elfo.

Um movimento patético de seus lábios na certa deveria ser um sorriso.

— Charme elfo? — Zeke franziu o cenho. — Então, aqueles dois não foram afetados? Interessante. Estou tentando descobrir o que está acontecendo, e tenho certeza de que eles estão envolvidos nisso.

— E isso incluiu agir como um gigolô com uma mulher de terninho rosa brega?

— Gigolô? É insultante.

— Sabe mesmo o que essa palavra significa? Impressionante.

— Não devia ficar surpresa. Eu leio. E apenas joguei meu charme para a srta. Valentina e desviei a atenção dela do unicórnio.

— Não chegou aos finalmentes com ela, chegou? — Keelie não queria, de fato, saber dos detalhes de como o pai distraíra a mulher, mas a pergunta escapara assim que surgira em sua mente. — Isso seria nojento.

A face de Zeke ficou tão rubra quanto a da srta. Finch.

— Claro que não! Não faça uma pergunta dessas para o seu pai! Para tranquilizar você e sua imaginação fértil, a srta. Valentina não é o meu tipo, e eu não encantaria uma mulher com propósitos românticos. Não preciso fazer isso. Vamos. Temos que voltar ao trabalho.

— Trabalho? Nesse seu estado? Você me levou até o herbanário para que eu tomasse o extrato e agora acho que é a sua vez de ir até lá. — Talvez o pai estivesse sendo contaminado pela floresta amaldiçoada. Mas o Pânico não estava ali e ainda assim ela tinha aquela sensação sinistra e inquietante, que dificultava a respiração e precedia o medo paralisante.

— O que houve, Keelie?

— É, Keelie, qual é o problema? — perguntou uma voz sebosa.

Elianard entrou na loja, e a garota fez uma careta. Canela continuava sendo o cheiro do Pânico. E daquele sujeito.

O pai de Elia parecia uma divindade do Festival da Renascença com seu robe esvoaçante. Ele observou os blocos no balcão e sorriu.

— Sua filha anda fazendo seus brinquedinhos? Deve estar se sentindo muito grato, Zekeliel. Ela é como você. Quer dizer, o lado elfo dela. — Elianard ergueu os olhos verdes maliciosos. — A floresta está morrendo ao nosso entorno, e você faz brinquedos, Pastor das Árvores.

Ai. Ele falou exatamente o que ela estava pensando. Que desconcertante compartilhar da opinião do perverso Elianard. Keelie colocara as mãos no quadril, decidida a não deixar que ele a irritasse. A magia cresceu dentro dela. A garota se afastou das paredes e dos móveis, procurando se manter longe da madeira. Os pelinhos de seus braços se arrepiaram, e os cachos longos e grisalhos de Elianard começaram a esvoaçar em torno da cabeça dele. Parecia um dente-de-leão que Keelie podia assoprar magicamente.

Zeke se colocou entre a filha e Elianard, bloqueando o olhar arrogante do elfo.

— O que quer?

— Vim trazer uma mensagem do Conselho. — Ele sorriu. — Estarão chegando da Flórida e do Oregon. Você foi convocado para dar explicações por causa dos carvalhos e do estado de Wildewood. Enquanto isso, três de nós queremos conversar com as sempre-verdes. Queremos ouvir pessoalmente delas o que afeta este reino florestal, porque em breve o Pânico seguirá o mesmo caminho. Você será nosso guia, Pastor das Árvores.

— E se eu recusar?

Elianard sorriu.

— Não tem escolha. Keliatiel ordena, tal como deveria, dada sua história familiar.

Zeke recuou como se Elianard lhe tivesse dado um soco no rosto.

— Nos encontraremos esta noite ao nascer da lua, na clareira do velho carvalho, à sombra das três montanhas. Você foi convocado... — Ele ergueu um dos braços e apontou para os montes na direção da margem do rio. A manga longa de seu robe encolheu um pouco, a ponta chegando ao piso, os bordados cintilando à luz tênue. Todo o sujeito parecia reluzir com algum tipo de luminescência. — Leve-nos aos pinheiros.

Não era à toa que seu pai se mostrava chocado. A própria mãe tinha ficado contra ele. Normalmente, Keelie não aguentava Elianard, mas algo nele a intrigara naquele dia, um carisma que ele não tinha antes. Será que a magia do charme perdurava no ambiente? A garota não sabia. O Pânico também cheirava a canela.

— E você se ofereceu para se encontrar com os pinheiros? — Zeke arqueou a sobrancelha. — Por quê? O que realmente deseja?

Keelie sabia que ele suspeitava de que fora Elianard que levara o Barrete Vermelho ao Colorado e se perguntou por que Zeke simplesmente não o denunciara.

Elianard levou a mão ao peito, franzindo o cenho como se estivesse ferido.

— Não confia em mim? Não acha que tive algo a ver com os deploráveis acontecimentos em Montanha Alta, acha?

Zeke anuiu, sério.

— Não posso fazer acusações sem provas. Não obstante, você é o único que conhece os livros da sabedoria bem o bastante para evocar o duende maligno.

— Da mesma forma, seria possível acusar a sua filha. Talvez tenha sido seu lado humano contaminado que atraiu o Barrete Vermelho.

Ah, sim. Keelie estivera lá. Quase morrera tentando salvar as árvores de Montanha Alta, e Sir Davey se ferira.

Zeke inclinou a cabeça, encarando Elianard como um touro prestes a atacar. Parecia mais forte.

— Sempre que você está por perto, a magia é danificada. Embora não tenha como provar para o Conselho que você é que faz isso, posso evitar que faça mal à minha filha. Estou lhe avisando: fique longe dela.

A expressão de Elianard endureceu.

— É uma ameaça, Zekeliel?

— Se tomar o que eu disse dessa forma, que assim seja.

— Informarei seu comportamento irracional a Lorde Niriel — disse Elianard, com frieza.

— Correndo o risco de se expor? Uma ameaça vazia, Elianard. — Zeke deu um passo à frente. — Se o Conselho quiser me informar da realização de uma assembleia, melhor que mandem outro mensageiro. Acho difícil acreditar que esteja dizendo a verdade. E, quanto a atuar como seu guia para os pinheiros, converse com elas você mesmo.

Uau.

O tom de voz de Elianard mostrou-se carregado de escárnio contido.

— Você nos levará até os pinheiros quer queira, quer não. Precisamos saber o que está acontecendo na floresta. Tem se sentido meio indisposto ultimamente, Zekeliel? Se for esse o caso, não é o único do Povo das Árvores a se sentir doente.

O pai de Keelie deu de ombros.

— Tem um vírus por aí, como diria minha filha.

— Os elfos não são os únicos que estão adoecendo por causa dessa doença. O Conselho declarou quarentena obrigatória no alojamento, e uma jornalista curiosa está investigando por que alguns seres humanos estão adoecendo. Ela já notou algumas diferenças estranhas entre os funcionários do festival e atraiu a presença dos técnicos da APA aqui.

A expressão de Zeke foi de fria a meditativa.

— Isso está de acordo com as informações que recebi nesta tarde de um cientista humano. Mandarei uma mensagem ao Conselho. A APA de fato esteve aqui, e deve conduzir uma investigação minuciosa.

A tez de Elianard empalideceu bastante. Ele levou a mão ao balcão para se equilibrar, daí fitou Zeke, que cruzara os braços diante do peito. Os dois trocaram um olhar de compreensão, como se tivessem concordado em fazer uma trégua. Na certa tinham se dado conta de que teriam de trabalhar juntos contra a APA.

A energia caótica que dominava a loja se estabilizou. O ambiente continuava tenso, só que mais calmo. Keelie se virou, mas parou...

— Lulu?

A mulher das marionetes estava parada à entrada da loja, usando um traje de Fada Madrinha, com asinhas brilhantes e tudo. Zeke e Elianard se viraram ao mesmo tempo e fitaram, boquiabertos, a recém-chegada.

Ela entrou, mas parou quando viu Elianard. Keelie notou que sua fantasia tinha um decote bastante acentuado; estava mais para prostituta que Fada Madrinha.

Sem desgrudar os olhos de Elianard, Lulu apoiou-se numa coluna e perguntou, com voz aveludada e sedutora:

— Oi. Como se chama?

Zeke arqueou as sobrancelhas, surpreso.

— Lulu? Está tudo bem?

— Estou bem. Nunca estive melhor, mas você precisa me apresentar a esse seu amigo charmoso, aqui. — Seu tom de voz se tornou ainda mais profundo e sensual.

Keelie se virou para observar Elianard. Mais uma vez, havia algo nele, naquele dia, que atraía as pessoas para sua energia. Era como quando se ficava hipnotizado pela chama de uma vela e se quisesse estender a mão para tocá-la.

Lulu caminhou de forma sensual até Elianard, que deu a impressão de estar pouco à vontade com uma humana flertando descaradamente com ele. Isso era bom. Keelie ainda estava irritada com a mulher das marionetes, depois do incidente com Plumpkin, mas tudo seria perdoado depois daquele pequeno espetáculo.

Inclinando os ombros de maneira sedutora, para que Elianard pudesse ver de um bom ângulo seus seios, Lulu levantou a saia para expor a panturrilha sob o vestido branco brilhante.

— Ah, meu querido, ando procurando um homem como você. Tem um poder que nunca vi antes, e estou buscando um cara com uma energia como a sua. Você conseguirá lidar comigo.

Mamãe Gansa estava à solta, e encontrara um elfo para aquecê-la. Keelie bateu palma diante da face.

Elianard parecia um cervo hipnotizado pelo farol alto de um caminhão na direção contrária.

Lulu colocou a mão no ombro dele e sussurrou algo em seu ouvido.

Zeke se pôs ao lado da filha e sorriu para ela, com um brilho travesso nos olhos.

— Você tem um quê incrivelmente atraente. Não quer vir comigo brincar com minhas marionetes? — Lulu fez um beicinho sedutor e mandou beijinhos.

Elianard fez uma careta e tirou a mão dela de seu ombro, com uma expressão de desprezo.

— Obrigado, mas não posso aceitar seu... hã... convite eloquente.

— Ah, meu querido, não diga não, venha até meu trailer e vou fazer uns bolinhos especiais de chocolate com cobertura de queijo cremoso. São irresistíveis. Muito gostosos. — Ela meneou os ombros, dando todo um novo significado à comida assada.

Elianard deu a volta e saiu da loja, andando depressa. A amorosa Lulu seguiu-o de perto, jogando beijinhos ruidosos.

O sussurro de Zeke interrompeu o deleite de Keelie ante a cena a um só tempo nauseante e fascinante.

— Preciso salvar Elianard.

— Não quis dizer: salvar Lulu?

— Na verdade, não. Interessante o comentário de Lulu sobre ele ser um homem poderoso, mas por agora basta dizer que ela é uma bruxa e Elianard, Elianard. Embora se mereçam, precisamos descobrir a causa da gripe dos elfos.

— Lulu é uma bruxa?

O pai assentiu.

— Já reparou como as crianças se reúnem na loja dela? Não é só por causa dos bonecos que vende. Eu ia investigá-la na ABM.

— ABM? — Keelie franziu o cenho. — Mais parece a sigla de um canal de TV.

— É a Associação de Bruxas e Magos. Desconfio que Lulu esteja enfeitiçando as crianças e roubando sua energia.

— Quanta maldade. — Keelie se lembrou das criancinhas com rostos inexpressivos seguindo a mulher das marionetes.

— O festival não é apenas uma boa fachada para os elfos. Muitos seres o acham conveniente...

Lulu, do outro lado da alameda, estava colada em Elianard. As veias na testa dele saltavam como rios delgados e roxos. Ele mordeu os lábios, como se estivesse fazendo o maior esforço para não coçar uma ferida sarnenta em público.

O solo pareceu subir e ondular em torno de Keelie, e os carvalhos deram a impressão de caminhar ao redor dela. Sentindo um frio úmido e desorientada, ela tentou respirar, mas a canela tapou seu nariz. O Pânico a atingia como um maremoto.

13

Keelie respirou com dificuldade e, então, sentiu a mão do pai em seu ombro. O mundo voltou ao normal.

— Olhe só isso — sussurrou ele, em seu ouvido elfo. — Seu velho pai está prestes a se mostrar.

Zeke fez um gesto com a mão, os dedos bem abertos. As folhas dos carvalhos balançaram e, de repente, uma saraivada de frutos caiu sobre Elianard e Lulu.

As árvores tinham acordado. A maior parte de seus mísseis acertou a cabeça da bruxa. Ela gritou e voltou correndo para a loja.

— Ah, essas malditas árvores! — vociferou. — Vou contratar um lenhador para derrubá-las.

Keelie ouviu os urros de indignação dos carvalhos. Cobriu os ouvidos com as mãos. Os demais escutaram apenas o farfalhar das folhas.

Elianard inclinou a cabeça na direção de Zeke, aparentemente grato por tê-lo livrado de Lulu. Só que ele não contava com os carvalhos. Com a mulher das marionetes em segurança, no santuário de sua barraca, o elfo havia se tornado o alvo principal, e as árvores tinham ótima pontaria.

Pena que não havia uma versão para elas de beisebol, para que pudessem jogar. Elianard ergueu a túnica, revelando as pernas finas e pálidas, com bota feita à mão de Lady Annie. A vida era muito injusta!

Naquela noite, era Keelie quem lavava os pratos no trailer de Sir Davey. O pai tinha ido, logo após o jantar, levar Elianard e mais dois elfos desconhecidos para falar com alguns pinheiros. Keelie não confiava no pai de Elia, mas Zeke lhe garantira que estaria bem.

Sir Davey estava sentado à minúscula mesa de jantar, comparando o inventário que fizera naquele dia com uma lista digitalizada impressa.

A parte de cima das costas de Keelie doía pelo esforço de se inclinar para alcançar a pia projetada para a altura de Sir Davey. Ela estava pensando se o pai lembrava que Laurie chegaria na manhã seguinte. Esperava que sim.

Sir Davey ergueu os olhos, parando de checar os papéis.

— Falei com Janice hoje. Raven está chegando para ajudá-la. Mandou um abraço.

— É, mas ainda vai demorar semanas. Mal posso esperar para me encontrar com ela. — Sua glamourosa amiga mais velha provavelmente estaria com roupas de grife e um corte de cabelo superlegal, e teria histórias animadas sobre seu estágio na Doom Kitty. Ao passo que Keelie, até aquele momento, tinha se dado mal em alguns trabalhos sem futuro, e estava sendo obrigada a transformar galhos em blocos.

— Pelo visto, algo deu errado no trabalho dela na Doom Kitty — Sir Davey parecia satisfeito de que a experiência de Raven na cidade não tivesse dado certo. — Ela chegará dentro de alguns dias.

Keelie sentiu um pânico mais assustador que o que sentia com a magia dos elfos. Raven não ia querer andar com ela. A filha de Janice era universitária, e tinha acabado de trabalhar para uma empresa legal — acharia que Keelie era uma perdedora. Por sinal, como será que Laurie reagiria diante da "nova Keelie"? Talvez a amiga participante de festivais tivesse mudado tanto que não teria mais nada em comum com a garota californiana.

Desanimada, Keelie imaginou Laurie e Raven se encontrando. Iam se impressionar uma com a outra e conversariam sobre suas vidas empolgantes. Em seu pior pesadelo, suas melhores amigas se dariam superbem e a deixariam de lado, enquanto a srta. Finch continuaria a mandá-la, aos berros, pagar mico num trabalho idiota, levando Elia e suas companheiras a fazer troça dela. Talvez Sean aparecesse e se apaixonasse por Laurie.

Keelie devia estar muito estressada. Enxugou o último prato e colocou-o no secador. Deixou-se cair na cadeira do trailer, na frente de Sir Davey, e deixou escapar um suspiro. Ele abaixou os papéis e examinou-a.

— Precisa de boas notícias? — Ele movimentou as sobrancelhas para ela. — Janice disse que Zeke pode usar o jipe dela para buscar a sua amiga amanhã cedo na estação.

— Ótimo. — A garota deixou escapar outro suspiro.

— Está preocupada?

— Com o quê?

— Com a forma como sua amiga vai reagir ao festival? E se ela descobrir que você usa magia arboral? Como vai esconder isso dela?

— Não sei. — Keelie apoiou a cabeça nas mãos. Sir Davey acertara em cheio no seu dilema, e ela não tinha nenhuma solução em mente.

Keelie olhou para o lugar no sofá em que o pai vinha dormindo desde que tinham ido se hospedar no trailer de Sir Davey. Ele não estava ali, e já eram 9h. Os travesseiros continuavam na mesma posição que na noite anterior. Beleza. O pai não fora se deitar ainda e, se o tivesse feito, não havia sido ali. Eles teriam que sair dali a uma hora para pegar Laurie na Estação de Canooga Springs, e Zeke sumira.

Sir Davey também desaparecera. Aborrecida, Keelie se deu conta de que talvez os dois tivessem saído sem ela. Começava a entender por que a srta. Finch andava sempre furiosa. Quando se dependia das pessoas para fazer as coisas, o que acontecia?

Keelie deixou escapar um suspiro. Pegou o quartzo-rosa do local em que o deixara na noite anterior, quando lavara os pratos.

Precisava de um segundo plano. Janice tinha oferecido o jipe, só que pensara que Zeke estaria disponível para dirigi-lo. Ao que tudo indicava, o pai de Keelie continuava com Elianard e os pinheiros. Talvez Janice pudesse levá-la. Keelie decerto não pediria que a srta. Finch a ajudasse — era jovem demais para morrer. Pensou na reunião do Conselho de novo. Começou a ficar preocupada.

Aquela espera era muito frustrante. Ela foi até o travesseiro, pegou-o e deu um soco nele. Em seguida, jogou-o de volta para o sofá. Não restava dúvida de que, exatamente por isso, precisavam de celulares. E dos de verdade, não dos conectados às árvores. Keelie abriu a porta do trailer e saiu, pestanejando por causa do dia ensolarado. Pelo menos o tempo estava bom. Precisava descobrir como estava o pai e informar-lhe que pediria a Janice que a levasse até a cidade.

A garota caminhou até as árvores e fechou os olhos. Então, apertou com força o quartzo. Este envolveu-a em uma luz rosa, que, em seguida, foi circundada por um brilho verde-escuro. Keelie se abriu para a energia das árvores, mas, dessa vez, conseguiu controlá-la. Uma árvore específica atendeu o seu pedido. Chamava-se Tavak, o abeto mencionado pelo pai.

Pastora das Árvores, convoca-nos?

Onde está o meu pai? Com você?

Não, saiu de nossa reunião ao nascer do sol. Está com os demais elfos.

Elianard?

Não, outros que buscam sua sabedoria no que diz respeito aos assuntos relacionados a Wildewood.

Então, Keelie ficou brava. O pai sabia que eles precisavam ir buscar Laurie. Onde tinha se metido? Continuava com os elfos, tratando de negócios.

Keelie sabia que alguns dos elfos estavam doentes, mas aquilo lhe lembrou demais das ocasiões em que a mãe dava prioridade às necessidades dos clientes, e não às dela. Não podia deixar Laurie plantada na estação, esperando por ela. Não demoraria muito ir até Canooga Springs, pegar a amiga e voltar rápido para o festival; daí Zeke poderia voltar à reunião.

Diga para ele que precisamos ir até a cidade, para pegar Laurie.

Keelie até a cidade, pegar uma Laurie.

Meio confuso, mas tudo bem. O pai entenderia.

Keelie ponderou, de súbito, se, como as árvores podiam mandar mensagens ao pai, se podiam enviar uma para o unicórnio. Como era o guardião da floresta, deviam conseguir falar com ele. Fazia mais de uma semana que ela não o via, e estava preocupada — sobretudo naquele momento, com os caras da APA perambulando por lá. Deveria ter tido a ideia de se comunicar telepaticamente com ele antes, mas conversar com unicórnios era uma novidade para ela.

A garota gostou de Tavak. O pai tinha razão; ela sentia uma perspicácia aguçada na árvore.

Obrigada, Tavak. Preciso que mande outra mensagem — para o unicórnio.

Lorde Einhorn está desaparecendo.

Então, era assim que se chamava. E ela já sabia que ele estava se extinguindo, pois o tinha visto.

Diga para ele que os seres humanos estão vasculhando a floresta. Ele precisa encontrar um lugar para se esconder.

Silêncio.

Então, Tavak falou de novo.

Lorde Einhorn quer que se encontre com ele no círculo de carvalhos, na trilha após a construção que vocês chamam de gerência.

A que horas?

Keelie teria de sair escondida. Com a Laurie por perto, seria difícil

Vá até lá e ele a encontrará, informou Tavak.

Farei o possível.

Einhorn diz que você tem que ir. Ou talvez fique tarde demais.

Nenhuma pressão.

Vou me encontrar com ele.

Filha do Pastor das Árvores, a consciência de seu pai não está aberta para nós. Embora possamos senti-lo, não conseguimos transmitir sua mensagem.

Beleza. O pai colocara as árvores à espera. Keelie começava a sentir dor de cabeça por causa de toda aquela conversa telepática.

Vamos continuar tentando contatá-lo. O que mais a floresta pode fazer para ajudá-la, Keliel, Pastora das Árvores?

Nada, mas, assim que conseguir se comunicar com ele, por favor, me avise.

Como desejar, Pastora das Árvores.

O brilho verde desapareceu, e Keelie abriu os olhos. Suas mãos trêmulas estavam cálidas, e o quartzo-rosa reluzia como uma diminuta lâmpada.

Será que o pai estava ferido? Talvez Elianard e os outros elfos o tivessem prendido em algum lugar. Com certeza as árvores teriam sentido isso, a menos que... Ela se virou, ansiosa, olhando na direção do Trailer Alpino. A caminhonete velha e sua casinha enfeitada, de reboque, tinham sumido. O temor de Keelie diminuiu. Não era à toa que as árvores não podiam encontrá-lo. Ela fez observações mentais: A) se tivessem celulares, podiam ter se comunicado; B) se Keelie tivesse uma carteira de habilitação, poderia ter ido até Canooga Springs sozinha, no jipe de Janice, e Zeke poderia ter ficado onde estava, num local desconhecido porque (consultar A) a filha não tinha celular.

Quantas vezes dissera ao pai que ela precisava ir pegar Laurie naquele dia? Onde quer que ele estivesse, já não fazia diferença àquela altura. Talvez Janice pudesse levá-la.

Keelie ouviu o chiado antes mesmo de Knot andar depressa em sua direção. Ele espirrou, de olhos fechados e, em seguida, olhou para a dona como se ela houvesse provocado o espirro. Era só o que faltava, o gato adoecer também.

— Aposto como o que você tem é contagioso. Fique longe de mim. — Com exceção da raiva, ela não sabia de nenhuma doença que felinos e seres humanos pudessem passar uns aos outros. Só que ele não era realmente um gato e ela não era totalmente humana.

Knot não se aproximou. Ainda bem, porque como Keelie estava com uma combinação legal de calça e camiseta, queria se manter apresentável para Laurie.

O gato branco foi se aproximando sorrateiramente, por detrás da roda do trailer; então, sentou-se perto de Knot e olhou para Keelie. Ela abriu a porta do trailer de Sir Davey.

— O café da manhã está aqui dentro. É aquela gororoba para gato que o papai comprou lá naquele fim de mundo de Jackson, uma comidinha deliciosa e natural.

Knot levantou a pata traseira e começou a lamber o traseiro.

— Está bom, não coma, mas deixe o seu amiguinho tomar café da manhã. — Nenhum dos dois entrou. Ela não podia ficar ali parada, segurando a porta para sempre. Levou as duas tigelas para fora, mais uma terceira cheia de água, e colocou-as na sombra, atrás do pneu. — Tudo bem, então. Quando vocês estiverem com fome, já sabem onde está a boia.

Knot espirrou, e o gato branco olhou-o por alguns instantes, daí dirigiu os olhos acinzentados para Keelie. Ela não tinha tempo para felinos melindrosos, não quando precisava encontrar um jeito de chegar à estação para pegar Laurie.

Keelie foi depressa até o festival, cortando caminho pelos espaços entre as cabanas dos funcionários. Muitas estavam vazias, já que seus donos se preparavam para o fim de semana, mas outras se mostravam movimentadas. Keelie ignorou todas. Não planejara ir até a Alameda Encantada.

Knot a seguiu, os passos silenciosos ocasionalmente interrompidos por chiados e espirros. Aquilo era pior que a lambição interminável. Ela se virou, e estava prestes a mandá-lo voltar para o trailer, quando viu que o gato branco também os seguira. O coitado devia estar desesperado para acompanhar Knot, o Ó.

Keelie prosseguiu rápido pelo caminho que cruzava com a Alameda Encantada, pensando que tinha questões mais importantes com que se preocupar que a vida social do seu gato. E se Laurie concluísse que ela mudara tanto que não poderiam mais fazer o mesmo que fizeram na Califórnia, compartilhando roupas e maquiagem e falando sobre os garotos? Keelie não podia contar para a melhor amiga tudo sobre Sean. Podia até descrever o corpaço dele, o beijo e como Elia afirmava que a filha de Heartwood o roubara dela. Mas não podia revelar para a californiana que ele era um elfo de 85 anos. Nem que ela mesma podia ser caracterizada como metade elfo, nem que todas as vezes em que tinham jogado lacrosse nos campos em Baywood, as diminutas árvores das cercanias cantaram para ela, levando a garota a cambalear na tentativa de bloqueá-las.

A idade de Sean continuava a causar estranheza a Keelie, que às vezes chegava a imaginar como ele seria se fosse um ser humano de 85 anos, todo enrugado e curvado. Pior ainda era a constatação de que ele passara por experiências que ela nem podia conceber. Devia achar que Keelie não passava de uma criancinha, embora não a tivesse beijado da forma que se faz com uma. A lembrança do beijo dele levou-a a estremecer. Sean a fizera se esquecer de que tinha apenas 15 anos. Talvez aquilo fosse o que os livros chamavam de sentimento que independe da idade.

Ela mal podia esperar para vê-lo de novo. Aquele seria o lado bom de passar o inverno na Floresta do Pânico, a morada dos elfos na América do Norte. Keelie receberia lições sobre eles, cercada do povo do pai — sentindo-se como uma forasteira.

A ansiedade levou-a a apertar o passo, e sua respiração ficou ofegante. Sentiu a pressão dos pedidos velados das árvores. Aquele não era um ataque de pânico. Ela ergueu os olhos e fitou a copa. Conversar com as árvores tinha seu lado ruim.

A garota pegou o quartzo-rosa no bolso e uma sensação de tranquilidade fluiu por seu corpo, protegendo-a com seu escudo de magia terrena.

— Keelie. Ei, Keelie, espere. — O grito de Sir Davey a trouxe de volta à realidade. O homenzinho corria em sua direção, a capa de cetim de mosqueteiro esvoaçando e a pena branca do chapéu agitando-se a cada passada. Ele se recusara a seguir o tema de Robin Hood, mas ninguém parecera se importar ante a visão do mosqueteiro miniatura em meios aos Alegres Saqueadores.

— Você viu o meu pai? Ele não voltou para casa desde que foi para a reunião do Conselho ontem à noite, e a caminhonete não está lá.

Sir Davey parou, esbaforido, e se inclinou, apoiando as mãos nos joelhos. Então, ergueu o dedo indicador.

— Ele. — Respiração. — Está. — Outra inalação profunda. — No alojamento.

— Achei que iam se encontrar na floresta.

Davey se endireitou. De pé, chegava ao nariz de Keelie. O chapéu ajudava um pouco, também.

— Eles resolveram dar continuidade à reunião hoje, no alojamento. Zeke está apenas um pouco indisposto, achou melhor ir descansar no trailer dele. Sabe como são os elfos. Dão uma dormida, daí acordam e se sentem melhor. O sistema imunológico deles é ultrarresistente.

— Meu pai está sozinho e doente, dormindo num estacionamento, e ninguém me contou? Mostre para mim onde ele está.

— Não posso. Ele não quer que você pegue o que o aflige, que por sinal anda atingindo vários povos das árvores, pelo que vi. O alojamento está começando a parecer uma enfermaria. Você deve ficar no meu trailer com a sua amiga da Califórnia. Vou me hospedar com alguns dos Alegres Saqueadores, na cabana deles.

Ao menos Keelie podia se sentir grata pelas duas estarem num ambiente moderno. Exótico, mas século XXI.

Knot abriu a boca e, em meio ao miado, espirrou.

Os olhos cinza-chumbo de Sir Davey observaram os verdes do gato. O homenzinho franziu o cenho.

— Vá descansar, meu velho, que vou cuidar de Keelie. Tire o dia de folga.

O bichano pestanejou e, em seguida, deu a impressão de assentir. Saiu andando, o rabo arrastando no chão, com folhas de pinheiro grudando na parte peluda, abaixo.

Keelie nunca o vira doente. Não admitiria em voz alta, mas estava preocupada com ele. Gritou:

— Ei, melhor dormir na sua caminha de gato e ficar longe dos meus travesseiros. — Ele a ignorou e continuou andando. Ela se virou para Sir Davey. — Knot fala com você também.

A garota manteve o tom de voz casual, mas aquele diálogo entre gente e gato, do qual se via excluída, realmente a intrigava.

— Knot miou — explicou Sir Davey. — Você conversa com ele o tempo todo. Acabou de bradar algo como se ele entendesse.

— Certo. Uma coisa é *dizer* algo para ele, outra é *conversar* com ele.

— Dá no mesmo.

— Não dá não. O papai também faz isso.

Keelie vislumbrou algo esbranquiçado se movimentar abaixo. O gatinho branco sentou-se aos pés dela, a cabeça delicada observando-a, como se dissesse: "Salve-me." A garota se abaixou e o afagou na testa. Tufos de pelo branco esvoaçaram. A distância, Knot miou.

As orelhas do bichano branco movimentaram-se, e ele dirigiu a atenção ao caminho percorrido por Knot, como se tivesse sido chamado. O pobre parecia ter piorado, não melhorado — ela notou duas falhas no pelo, à altura do quadril dele.

— Coitadinho desse gato abandonado. Precisamos levá-lo até o veterinário.

— Não temos tempo de cuidar de um gato selvagem agora. — Sir Davey queria resolver as tarefas. — Vamos até a cidade. Mais tarde podemos perguntar a Janice se ela sugere algo para o bichano e também para Knot. Agora, se não andarmos logo, sua amiga da Califórnia ficará plantada na estação, perguntando-se se não foi esquecida.

Eles estavam entrando no estacionamento. Era agradável caminhar ao lado de Sir Davey. Keelie não precisava se apressar para acompanhá-lo, como ocorria com Zeke.

— Posso dirigir?

— Não. — Ele respondeu sem rodeios, como se ela tivesse perguntando: "Podemos comer sanduíche de mortadela no almoço?"

— Como é que eu vou aprender a dirigir se ninguém me ensina?

— Não sei, mas não é a prioridade agora. — Sir Davey animou-se. — Ah, veja, lá está Janice. É o seu dia de sorte. Talvez depois de ela curar seu gato adotivo, possa lhe dar aulas de direção.

Os adultos se julgavam tão engraçadinhos. Janice estava no jipe dela, com as chaves do carro. Usava um suéter roxo, com "Mamãe Terra" bordado no peito, em azul floreado.

— Animada com a chegada da sua amiga? — A face amável de Janice irradiava vibrações de boa mãe. Raven era muito sortuda.

— Estou. Mal posso esperar para me encontrar com ela. Só queria que o papai não estivesse doente.

— Deixe que ele durma umas 24 horas, e ficará bem. — A voz de Janice pareceu reconfortante. — Tem algum vírus esquisito rondando por aí, mas esse tipo de situação aparece e desaparece.

— Tomara que sim. Será que você poderia dar uma olhada no gatinho de rua que anda acompanhando o Knot? O Knot só está espirrando, mas o gato branco está perdendo pelo na parte de cima das pernas. Eles estão indo para o trailer do Sir Davey.

Janice observou o caminho.

— Vou dar uma olhada nele. Coitado, largado aqui, para se virar sozinho na floresta. — Ela fez o comentário de um jeito tão emotivo, que Keelie ficou sem saber se se referia a Zeke ou ao gato de rua. — A perda de pelos dele pode ser consequência de má nutrição. — Vou checá-lo de tarde.

Keelie se sentiu melhor sabendo que Janice examinaria o gato.

— E não se esqueça de que Knot anda espirrando. Ou está resfriado ou é alérgico a algo por aqui.

Janice sorriu.

— Vou dar uma examinada nele também. Algum outro indisposto que precisa dos meus cuidados?

— Não. — Keelie olhou para as montanhas e pensou no unicórnio. Não, a menos que Janice tivesse algum remédio fitoterápico para fazê-lo se sentir melhor.

— Ela quer aprender a dirigir. — Sir Davey revirou os olhos.

— O quê? — perguntou Janice, franzindo a testa.

— Eu *preciso* ter aulas de direção.

Janice não franziu mais o cenho, mas sua face se mostrou tão inexpressiva quanto a de um manequim.

— Ah. Certo... — Ela olhou para o pulso. — Vejam só que horas são! Melhor vocês dois irem andando, ou a amiga de Keelie ficará esperando sozinha na estação de trem, perguntando-se onde você está.

Sir Davey deu um largo sorriso.

— Vamos, Keelie.

Conforme eles continuaram a rumar apressados para o estacionamento, Keelie se lembrou de que Janice nunca usava relógio. Podia simplesmente ter dito não. Era difícil entender os adultos, às vezes.

14

Embora Sir Davey fosse baixinho demais para alcançar os pedais, ele dirigiu o jipe. O acelerador simplesmente abaixava automaticamente quando o homenzinho precisava aumentar a velocidade, e o veículo ia mais devagar nas curvas acentuadas. O freio entrava em ação sempre que se aproximavam de uma placa de "pare".

Keelie observou, assombrada, antes de perguntar: — Como você faz isso?

— Estou usando magia terrena, claro. — Sir Davey pegou uma pedra no bolso. — Lembre-se de que um objeto a ajuda a concentrar a energia e atua como meio de transmissão da magia.

Keelie fez menção de tocar na pedra, mas ele a impediu.

— Não toque nela — disse, tomado de pânico. — Estou dirigindo. — Sir Davey colocou-a de volta no bolso do casaco.

— Puxa. Tudo bem, pelo visto é a sua pedra especial.

— Não. Está em sintonia com a minha magia. O padrão energético dela é compatível com o meu. Se você tocar nela, irá danificá-lo.

— Uau. E como eu faço para ter uma pedra especial? — As possibilidades de possuir algo assim eram tentadoras. Na certa, ela poderia evitar as aulas de habilitação e talvez até tivesse a oportunidade de ajudar as árvores e o unicórnio. — O meu pai sabe disso? — Ela tocou no quartzo-rosa em seu bolso.

— Você não *pega* a pedra. Ela é que a escolhe. Você saberá quando sentir uma vibração vinda dela. É como um zumbido. Primeiro uma vibração desconcertante, depois um zunido. Ela também filtra magia negra.

Alguns meses atrás, ela teria rido das palavras dele. Mas, naquele momento, anuiu. Uma pedra poderosa como aquela seria útil.

Sir Davey franziu o cenho.

— Quero que tenha sua pedra especial também, porque, mocinha, com o que está acontecendo no festival, vai precisar.

Keelie sentiu um calafrio percorrer seu corpo.

— O que é que está acontecendo? Isso daqui parece pior que o Barrete Vermelho.

— É diferente. — Ele fez um bico e um gesto apontando para a frente. Conversa encerrada.

Eles passaram por uma estrada estreita e sinuosa, que atravessava uma floresta densa. Keelie sussurrou palavras reconfortantes para as árvores conforme passavam, até chegarem a um trecho com quantidade cada vez menor delas, ponto em que os lamentos do povo da floresta se tornaram débeis. Havia algumas casas construídas, longe da estrada. Eles passaram por um posto de gasolina saído direto de um filme antigo, com bombas sem revestimento, já de tom rosa ou cinza, e um sujeito sentado à entrada, a cadeira inclinada e apoiada na parede. A cidade de Canooga Falls era menor que um bairro típico de Los Angeles.

— Chegamos — disse Sir Davey, encostando o carro e colocando o câmbio automático em "estacionar".

Keelie olhou ao redor, pasma.

— É aqui? — Não tem nada neste lugar. Está brincando, né? — Eles haviam estacionado a duas construções do posto caindo aos pedaços, na frente de um salão de beleza que prometia tudo, menos isso. — Sally Cortes e Cachos. Caramba.

— A estação fica ali na esquina. Vou até a loja de pedras. Depois que o trem chegar, venham me encontrar, e as levarei para almoçar. — Seus olhos brilharam, empolgados, como se a perspectiva de caixas de pedras empoeiradas fosse o melhor divertimento do mundo. — Talvez você encontre sua pedra especial lá. Caso contrário, há mais lojas nesta cidade charmosa.

— Sério? Tipo um brechó maneiro? Ou uma loja de eletrodomésticos usados? — Não havia motivo para tentar tornar aquela cidade-fantasma um paraíso das compras. Além do mais, Keelie não tinha grana e, seja lá o que ganhasse nos seus empregos, serviria para pagar a bota. E uma fantasia do Churrasco no Espeto.

Sir Davey revirou os olhos.

Keelie desejou ao menos dar uma olhada nas vitrines. Era algo que ela e Laurie gostavam de fazer, e fazer isso com sua grande amiga seria uma mudança bem-vinda em relação ao universo do festival — já que a californiana teria uma experiência do tipo Alice no País das Maravilhas quando elas chegassem a Wildewood.

A estação consistia numa plataforma térrea com um guichê pomposo, mas enferrujado, voltado para a rua. O trem apitou e soltou fumaça no trilho, enquanto algumas pessoas perambulavam pela plataforma ampla e pavimentada. Keelie não conseguiu ver Laurie, porém sabia que devia estar ali. A pilha de malas da Louis Vuitton a denunciaram.

O estômago de Keelie se contraiu quando ela se deu conta de que teria de manter Knot longe da bagagem da amiga. Se ele não gostasse dela, iria usá-las como a caixa de areia mais cara do mundo.

Então, ouviu a voz familiar de Laurie.

— Esta cidade é tão *bizarra*.

E lá estava ela. Longos cabelos louros, com luzes naturais, olhos azuis e grandes, bela camiseta transparente, jeans de cós baixo e sandália despojada, de salto anabela. Keelie sentiu uma onda calorosa de irmandade e amizade. Laurie vinha de seu antigo mundo, do que ela compartilhara com a mãe; e, com ela ali naquele momento, as lembranças atingiram Keelie como um asteroide.

A amiga se virou e a viu. Seus olhos arregalaram, e ela soltou um grito. A outra fez o mesmo e correu na direção dela, de braços abertos. As pessoas ficaram olhando enquanto as duas se abraçavam e saltitavam.

— Keelie, você está ótima.

Ela não esperava ter ouvido aquilo de Laurie. Seus cabelos tinham crescido e encaracolado, e as roupas novas tinham ficado mais gastas com a lavanderia precária do festival.

Laurie a fitou.

— Minha nossa. Cara, você tem ido, tipo, num spa? Seja lá o que estiver fazendo, precisa me contar. Está com um, tipo assim, brilho, supernatural. Eu daria tudo para ter um igual.

— Eu... — Keelie fez menção de contar que não tinha feito nada diferente, mas a amiga a interrompeu.

— Que cidade mais maneira. Sabe, Los Angeles é tão cheia de concreto e artificial. Você pode agitar e tomar purgante, mas juro que quando desci deste trem, já estava, tipo assim, respirando ar puro. Deviam até engarrafar esse ar, como fazem com a água, para vendê-lo lá na minha cidade.

Ela sempre falava tanto, daquele jeito?

— Laurie...

— Ah, e quer saber o que mais? Estou louca para conhecer as lojinhas daqui. Aposto como tem um monte de lugar legal. Tem Starburcks?

— Não sei. É a primeira vez que venho. — Ela não estava a fim de admitir que o lugar era uma droga. Seja como fosse, a amiga se daria conta disso em breve. — Eu e o meu pai fomos direto para o festival. — Mas um café cairia bem. A circulação sanguínea de Keelie se agitou diante da ideia da cafeína percorrendo seu corpo. Ia precisar dela se quisesse acompanhar Laurie. — Vamos procurar um. — E torcer para que não haja, tipo, frequentadores caquéticos e escoteiros lá.

— Espere aí? E a minha bagagem? — A amiga olhou para a imensa pilha de malas de grife. — Cadê o seu carro?

— Aqui perto. — Keelie ficou triste ao pensar em como a bagagem dela pareceria cara na mala do velho jipe.

— Qual é o seu carro? O meu pai comprou um Prius para mim; não é o mais estiloso, mas, pelo menos, não prejudica o meio ambiente, sabe? E toda a galera está usando esse tipo. O meu era prateado, mas mandei repintar em azul-claro, porque combina com os meus olhos. Aonde é que você vai?

Keelie fez um funcionário da estação parar.

— Com licença, podemos guardar essa bagagem aqui até mais tarde?

O cara afagou o queixo enquanto observava a pilha.

— Tem alguns armários dentro do guichê, mas nenhum tão grande para armazenar tudo isso.

— Eu fico aqui com a bagagem. Vai lá pegar o carro e volte para cá, Keelie. Caramba. Você está parecendo irritada, de repente.

O sujeito lançou um olhar de desagrado para Laurie e saiu andando.

— Ótima ideia, Laurie, só que eu ainda não tenho carteira.

A amiga arregalou os olhos.

— Como? Não passou no teste? É, tipo assim, a coisa mais fácil do mundo.

— Eu ainda não aprendi a dirigir. Meu pai não tem tempo de me ensinar — explicou ela, por entre os dentes. *E não se fala mais nisso.*

— Ah. — Laurie deu a impressão de ter ficado constrangida. — Sinto muito. — Ela olhou, sem poder fazer nada, para as malas. — Eu trouxe um monte de troço, né?

— Um monte — concordou Keelie.

— Bom, como é que você chegou aqui? Pelo jeito, pegou um ônibus! — A amiga pronunciou "ônibus" da forma como a maioria das pessoas diz "esgoto".

— Não, um amigo do meu pai me trouxe até aqui. Sir Davey. Ele está numa das lojas.

Laurie se entusiasmou.

— Sir? Ele é inglês? Que legal! Nunca conheci um cavaleiro de verdade.

— E nem vai conhecer um agora — ressaltou Keelie, rindo. — Acho que ele só leva esse título por causa do Festival da Renascença. É tipo um personagem que ele faz. O nome verdadeiro dele é Jadwyn Morgan, mas ninguém o chama assim.

Bom, sua avó, sim. O que equivalia a ninguém, certo?

A expressão animada de Laurie não mudou. Obviamente, para ela, um cavaleiro do Festival da Renascença era tão bom quanto um real. A amiga jogou os cabelos louros por sobre o ombro e foi atrás, impaciente, do funcionário, que já estava do outro lado da plataforma.

Por um instante, pareceu igual a Elia. Uma versão humana e simpática da elfo. Keelie sorriu. Imagine quando as duas se encontrassem. Laurie podia ser tão sacana quanto a elfo, por uma boa causa. A vida estava prestes a se tornar bem mais interessante.

Laurie deu uma gorjeta para que o atendente guardasse sua bagagem no guichê, e as duas saíram, olhando as vitrines até o final da rua, dando risadinhas por causa das lojas sem graça e empoeiradas, até chegarem a uma que parecia um fragmento de castelo que, de súbito, fora parar no norte de Nova York.

A fachada da loja era revestida de pedras e, sobre a entrada ampla, havia uma placa de madeira em que se lia: "Loja de Cristais de Canooga." Uma pequena gárgula de pedra olhava para elas sobre a placa. Keelie revirou os olhos. Achava que o cenário pseudomedieval se limitava ao Festival da Renascença, mas, pelo visto, espalhava-se pela cidade, como um vírus.

Laurie fitou a fachada da construção.

— Brega demais.

— É mesmo. Vamos entrar. — Keelie estendeu a mão para tocar na porta de metal pintada. Um zunido forte foi das pontas dos dedos dela até seu braço. Ela recuou e observou a porta.

Já Laurie entrou, sem o menor problema. A amiga a seguiu, depois de tocar com hesitação nas pedras que sobressaíam na parede. Era de verdade. O zumbido fez os dedos de Keelie formigarem através da pedra, embora não tenha havido conversa, como ocorria com a madeira. Keelie deu de ombros. Talvez fosse uma má conexão porque, se as pedras começassem a conversar com ela, não haveria lugar seguro para a garota no planeta.

As paredes de tom roxo da Loja de Cristais de Canooga eram decoradas com murais pintados à mão de sereias, unicórnios, dragões e outras criaturas fantásticas, que emprestavam ao lugar uma atmosfera etérea, de conto de fadas. O zumbido aumentou e se concentrou mais.

Estantes de madeira circundavam a loja, algumas com cestas cheias de pedrinhas, outras com umas do tamanho da mão de Keelie. Havia geodos numa estante, abertos e reluzentes. A tranquilidade do lugar era reconfortante, e a garota se deu conta de que, ali, as árvores equivaliam a um sussurro longínquo.

Até mesmo Laurie deu a impressão de sentir a grande intensidade de magia terrena. Ela parara de falar e caminhava quieta pela loja, observando tudo.

Keelie sentiu o zunido de novo. Não era como o dos insetos. A garota tinha a impressão de que seu sangue se tornara, de repente, rugoso, latejando asperamente ao circular por suas veias. Ela seguiu o ruído.

— Está ouvindo? — perguntou a Laurie. — Uma zoação?

— Que zangão? — A amiga examinava uma área com esculturas de cristal.

— Não acho que seja um zangão, mas incomoda. — Keelie caminhou até Laurie. O zum-zum diminuiu. Ela olhou para cima, mas não viu nada que pudesse gerar aquele som.

— Eu não estou ouvindo nada. — Laurie andou na direção das cestas de pedras, e Keelie a seguiu. O ruído aumentou. Lembrava o jogo do Marco Polo. Laurie pegou um ramo feito de cristais de ametista. — Este lugar é legal. Parece muito com uma loja aonde vou muito, a Cabana do Golfinho. É uma choupana de praia que virou loja de feng shui. A mamãe adora comprar troços lá. — Ela envolveu a amiga com um dos braços, rindo. — A última coisa que comprou foi um livro sobre feitiços amorosos. Acho que minha mãe está a fim do atendente do clube, não que ela ache que seja amor de verdade. Relacionamentos permanentes devem ser baseados em grana, não em sentimentos, segundo o que ela diz.

— Então, para que sua mãe precisa de feitiços de amor? — Keelie se perguntou se a mãe de Laurie sempre fora daquele jeito. Ela mesma não vira isso antes. Será que sua própria mãe vira? Mas, depois de ficar sabendo da Associação de Bruxas e Magos e testemunhar o pai jogar seu "charme" na vereadora, uma obra a respeito de feitiços amorosos parecia algo inofensivo.

— Bom, ela acha que já não está tão atraente, e livros de feitiços de amor são mais baratos que cirurgia plástica. — O tom de voz da amiga era superprosaico.

O zunido se tornara uma campainha, que ressoava na cabeça de Keelie. Ela cobriu as orelhas, desvencilhou-se de Laurie e olhou ao redor freneticamente, buscando a fonte. A amiga revirava pedras numa cesta, como se não houvesse nada errado.

Keelie parou na frente de um balcão cheio de pedras de aspecto vítreo. Estendeu a mão naquela direção e o ruído passou a soar como uma sirene, lembrando o alarme de incêndio de uma escola. Uma delas provocava o barulho, e a garota estava prestes a atirá-la pela janela. Keelie se afastou, daí se virou e caminhou depressa para os fundos da loja, ansiando colocar uma distância entre ela e o ruído. A cada passo o som diminuía, assim como a tensão que se concentrava nos ombros.

Naquela parte, a decoração era totalmente diferente. Um ar gelado, quase pesado, espalhava-se pelo ambiente escuro. Ela se virou para se certificar de que não fora parar noutra loja. Os tons verdes e azuis do espaço amplo e bem-ventilado atrás dela reluziam, lembrando a parte interna de um aquário.

O zumbido ressoava para Keelie do balcão diante do qual Laurie continuava parada, fitando a amiga. Ela foi voltando, devagar. Como a californiana não ouvia o ruído, devia ser algo mágico.

Pelo visto, vinha de uma pedra negra brilhante, do tamanho de uma noz, com formato que lembrava um pouco o de um caracol irregular. Aquela devia ser especial; estava em cima de um expositor quadrado, de feltro vermelho, na parte central da vitrine. Naquele momento em que tinha se aproximado, as mãos de Keelie ficaram geladas. O ruído parecia um aviso. Talvez fosse perigosa.

— Ah, vocês são umas gracinhas! — Laurie fez o comentário e riu, em seguida, contagiando Sir Davey e o homem atrás do balcão. Keelie balançou a cabeça. Sir Davey e sua amiga pareciam velhos amigos.

Keelie observou a pedra angulosa, os dedos a centímetros de distância, e, em seguida, afastou devagar a mão. Talvez estivesse aprendendo algo, no fim das contas. Não tocaria nela até Sir Davey confirmar que não haveria problema.

Sir Davey caminhou até ela, afagando a barba.

— Parece que encontrou a sua pedra, Keelie.

— Você também consegue ouvi-la? Qual é ela?

— Tectita. Interessante tê-la evocado. — Ele ficou fitando a pedra.

— O que é uma tectita? — Laurie tocou no objeto com a ponta do dedo. A loja não explodiu pelos ares.

Sir Davey arqueou a sobrancelha.

— As escolas não dão mais aula de geologia?

— Talvez até tenham ensinado algo... — A californiana deu a impressão de estar constrangida.

Sir Davey se virou para Keelie.

Ela balançou a cabeça.

— Algum tipo de mineral?

— A tectita é um material vítreo natural, geralmente encontrado nas áreas atingidas por meteoritos.

— Não vale. Se é do espaço cósmico, então tecnicamente não pode ser englobada na ciência aqui da Terra. É uma pedra estelar, feia para caramba. — Laurie olhou para a tectita com desgosto. A feiura nunca era um fator positivo no mundo dela.

— O que é que ela faz? Além de me enlouquecer? — Keelie chegara à conclusão de que a pedra devia ter algum efeito, de outro modo Sir Davey não estaria tão empolgado.

— Amiga, se acha que essa tectita está te enlouquecendo, nem pode culpar a pedra — comentou Laurie, rindo.

— É usada metafisicamente... — Sir Davey piscou para Keelie. — Para impedir certos tipos de doenças transmissíveis e para aumentar a energia de quem quer que a carregue.

Keelie franziu o cenho, observando a tectita.

— Achei que a minha pedra seria mais terrena. Tipo, da Terra.

— Nós todos somos feitos de pó estelar, não somos? — Ele apontou para as criaturas míticas na parede e parou num unicórnio. — Alguns de nós temos mais desse material que outros.

Pó estelar. Talvez fosse isso que fizesse o unicórnio reluzir, a menos que fosse apenas uma metáfora. Talvez Sir Davey estivesse dando continuidade a sua aula sobre ciências terrenas, com um toque poético.

— Quanto custa? — perguntou Keelie, embora soubesse que, seja lá qual fosse o preço, ela não poderia comprá-la. Além disso, por que haveria de querê-la? A pedra acabaria enlouquecendo-a.

— Eu compraria. Bem que pó estelar cósmico cairia bem à beça lá em casa. — Laurie olhou para outro balcão. — Olha só que brincos maneiros. — Ela largou a tectita para observar uma exibição de joias de prata.

— Keelie. — Sir Davey falou baixinho. — Seu pai me disse para deixá-la comprar o que precisasse, e vai precisar dessa tectita. Não a está ouvindo chamá-la?

— É isso que ela está fazendo? Não preciso de nada que faça meu globo ocular vibrar e minhas unhas pinicarem.

O homenzinho riu.

— Então, você não a tocou.

Keelie fitou a pedra vítrea.

— Tem certeza de que ela não vai me machucar?

— Absoluta.

A garota colocou os dedos sobre a pedra. O zumbido a fazia estremecer. Ela abaixou a ponta de um deles e tocou em uma das extremidades irregulares. O ruído vibrante parou, como se a distância de um quarteirão houvesse se interposto entre a garota e a pedra. Keelie sentiu uma onda de paz e a sensação de estar boiando no oceano.

— Uau. — Ela pegou a pedra. Nada de zunido.

Sir Davey sorriu ante a expressão dela.

— Está vendo só? Precisa dessa pedra.

— É cara? Está exposta como se fosse muito especial.

— Com certeza especial para você. Mas acho que Ben só a salientou porque é diferente.

— Então ela vai me ajudar com o Pânico? — Keelie colocou a tectita na mão de Sir Davey.

Ele piscou para ela.

— Vai. E a ajudará de diversas formas.

— Obrigada.

— De nada. — O homenzinho fez uma reverência. — E se você permitir que eu fique com ela por um tempo, vou gravar runas nela para fortalecer e concentrar seu poder.

— Claro. — Ela não duvidava de nada que Sir Davey dizia.

Ele lhe entregou uma cesta com uma bolsinha dobrada, de veludo verde.

— Agora, vamos fazer algo para ajudar o seu pai. — Sir Davey apontou para a estante em que estavam as cestas de pedras desordenadas. Havia um dragão pintado, que lembrava um pouco a srta. Finch, na parede perto delas. — Quero fazer uma bolsinha medicinal usando as pedras daquelas cestas. Todas as que a evocarem irão para dentro dela para proteger seu pai de doenças.

— Keelie, vem cá. — Laurie dava pulinhos, animada, ao balcão de joias. — Você tem que dar uma olhada nesses brincos. Vai querer comprar vários.

— Já vou. — Keelie se posicionou diante das cestas cheias de pedras curativas. Mais parecia uma loja de balas, com cada uma delas repletas de pedras de cores diferentes e identificadas por cartões escritos à mão. Ela foi de uma para outra, escolhendo-as pelas propriedades descritas nos cartões. Quando só tinha espaço para mais uma, hesitou.

A sétima cesta da terceira prateleira estava cheia de pedras polidas, de tom marrom e branco, com anéis internos similares aos das árvores. Keelie leu o cartão retangular. Madeira petrificada. Ela deveria ter adivinhado. Pegou uma e sentiu o eco distante de uma floresta estrangeira. Colocou-a depressa na bolsinha.

O cartão dizia que era uma pedra que aterrava e fortalecia nos períodos de saúde precária. Perfeita para o pai de Keelie.

Ela puxou o cordão da bolsinha já cheia e juntou-se à amiga ao balcão de joias. Sir Davey se sentara num banco alto, na extremidade da vitrine, e passara a conversar com Ben, o dono. Ela lhe entregou o saquinho. Ele o pegou e sorriu.

— Está sólido feito uma pedra.

— Ha, ha. Sólido feito uma pedra, muito engraçado. Espero que funcionem.

— Creio que sim. — Sir Davey assentiu para Ben, que fechou suas compras.

Laurie fitou a bolsinha pesada.

— Talvez eu devesse comprar uma.

— Na próxima vez, garotas. Temos de voltar ao festival.

— E pegar as minhas malas, também.

Keelie deu um largo sorriso para Sir Davey. Mal podia esperar para ver a cara dele quando visse a bagagem.

— Você não vai comprar nenhum brinco? — Laurie agitou seus corações, suas luas crescentes e suas borboletas de prata.

— Não, não preciso de nenhum. — Keelie estava louca por um, mas, toda vez que pensava em brincos, via a imagem da bota que encomendara. Porém, estava satisfeita com sua tectita e a bolsinha de pedras curativas para o pai, embora ele mesmo tivesse pagado por elas.

— Bom, dá. Eu também não *preciso* de nenhum. — Ela pôs as luas de prata à orelha e admirou seu reflexo no espelho sobre o balcão. — Mas *tenho* que comprar estes.

Keelie balançou a cabeça.

— Meu pai é partidário do minimalismo. Eu tenho um montão de brincos. Nem tirei da caixa todas as minhas bijuterias.

Laurie a fitou.

— Não sei se conseguiria viver de acordo com essa concepção minimalista, mas às vezes eu me pergunto se fazer compras é só uma forma de ficar procurando o que me faz feliz, sabe? Depois que a empolgação com a compra passa, já estou pensando em outra parada que me alegre.

— Estou aprendendo a fazer isso.

No caixa, numa exibição de piercings de prata, um de umbigo, uma diminuta folha de carvalho chamou a atenção de Keelie. Era perfeita para ela, embora ainda não tivesse feito o furo. Talvez aquele fosse um sinal de que deveria fazê-lo.

Keelie esperou que Laurie não comprasse aquele para usar. Em vez disso, a amiga pegou um piercing de umbigo com um pendente de unicórnio.

— Pode ser que o minimalismo valha a pena, mas isso daqui é muito fofo! — Ela o agitou no ar e apontou para o desenho de unicórnio na parede. — É igualzinho àquele, né?

A amiga fitou o quadro. O unicórnio brilhava como uma lua prateada, e o artista pintara estrelas radiantes em torno dele e na ponta de seu chifre. Keelie se perguntou o que Laurie faria se soubesse como era um desses animais de verdade — e que Keelie já o vira.

15

No caminho de volta ao festival, Sir Davey foi dirigindo, com Keelie e Laurie sentadas no banco de trás. Keelie se certificou de que a amiga se sentasse atrás do banco do motorista, para que não notasse que os pés do homenzinho não alcançavam os pedais. Ao menos ele fazia os movimentos de quem estava dirigindo. Keelie esperava que a estadia de Laurie não fosse daquele jeito o tempo todo, com ela se esforçando para que a californiana não visse seu mundo novo e secreto.

— E aí, vou conhecer o seu gatinho, Sean? — Os olhos de Laurie brilharam de curiosidade. — Na última vez que soube dele, trabalhava no Festival da Renascença da Flórida.

— É, e não tive mais notícias dele. Nada mudou. — Keelie ficou triste ao pensar nele. Parecia que tinham trocado o beijo havia séculos, não apenas algumas semanas. E não ter nenhum contato com ele fazia o tempo em que não se viam aparentar ser muito mais longo.

— Não dá para acreditar que você não toca num telefone desde St. Louis. Como é que consegue? Então o Sean manda e-mails? Ele está no MySpace?

— Já não navego muito na internet — admitiu ela. Na verdade, nem se conectava mais. A amiga em breve descobriria que estavam praticamente vivendo na Idade Média. — Como anda tudo em Baywood?

Laurie fez uma careta.

— Eu levei bomba em quase todas as matérias, embora a mamãe tenha mudado a decoração do meu quarto, colocando cores tipo "tire boas notas". Ela também mudou a posição dos meus móveis, porque disse que segundo o feng shui a maneira como estavam me atrapalhava. Acho que fiquei passeando demais no shopping com a Trent. Mas passei em história, o que é bom porque a mamãe disse que se eu estudasse ela me compraria o conjunto de colar e brincos de ametista e peridoto que eu realmente queria. — O riacho de palavras de Laurie secou, e ela ficou séria. — Não é a mesma coisa sem você. A escola não é igual. Fazer compras também não. Sinto sua falta.

O coração de Keelie apertou.

— Eu também de você. — Estava prestes a ficar com os olhos marejados, mas Laurie riu e lhe deu um tapinha no ombro.

— Ah, está bom. Na última vez que a gente conversou, você estava na estrada com o seu pai, superanimada com algo. Disse que depois me contaria por que, mas, até agora, nada. Era por causa do Sean?

— Quem dera. — Ela não poderia falar nada para a mundana sobre os elfos e o outro mundo. De cara, Laurie acharia que tinha pirado. — Talvez eu estivesse empolgada com os piratas. — O Festival de Montanha Alta estava repleto deles, de uns charmosos, em sua maioria atrevidos. Atrevimento do tipo: uma-garota-podia-realmen-te-se-meter-em-problemas-saindo-com-eles.

— Ah! Detalhes!

Sir Davey estava atento. Não que fosse escutar a conversa de pro-pósito, mas era o melhor amigo do seu pai. Keelie não queria que ele soubesse como ela chegara a ter contato com os piratas, sobretudo com o capitão Dandy Randy. Sussurrou:

— A gente conversa depois.

Laurie arqueou a sobrancelha.

— Saquei.

Como se tivesse percebido, Sir Davey colocou um CD e um som de percussão alegre começou a ressoar, seguido de flautas e violinos.

A californiana arregalou os olhos.

— Adoro música irlandesa!

— É da banda Rigadoon. Ela toca no festival. — Keelie tinha ouvido o grupo no palco Fileira dos Flecheiros, quando usara a fantasia de Plumpkin. Murmurou: — Também são famosos por tocar nas baladas de encher a cara em Rivendell, o point das festas do festival. Segundo o meu pai, aprontam tanto quanto os piratas. — Ela riu. — Ele disse que eram perigosos.

Laurie deu um largo sorriso, os olhos brilhando, e moveu-se no banco como se já estivesse dançando na balada.

Keelie pensou que, com a amiga ali, quem sabe reunisse coragem para participar das festas. Seria bom se afastar dos problemas das árvores e, com os elfos doentes e restritos ao alojamento, talvez Rivendell fosse mais divertido — não que os elfos costumassem se misturar com os seres humanos.

— Perigosos. — A amiga estremeceu e sorriu. — Parecem empolgantes e assustadores. Como são os perigosos da Rigadoon?

— São diferentes. Tem alto, baixinho, gordo, magro, barbudo e careca. Todos são supertalentosos e ultraesquisitões, *de jeito nenhum* tipos legais para paquerar.

— E onde é que a gente pode achar uns gatinhos por aqui? Estou pronta para ficar com alguém neste verão.

Sir Davey deixou escapar um ruído que poderia ter sido um grunhido ou uma risada. Laurie fitou a parte de trás da cabeça dele.

— Alguns dos atores são supergatos. Precisa ver o cara que faz o papel de Robin Hood. Hum. — Keelie se abraçou para demonstrar como achava ele gostoso.

Sir Davey a olhou pelo retrovisor do carro. Enviava-lhe sérias vibrações paternais.

Keelie lhe deu um sorriso inocente e, em seguida, virou-se para contemplar a paisagem. Captava informações fragmentadas de cada árvore ao passar, sensações vagas de vegetações frondosas cintilando em sua mente. Ao contrário da floresta ao redor do Festival de Wildewood, tudo parecia estar bem na que circundava Canooga Springs — exceto por alguns instantes angustiantes, quando ela sentira um desespero nas árvores, que a queriam e solicitavam sua ajuda. E, então, como uma ligação caída no seu celular (na época em que tinha um), ela não intuíra mais nada.

Talvez estivesse estressada. Ela se perguntou como ia esconder a magia terrena de Laurie. Será que queria que a amiga soubesse de algo a respeito dela? A californiana era seu último elo com a antiga vida. Se ficasse sabendo desse outro mundo, então a linha entre a antiga e a nova ficaria confusa, uma linha já estremecida desde que Keelie se lembrara de ter visto as fadas e de haver sentido as árvores quando criança. A filha de Heartwood se recordou dos períodos dos quais não desejava se esquecer, e eles cruzaram sua mente como uma paisagem efêmera: ela e Laurie na praia, com os surfistas gatinhos em segundo plano, no shopping, colocando chapéus engraçados e conversando e brincando sobre Trent. A amiga continuava a levar aquela vida, agora inacessível para ela.

Sir Davey entrou no estacionamento principal do festival, em vez de ir até a área de acampamento.

— Tenho uma reunião com alguns dos atores daqui a alguns minutos. Mostre o lugar para Laurie, Keelie. Quando eu terminar vou levar o carro até o trailer e vocês podem me ajudar a tirar a bagagem.

Keelie se preparou. Chegara a hora de mostrar para a amiga sua nova vida. A amizade entre as duas nunca mais seria a mesma. Ela abraçou Laurie, que retribuiu o abraço, surpresa.

— Sua boba. Não faz tanto tempo assim. — A amiga saiu do jipe. — Obrigada por ter ido me pegar, Sir Davey. — Ela fez uma reverência, um gesto que deveria parecer idiota em roupas normais, mas que, em vez disso, pareceu natural. Tome cuidado, Elia. A beleza de loura californiana de Laurie não perdia para a da elfo.

— Tudo fica tranquilo até o fim de semana — explicou Keelie para ela. — Mas a maioria do pessoal mora aqui e acampa perto do rio. Vai ficar mais animado amanhã.

Elas passaram pelos portões de entrada, e Laurie ergueu os olhos, observando com interesse as torres e a arquitetura em estilo medieval. Keelie contemplou o local, colocando-se no lugar da amiga, e ficou impressionada com a beleza, as flores bonitas das jardineiras, os estandartes brilhantes e coloridos e as placas de lojas por toda parte.

A caminhada das duas rumo à área de acampamento levou-as a um lugar perto da gerência. Keelie estremeceu e observou a trilha, escurecida por causa das copas das árvores. Olhou ao redor, em busca de Elianard. Odiava a forma como ele aparecia do nada, o tom de voz irônico sendo o único aviso de que se encontrava ali. A garota sentiu um calafrio. Claro que talvez fosse por causa da sede da gerência, refúgio do dragão ativo, vivo e humanoide. Ela teria de encarar a srta. Finch no dia seguinte, e com Elianard à espreita na floresta, Keelie preferiria ficar longe dali. Naquele momento, ia aproveitar o tempo que tinha com Laurie.

A estrutura de madeira simples da loja Heartwood estava vazia, mas Zeke deixara um bilhete para elas, pregado numa coluna externa:

— Vão almoçar na Janice. Papai.

Zeke tinha voltado! Subitamente mais aliviada, Keelie pensou que ele devia estar melhor. Pegou a mão de Laurie.

— Venha. Você vai adorar a Janice.

Elas passaram pela loja da Lulu, e o queixo de Laurie caiu. A californiana ficou boquiaberta ao fitar a Casa de Bolo de Gengibre.

— Quero uma marionete.

Apreensiva, Keelie a empurrou até passarem pela construção enfeitiçada.

— Pode crer, não quer não.

Laurie balançou a cabeça como se quisesse afastar uma má vibração.

— Não, não quero. Nunca gostei de marionetes. São assustadoras. — Ela olhou para trás, para a loja da Lulu. — Por um instante, eu realmente queria. Que esquisito.

Keelie olhou de soslaio para a amiga. A maioria dos seres humanos seria enfeitiçada e sairia do encanto sem nem se dar conta, mas Laurie sentiu quando a vontade passou. Interessante.

Adiante ficava o teto de palha da cabana de dois andares de Janice.

— Janice é a dona do herbanário, entende tudo de remédios e fitoterápicos. Vai adorá-la.

— Você me contou sobre ela. É a mãe da Raven, né? A filha dela está aqui?

— Ainda não. Conseguiu um emprego de verão em Nova York, na Doom Kitty, mas resolveu deixá-lo mais cedo para ajudar a mãe. — Keelie nem queria entrar em detalhes, até descobrir o que realmente tinha acontecido.

— Uau. Doom Kitty? Maneiro. Que bom que ela está vindo. — Laurie contemplou as pequenas construções de madeira ao redor.

— Este lugar é muito legal. Eu nunca tinha ido para um Festival da Renascença. As pessoas vivem nessas casinhas de fada?

— As casinhas de fadas em geral são feitas de musgo e gravetos, como ninhos pequenos. Essas são cabanas e, isso mesmo, alguns lojistas moram nos fundos ou no segundo andar. Exatamente como na Renascença de verdade. Apesar de que, rigorosamente falando, este é um Festival Medieval, já que o tema é Robin Hood.

— Não venha dar uma de nerd para cima de mim, amiga — preveniu Laurie.

Keelie enrubesceu. Estava mesmo fazendo isso. Bateu levemente na porta de Janice e, em seguida, abriu-a. Sequoia da Califórnia dava o toque luminoso de lar, e o aroma forte do solo florestal.

Elas entraram no diminuto vestíbulo. À direita, a loja estava escura, com os mostruários cobertos com pano, para protegê-los da poeira.

O cheiro de ervas, sabonetes e poções era inebriante. Keelie olhou de esguelha para Laurie para ver se ele exercia o mesmo efeito nela.

Os olhos da amiga reluziam à penumbra.

— A gente pode entrar ali?

— Talvez mais tarde. Vamos subir. — Os degraus de madeira gastos conduziam ao diminuto loft, acima.

Para o alívio de Keelie, o pai já se levantara e vestira. Estava sentado no futon, abotoando a camisa branca bufante, as mangas largas e os punhos pregueados bem diferentes das costumeiras túnicas retas, de estampa silvestre. As pernas do jeans azul-escuro haviam sido metidas dentro da bota estilo Festival da Renascença; ele prendera os cabelos num rabo meio solto, cobrindo as orelhas.

— Oi, pai. Está se sentindo melhor?

Knot estava sentado no futon ao lado dele, ronronando. Uma noite de sono exercera um ótimo efeito neles. Não havia sinal do gato branco de rua.

— Bem melhor. — Zeke se levantou, sorrindo. — Você vai me apresentar à sua amiga?

Keelie lhe lançou um olhar que esperava que ele entendesse como: "Não use seu charme elfo nela." Ela havia se comunicado com ele telepaticamente uma vez, antes, quando lutavam contra o Barrete Vermelho no prado de Montanha Alta.

Para apresentar a amiga, Keelie fez um gesto amplo com a mão. Laurie estava boquiaberta. Pelo visto, o pai nem precisava usar o charme elfo para impressioná-la. Sua aparência bastava. A filha deixou escapar um longo suspiro.

— Pai, esta é a Laurie. Laurie, este é o meu pai.

Ele estendeu a mão. A amiga de Keelie fechou a boca e olhou para a colega, dizendo com os lábios "Meu Deus do Céu" e, em seguida, virou-se para apertar a mão de Zeke.

— Prazer em conhecê-lo, pai da Keelie. Seu Heartwood. Senhor. — Zeke sorriu conforme retirou a mão. Laurie olhou para Keelie e, depois, para seu pai. — Obrigada por me deixar vir visitar. Eu estava morrendo de saudades da Keelie. A gente aprontava muito junta. É difícil perder a sua, tipo assim, cúmplice.

Zeke arqueou uma das sobrancelhas e pigarreou.

— Fico feliz que sua mãe a tenha deixado vir. Quando conversei com ela, mostrou-se interessada nas oportunidades didáticas que o festival tinha a oferecer, juntamente com a experiência de viajar para o leste.

Laurie gesticulou com as mãos.

— A mamãe adorou quando você ligou e me convidou para vir.

O pai a tinha convidado? Como um biscoito com gotas de chocolate recém-saído do forno, por dentro Keelie sentiu uma sensação calorosa, de coração derretido. Ele se lembrara do quanto Laurie era importante para ela.

Janice apareceu, com sua charmosa túnica branca e roxa e uma tigela cheia de maços de ervas aromáticas.

— Vocês voltaram.

— Laurie, esta é a Janice, especialista em ervas. — Se o tom de voz de Keelie se mostrava um pouquinho gelado, era porque ainda se sentia meio chateada com a história do "não tenho relógio, mas, puxa, olha só a hora". — Por que está de fantasia?

— Uma sessão de fotos para os jornais. — Janice endireitou a gola de Zeke.

Keelie recebeu uma cutucada de Laurie. Hum, quer dizer que Zeke e Janice estavam juntos, mesmo se ele não soubesse disso. E daí? Ela pigarreou.

— O que foi que deu para o papai e Knot para que se sentissem melhor?

— Chá de Fruta do Dragão.

— Chá de Fruta do Dragão? — Laurie riu. — Parece tão *Meu Querido Pônei*. Lembra que a gente brincava disso?

— Ah, lembro. Eu tinha a estrebaria, mas você era dona do rancho e, quando ficava brava, não deixava que meus pôneis fossem brincar lá. — Keelie não achara engraçado, na época.

— Bom, você nunca me deixou brincar com a sua antiga casinha de boneca de madeira. Sempre fazia um escândalo se eu encostasse nela.

— É verdade. — As maçãs do rosto de Keelie ficaram rubras de constrangimento. Ela nunca queria que nenhuma das suas amigas, nem mesmo a melhor delas, tocasse na casinha de bonecas que o pai tinha feito. Como ansiava tê-lo em sua vida naquela época. Keelie se virou para ele e sorriu. Agora o tinha ao seu lado, em vez de uma casinha de bonecas que a fizesse se lembrar dele.

Zeke sorriu para ela, satisfeito por ver como a filha valorizara o brinquedo que lhe fizera.

— Pai, quase esqueci. Comprei estas para você. — Ela pôs a mão na sacola de plástico da Loja de Cristais de Canooga Springs e tirou uma bolsinha de veludo verde com pedras curativas. —- Sir Davey me ajudou a escolher essas.

Ele afrouxou a cordinha e deixou-as caírem em sua outra mão.

—Obrigado, Keelie. Talvez precise mais delas do que você imagina.

— Sir Davey levou o carro até a outra área de estacionamento — disse Janice para Laurie. — Vou pedir que alguns dos Alegres Saqueadores peguem as suas malas e as coloquem no trailer dele. Keelie, por que você não faz uma turnê pelo festival com a sua amiga, antes que fique cheia de mundanos?

— A gente já estava passeando, quando encontramos o bilhete do papai. — Keelie não estava muito a fim de sair de novo.

— O almoço será apenas sanduíche, mas achei que vocês duas estariam com fome. — Ela pegou uma bandeja com uma pilha deles.

— Estou achando o festival legal à beça — comentou Laurie, pegando um sanduíche. — É tão fascinante. Eu gosto até da terminologia. Mundanos; quer palavra mais medieval? Tipo servo ou algo assim.

— É isso aí. — Keelie pegou um também. — Então, essa sessão de fotos é para o festival? — Ela pensou na jornalista que vinha preocupando os elfos.

Zeke sorriu, de forma tranquilizadora.

— É uma foto promocional para um anúncio, Keelie. — Ele se levantou. — E a gente precisa ir.

Janice passou a mão de leve nos ombros das garotas, antes de se dirigir à escada.

— Laurie, se você precisar de uma vestimenta, basta falar.

— Pode deixar. — Laurie fitou Keelie. — Vestimenta?

— Fantasia.

— Ah. Legal.

Elas terminaram de almoçar, depois lavaram tudo, trabalhando com cuidado no espaço reduzido para não se machucarem.

— Está pronta para continuar a turnê? — Keelie olhou o ambiente mínimo, impecável de novo.

— Prontíssima. — A amiga se levantou.

Knot saltou do futon, correu até a porta e parou, aguardando que elas a abrissem.

— Você não pode vir com a gente. — Keelie lançou um olhar furioso para ele.

O bichano pestanejou para ela. O rabo balançava de um lado ao outro no piso, como um sambista peludo.

— Que gatinho fofo. É seu?

— Esse — começou a dizer Keelie, apontando a mão de forma dramática na direção dele — é o Knot.

— O gato danado? Não. Não pode ser. É tão bonitinho e peludo. Não posso acreditar que você o chamou de gato endemoniado saído direto das profundezas do inferno felino. — Laurie sorriu para ele. — Fofo.

Knot ergueu a cabeça para fitar Keelie, os olhos totalmente semicerrados. Balançava o rabo mais rápido, chegando a espalhar poeira.

Keelie sabia que ele estava bravo e que pagaria por aquele comentário. Ela o empurrou para o lado com o tênis.

— Fique aqui, Knot, seu Ó. — Ele ronronou e se moveu para se sentar no pé dela. — Pode tirar esse seu traseiro peludo do meu dedo.

— Acho que ele é um amor. — Laurie estalou os dedos para ele. — Vem, Knotzinho.

— Knotzinho? Ah, que enjoo. — Keelie abriu a porta e moveu o pé para a frente, lançando o bichano escada abaixo. Ele desceu a toda, as pernas estendidas, ronronando alto; então, deu uma pirueta no ar e pousou no último degrau. Olhou-as de lá, sem se deixar abalar.

— Keelie, não posso acreditar que fez isso. — A amiga parecia estar pronta para ir ajudar Knot. — Você costumava adorar animais.

— Ele está bem. — Laurie nem fazia ideia do que aquele bichano era capaz e de que ele nem gato era, mas um, há, troço, encantado.

O ronronado de serra elétrica de Knot ressoou até elas.

— Você não precisa viver com Pickles, o gato demoníaco. — O dela era famoso por arranhar dedos expostos à piscina. Nada que chegasse perto da traquinagem de Knot.

O gato de Keelie deu umas patadinhas na calça dela conforme ela passou, daí a bola de pelos laranja correu na frente quando ela fez menção de abrir a porta.

Laurie entrara na sala mais ampla e dera uma volta completa, notando o herbanário de Janice. O rosto refletia sua admiração à medida que tentava absorver o que via. Maços secos de ervas estavam pendurados nas vigas expostas do teto. Vidros de tom azul-cobalto cheios de elixires curativos reluziam sob os raios de sol, que chegavam à parede dos fundos.

Knot apoiou-se nas patas traseiras e tocou na maçaneta com a patinha. A porta abriu.

Laurie se virou a tempo de ver o último truque de Knot.

— Uau, que gato esperto. Este lugar é muito legal. Minha mãe ia ficar doidinha aqui. Aliás, você não tinha me contado como seu pai era supergato. Parece o Johnny Depp do Festival da Renascença.

— Caramba, Laurie, você está falando do meu pai.

— Ei, escuta só, se a minha mãe e as amigas dela virem o seu pai um dia, vai ser igual a *Desperate Housewives*.

Keelie sorriu. Pela janela, viu uma *bhata* subir até o galho mais alto de um carvalho e, como um acrobata selvático, desaparecer em meio às folhas do carvalho. Felizmente eles continuavam adormecidos. Nada de frutos caindo.

Ela olhou de esguelha para a amiga — e, por um instante, entrou em pânico, pois os olhos de Laurie estavam arregalados, maravilhados. Mas relaxou ao se dar conta que de aquela ainda era a reação da californiana à loja de Janice.

As duas saíram e fecharam a porta. O cenário florestal dava ao lugar uma atmosfera de conto de fadas. A gerência tinha tirado os frutos de carvalho e as folhas que se acumularam na alameda de terra.

Cheia de entusiasmo, Keelie saiu dançando, à frente.

— Venha, vou mostrar a nossa loja. Essa área é a Alameda Encantada. Você já viu a loja de marionetes da Lulu. Ali fica a ferraria e, naquela parte, a loja de botas de Lady Annie. Aqui está a nossa. Não é igual à superlegal que temos no Colorado, mas dá para o gasto.

A placa com Heartwood entalhado estava pendurada em um poste em forma de lança. Elas saíram do caminho de terra e pisaram no assoalho; Laurie observou as criações de Zeke. Estava com os olhos arregalados.

— Nunca vi nada parecido.

Keelie passou a mão numa das cadeiras adornadas com cristais à entrada da frente. Olmo, de galhos caídos. Não que Laurie fosse sentir isso, pois era cem por cento normal. Humana.

— Sabe, não é questão só da sua família ter uma loja na Alameda Encantada, você está levando uma vida encantada.

— Vamos ver se você vai dizer isso depois de passar um tempo aqui e tiver que dar pedaços de rato para um falcão.

— Não tem a menor chance disso acontecer! — Laurie riu e continuou a perambular pela loja. Parou e lançou um olhar maroto para a amiga. — Ou tem?

— Bem-vinda ao meu mundo.

16

O unicórnio brilhava muito em contraste com os pinheiros escuros. Fitava Keelie, como se tentasse se comunicar. Ela deu um passo em direção a ele, esticando a mão para tocar no chifre luminoso. Este era ligeiramente curvo, como um arco com corda.

Conforme os dedos dela tocaram no marfim gelado, ele empinou, as patas cintilando ante o rosto espantado da garota, e saiu galopando por entre as árvores.

Keelie acordou, ofegante, e se sentou na cama. Sua respiração se acalmou quando ela percebeu que estava em segurança, no trailer de Sir Davey. Laurie se virou, levando o cobertor junto com ela. Keelie pegou a ponta da manta, quando suas pernas ficaram descobertas, e a puxou de volta, sorrindo. A amiga continuava monopolizando os lençóis.

Nada de unicórnio. Fora apenas um sonho. Keelie estava prestes a se deitar de novo, quando um sussurro clorofilado titilou sua mente.

Era Tavak. *Pastora das Árvores. Chegou a hora.*

Keelie se sentou de supetão. Tocou no coração da Rainha Álamo, e a conexão telepática com a árvore ficou mais forte.

Keliel, Pastora das Árvores, Lorde Einhorn precisa vê-la — agora — é muito urgente.

"Einhorn". Um chifre. Keelie olhou de soslaio para o despertador: três horas. O que tinha acontecido com o "ele estará lá quando eu estivesse pronta"? Devia estar mais fraco.

Knot estava sentado na extremidade da cama, fitando-a com olhos que luziam como duas lanternas verdes redondas. Miou.

Keelie o olhou, aborrecida.

— Não quero papo com você. — Ela observou Laurie. Continuava dormindo, felizmente. Keelie enviou seus pensamentos para a floresta.

Onde devo me encontrar com Lorde Einhorn?

Na floresta, perto da área de festividades dos seres humanos.

Área de festividades?

Imagens de uma imensa barraca branca comercial, bem maior que qualquer uma do estacionamento dos funcionários, encheram a mente de Keelie, bem como as dos Alegres Saqueadores e do ator charmoso que fazia o papel de Robin Hood; além disso, ela ouviu a música familiar da banda Rigadoon. Keelie entendeu. O unicórnio queria se reunir com a garota perto de Rivendell.

Tavak, nunca fui para Rivendell saindo daqui do acampamento. Pode me mostrar o caminho?

A trilha se iluminou em sua mente, como se vista bem do alto. Dã, claro. Da altura de uma árvore.

Ela saiu devagar da cama e colocou o quartzo-rosa no bolso da frente da camisa do pijama. Queria estar com a tectita também, mas não sabia onde Sir Davey a tinha guardado. Depois do incidente com a árvore nova, ela não chegaria perto de uma sem o seu quartzo-rosa. Além do mais, Keelie tinha a sensação de que podia ser necessária para curar Einhorn. Colocou os tênis e caminhou na ponta dos pés até a porta do trailer. Laurie teria um troço se soubesse que a amiga estava saindo escondida para se encontrar com um unicórnio.

Saiu com cuidado e trancou a porta. Estava frio e seco e, no alto, a luz da lua quase cheia bloqueava algumas estrelas e iluminava o solo diante da garota como uma lanterna gigante. A distância, umas estrelinhas cintilavam como diminutos diamantes no céu. Keelie pensou nas estrelas radiantes do desenho do unicórnio, na loja de cristais. Tocou no quartzo-rosa, apaziguando o estômago embrulhado, sentindo falta da tectita, que não levara. Ela parou para se situar. O caminho mostrado pela árvore começara atrás do trailer. A área do acampamento estava silenciosa, mas em algumas barracas havia luz.

Pastora das Árvores, siga o gato.

Knot correu na frente dela; em seguida, parou e olhou para trás como se ela estivesse indo devagar demais. A caminhada até Rivendell fora fácil, e eles não encontraram ninguém, exceto algumas *bhata*, que os acompanharam pelos arbustos ao longo da trilha. Keelie as ignorou, ciente, por experiência própria, de que se as olhasse elas talvez atacassem, beliscassem e puxassem seus cabelos. Não chegava a ser nada fatal, mas tampouco as vespas o eram, para a maioria das pessoas.

A área de festas em Rivendell era uma tenda de lona, que ficava numa das extremidades do pasto cercado onde os cavalos de justa ficavam à noite. Corpos enormes mudavam de posição, e orelhas em cabeças grandes moviam-se conforme ela e Knot passavam. Aquele lugar podia ser considerado idêntico ao imaginado por Keelie.

Fora da barraca, alguém dedilhava um violão, e as notas pareciam perdurar no ar, dando a impressão de que Keelie podia estender o braço e tocá-las com os dedos. A magia circundava a garota. Ela sentia o corpo formigar, por causa dela. Contornou a extremidade da barraca, mantendo-se longe de vista, e entrou na floresta. Knot prosseguia depressa, e ela apertou o passo para acompanhá-lo. Quando penetrara uns seis metros na floresta, já não podia ver as luzes de Rivendell ao olhar para trás.

Então, um brilho pálido adiante acabou adquirindo os contornos do unicórnio. Ele estava parado num círculo de pinheiros e parecia reluzir cada vez mais, conforme os olhos de Keelie foram se acostumando com a escuridão. O aroma de terra fértil fazia cócegas no nariz de Keelie, e o manto grosso de folhas antigas de pinheiro parecia um acolchoado sob seus pés. Ela ficou de coração partido ao ver o unicórnio. O pelo dele aparentava estar ainda mais falho e sem brilho; ele parecia um cavalo doente e maltratado, com um chifre falso na cabeça. Keelie precisava fazer algo por ele.

— Estou aqui — disse ela, em voz alta. — O que posso fazer para ajudá-lo?

Ele inclinou a cabeça e deu patadas no solo, mas não disse nada.

Keelie abriu sua mente, e as árvores penetraram depressa, famintas. Ela se fechou depressa.

Não fazia ideia de como se comunicar com um unicórnio. Seria melhor conversar com Knot. Ela pegou o quartzo-rosa no bolso e o ergueu. Então, fechou os olhos e se abriu para as árvores.

Preciso que me ajudem a conversar com ele.

Um coro clorofilado encheu sua mente.

Nós estamos aqui para apoiá-la, Pastora das Árvores.

Por que não consigo conversar com o unicórnio? O que ele quer de mim?

A voz de Tavak sobrepujou a das outras.

Ele não fala diretamente por temer que os outros o ouçam e saibam que está aqui.

Que outros?

Os que pretendem capturá-lo por causa de seu poder.

Alguém queria pegar o unicórnio, embora nem houvesse muitos que o pudessem ver. A imagem de um grupo de donzelas malignas correndo atrás dele lhe veio à mente. Talvez ela pudesse curá-lo e voltar para a cama antes que o pai descobrisse que não estava lá.

O quartzo-rosa brilhou quando ela o segurou acima. Quem sabe a magia terrena e a magia arboral fossem a combinação ideal para curar Einhorn. Aqueles eram os únicos tipos que conhecia. Ela agarrou o amuleto na corrente de prata. Do Álamo chamuscado fluiu um calor até a mão de Keelie. Magia, magia verde, espalhou-se pelo corpo dela, provocando um intenso formigamento.

Tavak avisou: *Vem alguém.*

A comichão cessou, tornando-se uma dor penetrante, como uma descarga elétrica. Keelie soltou o amuleto; o calor sumiu e, junto com ele, a magia.

O unicórnio deu patadas no solo. Inclinou a cabeça, titubeou um pouco e, em seguida, recobrou forças e correu diante de Keelie, rumando para as profundezas da floresta. Os cavalos de Rivendell relincharam para ele, conforme se afastava a galope.

A luz do quartzo-rosa foi ficando mais tênue até se esvair por completo, como uma chama de vela que se apaga.

Um graveto partiu ali perto. Keelie deu um salto e girou, esperando ver Elianard. Mas era Laurie, com sua calça de pijama xadrez vermelha e a camiseta da Escola Baywood

— O que você está fazendo aqui? — perguntou Keelie.

— Eu sabia. Você é uma wiccana e está fazendo um ritual. Vai mostrar para mim?

— Estou dando uma caminhada.

— Às três da madrugada? Está fazendo algo, certamente. A Margaret Seastrunk é uma wiccana, que diz que faz os rituais na lua cheia, mas acho que não são verdadeiros, porque aprendeu num livro. Além do mais, canta no coro da Unitarista da Área Metropolitana de Los Angeles.

Keelie interrompeu a ladainha da amiga.

— O que foi que você viu?

Laurie franziu o cenho.

—- Fica fria, Keelie. Ouvi você sair e segui sua lanterna cor-de-rosa. Não precisa ficar tão irritadinha.

Lanterna cor-de-rosa. O quartzo deve ter emitido luz durante todo o trajeto. Ela estivera visível para quem quisesse olhar.

— Você não viu mais nada? — O unicórnio deve ter passado rápido por Laurie, a ponto de quase esbarrar nela.

— Só aquele cavalo branco maluco. Você o soltou da estrebaria?

Keelie fitou Laurie. Só um cavalo? Quem estava guardando segredos agora? Sua mente rodopiava com as milhares de perguntas que queria fazer. Laurie teria contado para ela se já tivesse transado.

A primeira vez era superimportante, o tipo de evento compartilhado por melhores amigas. Elas sempre haviam contado tudo uma para a outra enquanto cresciam. De repente, Keelie se sentiu triste.

— Ei? — Laurie agitou a mão diante do rosto da amiga. — Então, vai me contar o que estava fazendo aqui? — Os cavalos da justa relincharam, a distância.

— Meu gato. Eu estava seguindo o Knot. — Parecera uma desculpa esfarrapada.

— A-há, está legal! Qual é o grande segredo? Aposto como é um cara.

— Eu estava seguindo o Knot. Só isso, mesmo! — Keelie começava a parecer com o pai quando ele negava que conversava com o gato. Ela ergueu os olhos para a copa das árvores, e viu as silhuetas de diversas *bhata* movendo-se pelos ramos e em torno deles. Para o olhar desavisado, parecia que soprava uma brisa.

Os cavalos se viraram e correram para o meio do pasto, assustados. Uma figura obscura saiu da tenda de Rivendell e, conforme ela se afastou da escuridão da barraca, Keelie viu que era um dos justadores. Ele circundou a cerca, empunhando a espada, e observou os cavalos correrem.

Laurie se aproximou mais de Keelie e agarrou a mão dela.

— É ele? Seu namorado secreto?

Keelie revirou os olhos.

— É só um justador. Na certa, encarregado dos cavalos. Eu não tenho nenhum namorado secreto.

Laurie deu um passo adiante e soltou a mão da amiga.

— Um justador de verdade? Tipo, ele vive disso?

— A-há. Vão de festival a festival. Parecido com o torneio da Associação Profissional de Golfe.

Abençoado com o brilho prateado da lua, o prado, com a tenda de tom marfim, lembrava uma tapeçaria medieval. Estava estranhamente quieto demais, mesmo para aquela hora da noite. No Colorado, os boêmios do Condado mantinham a música e as conversas até o amanhecer, sobretudo durante a semana, quando ninguém tinha que atuar no dia seguinte. Será que tanta gente assim adoecera? Claro que Keelie não sabia quantas pessoas ficavam ali mesmo e quantas se hospedavam no alojamento na cidade.

O homem voltou para a tenda e, quando ergueu a abertura da cabana, a luz interna o iluminou por um instante.

O violão solitário ressoou de novo e ressaltou a atmosfera mítica, mas trouxe Keelie de volta à realidade. Ela e a amiga precisavam passar sorrateiramente pelo justador antes que ele as notasse e avisasse Zeke. Keelie e o pai tinham combinado que trabalhariam juntos para ajudar o unicórnio e, se ele descobrisse que ela fora até lá sozinha, ainda mais depois do último incidente com as árvores, ficaria furioso. Ela não queria preocupá-lo, mesmo se o pai estivesse se sentindo melhor.

Laurie entrou no pasto cercado.

— Escute. Está ouvindo essa melodia? Alguém está tocando violão aqui, no meio do nada. Parece até um sonho. — À luz do luar, a expressão de Laurie mudou de sonhadora para compreensiva, como se ela tivesse acabado de achar uma peça perdida de um quebra-cabeça. — Você está mentindo, Keelie Heartwood. Seu namorado secreto está lá, naquela barraca.

— Não estou não! Eu quis procurar o gatinho branco de rua que tem perambulado por aqui e achei que o Knot podia me levar até ele, já que ficaram amigos. Ando preocupada com ele.

— Prove! — Laurie cruzou os braços diante do peito.

— Provar o quê? Eu não preciso provar nada.

— Que não tem um namorado secreto neste festival. Sabe, o Sean está na Flórida, e não ficaria sabendo se você ficasse com alguém na surdina.

— Eu e o Sean não estamos namorando. — O rosto de Keelie ficou rubro, pois ela andava tendo uns pensamentos maldosos com o cara que fazia o papel de Robin Hood. Não que fosse um crime paquerar outra pessoa, mas parecia meio que uma traição pensar em alguém, tipo, pelado, quando você saía com um cara de quem realmente gostava e ansiava ter notícias.

— Está legal. Não precisa ficar nervosa. Nunca se sabe quando alguém vai trair.

Keelie certamente captou um toque de amargura. Pelo visto, Laurie devia estar se referindo a Trent. Eles estavam juntos quando Keelie teve que ir embora, depois que a mãe dela morreu. Engraçado como Laurie não tinha nem mencionado o nome dele desde que chegara. Claro, Keelie tampouco fizera perguntas, mas talvez tivesse sido ele. Laurie não vira o unicórnio.

A californiana fitava com ansiedade as luzes douradas da tenda.

— Vamos dar um pulo lá para dar uma olhada. Quem sabe, de repente está rolando uma balada.

— Não estou ouvindo uma. Além do mais, não posso. Meu pai vai me matar.

— Ele não precisa saber. Vamos ficar só por uma hora, daí voltar rápido para o trailer. Quem vai contar para ele?

— Knot.

— Ah, está bom. O gato. — Laurie se dirigiu até lá. — Estou indo.

— Laurie — sussurrou Keelie, o mais alto que podia, da segurança da sombra das árvores. — Volte aqui.

Nenhuma resposta. Assim que a amiga entrasse na balada, não haveria como tirá-la.

Knot lançou um olhar acusador para Keelie, como se ela pudesse controlar a amiga ou tivesse metido a ideia de ir até a tenda na cabeça dela. A garota retribuiu o olhar furioso.

— É culpa sua. Preciso da sua ajuda para levá-la de volta até o trailer.

Ele pestanejou para ela e, em seguida, saiu saltitando atrás da californiana, o rabo peludo de tom laranja empinado. Laurie ergueu a entrada pesada de lona da tenda e a suave luz interna a iluminou. Ela manteve a aba erguida conforme Knot entrava, como um convidado VIP de uma festa de Hollywood e, então, seguiu-o. A aba fechou depois que os dois passaram e a luz se foi, deixando Keelie no escuro.

Ela pulou a cerca para ir ao encalço dos dois e atravessou o prado, olhando de soslaio para trás, rumo à floresta escura. Lorde Einhorn tinha ido embora, e ela ia se meter numa tremenda fria. Já imaginava a conversa que teria com o pai: "Tive que ir atrás dela. A Laurie não está acostumada com essa galera de Festival da Renascença." Como se ela estivesse. O unicórnio tampouco serviria de desculpa. O pai ficaria furioso e assustado por ela ter tentado ajudar Lorde Einhorn sozinha. Mas fora ela que as árvores evocaram, não Zeke.

Ela entrou na tenda. Lá dentro, havia lampiões pendurados em ganchos em varas de ferro longas e curvas, fincadas no solo. No chão, um monte de esteiras de bambu, com grama do prado aparecendo às bordas da tenda. Uma área lateral tinha sido isolada com biombos de madeira e, no final da barraca, longos painéis de gaze colorida haviam sido pendurados, formando outro ambiente. O tom amarelado dos lampiões lançava uma luz bruxuleante no ator do festival que fazia o papel de Robin Hood. Ele dedilhava uma melodia familiar para Keelie: "Scarborough Fair".

Naquela noite, Robin Hood estava de calça jeans e camisa polo azul-clara, com uma blusa preta, de manga comprida, embaixo. Fosse de meia-calça ou de roupa mundana, o cara era um gato. Ele cantava, olhando nos olhos de Laurie, enquanto a garota o observava com veneração, como uma fã idiotizada. A qualquer momento a amiga começaria a babar.

Subitamente constrangida, Keelie se perguntou o que aquele cara, que devia ter centenas de mulheres caindo aos seus pés todo fim de semana, acharia de duas adolescentes perambulando no meio da noite, de calça de pijama e camiseta.

A canção terminou. Robin Hood sorriu para Laurie.

— Você é nova aqui.

— Por favor, toque mais. Sou a Laurie. Qual é o seu nome?

Robin Hood abriu um largo sorriso, como se tivessem lhe oferecido uma caixa de balas.

— E aí, Laurie? Sou o Jared. O que é que você e a sua amiga estão fazendo no meio da madrugada?

— Observando as estrelas. — Ela pestanejou.

Que paquera! Keelie se pôs rápido ao lado dela.

Robin Hood arqueou uma das sobrancelhas.

— Eu te conheço. Não foi o Plumpkin?

— O que é um Plumpkin? — Laurie franziu o cenho, nada satisfeita por dividir a atenção dele.

— Eu explico depois. — Keelie ficou vermelha dos pés à cabeça.

— Fui. Perdi a cabeça e quase o emprego. Você por acaso viu um gato branco? Ele pertence ao meu gato, Knot.

— Seu gato tem um gato. — Laurie revirou os olhos.

Keelie teve vontade de dar uma pisada no pé da amiga, por mostrar como o seu comentário parecera ridículo. Laurie não sabia nem da metade do que Knot era capaz.

Jared riu.

— Não vi um gato branco, mas você e aquele cavalo branco. Ele foi até você. É selvagem. Muitos justadores têm tentado capturá-lo, mas ele deu a impressão de ter ficado encantado com você.

Keelie conteve um suspiro. Ocorreu-lhe que poderia estar exalando o aroma de canela, também, quando estivesse lidando com magia ou se comunicando com as árvores. Percebeu que Laurie e Jared a fitavam, esperando algum comentário, e deu de ombros.

— Eu tenho jeito com os animais.

Ele sorriu, e covinhas surgiram em suas maçãs do rosto, combinando com a leve reentrância em seu queixo. Que gracinha.

— O seu gato gosta de vir até aqui ouvir música. — Ele fez um gesto em direção a Knot, que lambia o rabo. — Curte ficar por esta área, apesar de bufar para os justadores de vez em quando. — Knot se esfregou no violão e ronronou.

— Sério? — A vida era injusta, pensou Keelie. Antes, Knot convivera com os piratas no Festival de Montanha Alta e, naquele momento, passava o tempo com Robin Hood em Wildewood. Claro que viajava com Zeke havia décadas. Provavelmente vira um monte de atuações divertidas nos festivais ao longo dos anos. — Bom, já que não viu o gato branco, a Laurie e eu vamos voltar para o acampamento.

— Não vamos, não. A noite está uma delícia, animada, por enquanto. Knot sabe se divertir. — Laurie falou mais baixo. — Você realmente ficou mais tensa desde que saiu da Califórnia. Isso aqui parece ser coisa de filme: duas adolescentes perambulando pela floresta encontram um cara gatíssimo tocando violão.

— É, um pouco antes do sujeito da serra elétrica aparecer — murmurou Keelie.

— Filme errado. A única coisa que falta para tornar o clima mais fantástico é o unicórnio aparecer, como o da parede da Loja de Cristais de Canooga. Ou talvez umas fadas dançando em círculo, deixando para trás cogumelos para mostrar ao mundo que estiveram ali.

Keelie deu uma risada hesitante. Esfregou os braços com as mãos, para se aquecer.

— O que foi? — Laurie captou a inquietação da amiga.

— Estou com frio.

Laurie também esfregou os braços, para cima e para baixo, apertando-os contra o peito para ressaltar o decote.

— Você tem razão, está esfriando, e ainda temos que andar até o acampamento. — Ela sorriu para Jared. — Legal conhecer você. Quem sabe a gente se encontra no festival.

— Querem tomar um café antes de voltar? Acabei de fazer um pouco. Preciso ficar acordado para cuidar dos cavalos, já que os outros justadores estão doentes.

— Sério? Adoraria tomar café — respondeu Laurie antes que Keelie pudesse recusar o convite.

Ao receber a notícia dos justadores doentes, Keelie quis voltar rápido e dar uma olhada no pai. Não queria que ele ficasse sabendo, por meio dos funcionários do festival, que ela estivera perambulando por Rivendell.

Jared apoiou o violão ao seu lado e se levantou. Talvez uma xícara de café não fizesse mal. Mas, como não havia fogueira com uma cafeteira em cima, nem um gerador barulhento ali do lado de fora, roncando durante a madrugada, era bem provável que o café não estivesse pronto. Mas talvez Laurie deixasse de lado o olhar vidrado de tiete se ele lhe servisse a gororoba instantânea.

— Venham até o nosso Casbá. É assim que a gente chama a parte interna da tenda.

Elas seguiram Jared em meio às faixas coloridas de tecidos diáfanos e chegaram a um ambiente saído direto de "As mil e uma noites". Havia grandes almofadas de seda no piso coberto por tapete, iluminado por velas bruxuleantes em longos castiçais de ferro. Era um cenário com jeito de caravana da Rota da Seda.

Aquele devia ser o ponto da balada. Os almofadões macios na certa haviam visto muita ação, mas Keelie não se sentiu ameaçada. Eram duas contra um.

Ela se recostou num deles. Era realmente confortável. Laurie se acomodou ao seu lado, com olhos brilhantes, parecendo um convite para uma sentença condenatória. Talvez aquela não tivesse sido uma boa ideia.

17

Jared não se atirou entre as duas, para alívio de Keelie. Em vez disso, foi até o canto da barraca, onde havia uma cafeteira elétrica numa mesa de madeira. A luzinha de "ligada" brilhava em tom alaranjado.

Keelie franziu o cenho.

— De onde você está obtendo energia para a cafeteira? — Se ela tirasse a atenção de cima de Laurie, talvez conseguissem sair dali rápido.

Jared fez uma pausa e empurrou a extremidade da tenda para trás. Um cabo de alimentação estava conectado a um imenso objeto quadrado, de plástico.

— Bateria. Não usamos muito, para econimozar energia. Mas preciso ficar acordado para cuidar dos cavalos. — Ele deu um sorriso, as covinhas aparecendo no alto da maçã do rosto. — Não podemos deixar a civilização para trás, podemos, pombinha?

Pombinha? Keelie deu uma risadinha débil para Laurie, que lhe lançou um olhar ferino, de brincadeira. Jared serviu café numa pequena xícara de porcelana verde. Keelie sorriu, satisfeita pela reação da amiga. Ela fora chamada de pombinha, não Laurie.

O aroma do café foi se espalhando até a garota, como uma sirene despertando seu paladar.

Keelie aceitou a xícara de porcelana verde com asa lascada. Jared deu a Laurie uma branca, com desenhos de rosas delicadas. O sorriso de agradecimento dela foi para lá de exagerado.

— Sinto muito pelas xícaras misturadas. Com todas as viagens, acabamos com um monte de louças sem par.

— Você viaja de festival em festival? — Laurie assoprou o café.

— É uma vida parecida com a dos ciganos.

Keelie queria ter dado um chute nela, mas Jared teria notado.

O rapaz sorriu.

— A-há, eu participo do circuito de festivais.

— Você faz o papel de Robin Hood em todos os festivais?

— Não. Cada festival tem um tema diferente. Eu faço teste, como todo mundo. Os papéis variam. Às vezes só participo da justa e atuo como o Campeão da Rainha ou o Cavaleiro Negro.

— Soube que os testes são difíceis. Na nossa escola em Los Angeles, a nossa amiga Ashlee vivia fazendo alguns para papéis na TV.

— Vocês duas são de lá? — Jared se sentou em uma pilha alta de almofadas, segurando o próprio café pelando de quente.

— Somos. Eu ainda moro lá. — Laurie na certa achou que o impressionaria.

— Eu moro com o meu pai — explicou Keelie, dando um largo sorriso. Estava feliz por ele não estar sucumbindo ao flerte da amiga.

Laurie se inclinou para a frente, ainda tentando jogar seu charme.

— Você vai participar de outro festival depois deste?

— Não. Este é o último da temporada para mim. — Jared tomou um gole de café e olhou para Keelie. — E você e o seu pai?

— Também é o nosso último da temporada. O meu pai passa o inverno fazendo móveis, então a gente vai para a casa dele na Floresta do Pânico, quando este terminar.

— Na Floresta do Pânico?

Será que ela devia ter mantido o lugar em segredo? Não lembrava.

— Sei que parece ficar na Transilvânia, mas é no Oregon.

Knot se sentou ao lado de Jared, que estendeu a mão, distraído, para acariciar as orelhas dele. O bichano fechou os olhos, satisfeito, mas o rabo balançava de um lado para o outro como uma cobra peluda.

Laurie lançou um olhar de "sai fora, ele é meu".

— E aí, você está sozinho aqui? Achamos que estava numa balada.

— Esta é a tenda das baladas, mas só a pessoa responsável por vigiar os cavalos dorme aqui. Algo os anda assustando, então tenho que ficar de olho a noite inteira.

Keelie arreganhou os dentes para Laurie.

— Na certa foi um urso.

Jared riu.

— Tenho certeza de que não tem urso por aqui. É provável que tenha sido aquele cavalo branco selvagem. Eles sempre ficam desnorteados quando o veem.

— Eu vi *esse* cavalo! — exclamou Laurie. — Não conseguem pegá-lo?

— Ainda não conseguimos. Fiquei impressionado por ele ter deixado Keelie chegar tão perto.

Jared parecia disposto a conversar mais sobre o misterioso cavalo branco, mas Keelie mudou de assunto.

— Estou louca para Laurie ver o festival em andamento. Você é muito convincente como Robin Hood.

Ele ficou todo prosa.

— Obrigado. Já viu toda a encenação da trama do Robin Hood e os Alegres Saqueadores?

— Não, tenho estado superocupada como faz-tudo do festival para a srta. Finch e na loja do meu pai.

— Ah, Finch, vulgo Dragão do Festival. — Ele revirou os olhos e fez uma careta. — Ela marcou todas as encenações perto do mastro de fitas, amanhã. Vai ser o maior tumulto, ainda mais se Sir Salmoura, o homem dos picles, aparecer; daí eu mesmo vou atingi-lo com meu arco e flecha.

— Dragão do festival? — Laurie deu a impressão de estar confusa. — Sir Salmoura?

— Eu explico tudo depois. — Keelie nem sabia se ela mesma entendia tudo. — Basta dizer que a srta. Finch é a minha chefe, e você vai ter o prazer questionável de conhecer a mulher amanhã.

— Você vai trabalhar? — A amiga arregalou os olhos. — Tipo assim, num emprego?

— Não fique tão chocada. — Mais uma vez, ela ficou rubra. — Eu preciso.

— Bom, eu vim aqui para me divertir. São as férias de verão. — Laurie se aproximou depressa de Jared e cruzou o braço no dele. — Você é um ator *e* um justador. Que legal. Pelo visto, vou ter muito tempo livre amanhã. Talvez pudesse me mostrar o lugar.

Jared pigarreou.

— Terei que ser Robin Hood, portanto, não poderei atender ao seu pedido, minha bela dama.

— Bom, eu vou cumprimentar você. Conte para mim, qual foi a experiência mais empolgante que já vivenciou num festival?

Jared sorriu e começou a contar para Laurie histórias sobre a vida de um renascentista. Keelie teve vontade de jogar uma almofada nela. Não era justo. Laurie podia ir até o festival e se divertir, para depois voltar para a vida na Califórnia. Ela entrara com desenvoltura na nova vida da amiga, encantara Sir Davey e, naquele momento, flertava com Robin Hood, enquanto Keelie precisava dar um duro danado. O único resultado era ainda mais trabalho pela frente, graças ao pai e suas concepções a respeito do aprendizado de valores e a formação de caráter.

Então, Keelie se deu conta de algo, como uma bofetada. Zeke estaria acordando logo. Muito em breve.

— Que horas são?

Jared olhou para o relógio.

— Quatro e meia.

— Laurie, a gente precisa voltar ou vamos ficar de castigo.

— Seu pai faria isso? Ele é tão bonzinho. — A amiga lançou a Jared um olhar meloso. — Até agora fiquei superimpressionada com os gatinhos deste festival.

Jared olhou para Keelie e Laurie.

— Keelie tem razão. O pai dela é rígido. Mandou um memorando para todos os justadores para que se mantivessem longe da filha dele.

Ela se endireitou, indignada.

— Ele fez o quê?

— Não estava de brincadeira.

Pela enésima vez, Keelie enrubesceu.

— Laurie, temos que ir.

A amiga se aproximou ainda mais de Jared.

— A gente já se meteu em confusão por ter saído do trailer. O que mais ele pode fazer conosco?

O talismã com o coração da rainha Álamo começou a esquentar na pele de Keelie. Ela ergueu a mão para tocar na camiseta, que o cobria. Será que Lorde Einhorn tinha voltado? Ele não reagira para o unicórnio antes.

— Estamos tendo uma festa? — A voz profunda, de barítono, veio de perto da divisória dos tecidos de pano coloridos. Um homem apareceu, e Keelie ficou olhando. Era um estranho, mas parecia familiar.

— Lorde Niriel. Eu não sabia que havia mais gente acordada. — Jared deu a impressão de ter ficado pouco à vontade.

Laurie deu uma risadinha.

— É tão legal a forma como todo mundo aqui diz Lorde Fulano ou Beltrano.

O recém-chegado não pareceu ter achado graça.

— Você devia estar vigiando os cavalos, não entretendo as moças.

Keelie deu uma cutucada nas costas de Laurie, tentando fazer com que se calasse. O homem aparentava ser jovem, mas havia algo nele que dava a impressão de que fosse bem mais velho. Estava em boa forma, com ombros largos e cintura esguia, e seu rosto era majestoso, com nariz aquilino. Embora o único sinal de idade fossem algumas rugas nos cantos de seus olhos, a sabedoria o circundava como um manto. Sua postura combinava com túnicas longas, mas usava jeans e uma camisa polo de manga comprida, com uma folha brilhante bordada no bolso esquerdo.

Jared se levantou com agilidade e fez uma ampla reverência.

— Lorde Niriel, o senhor estava certo, o cavalo branco voltou. — Ele fez um gesto em direção à filha de Heartwood. — Eu o vi ir até Keelie.

O homem arqueou uma sobrancelha.

— Ah, Keliel Heartwood. Então seu charme alcança também cavalos desgarrados. Eu diria que colecionar corações de justadores já deveria ser trabalho bastante para você.

Jared a observou com interesse renovado.

O coração de Keelie acelerou.

— Não sei do que o senhor está falando. — Claro que se referia a Sean. As palmas das mãos dela suaram só de pensar nele. Ela as passou na calça do pijama e esperou não estar exalando o aroma de canela.

— Oi, sou a Laurie. Estou em visita à casa da Keelie. — Em seguida estendeu a mão, desafiando Lorde Niriel a não a cumprimentar.

Ele a pegou e fez uma ligeira reverência sobre ela. Então, soltou-a e se virou para Keelie.

— Estou falando, claro, de Sean do Bosque.

— O senhor o conhece? Falou com ele? Ainda está na Flórida? — Sean devia tê-la mencionado para aquele homem. Estivera pensando nela.

Jared apontou para as almofadas.

— Por favor, milorde, sente-se.

Lorde Niriel o fez, acomodando-se perto de Keelie.

— Ele continua na Flórida, e estava bem quando o deixei. Dirigi a noite toda para chegar aqui, quando fiquei sabendo que a maioria dos justadores da minha companhia estava doente.

Então ele era o chefe dos Justadores do Ramo de Prata. Por isso o brasão da folha na camisa.

Lorde Niriel fez nova mesura.

— Meu pai mencionou você. Disse que estava no Conselho. — Isso explicava o nome parecido com o de elfos. — Se acabou de chegar, então não foi à reunião.

Ele deu uma olhada em Jared e Laurie e, em seguida, arqueou a sobrancelha para Keelie, como se a advertisse a ficar calada.

— Sean é o cara que você conheceu no Festival de Montanha Alta, certo? — Laurie fez uma expressão amuada. — Que pena que ele está na Flórida. Estava louca para conhecê-lo. — Sorriu para Jared, como se ressaltasse a ideia de que Keelie já estava namorando, e ela, não.

— Ele está gostando do festival na Flórida? — Keelie já estava começando a ficar sem assunto, e ansiava voltar para o trailer antes que o pai acordasse.

— Um pouco, embora esteja confuso. — Lorde Niriel a olhou nos olhos. — Sean é meu filho, e me disse que você não respondeu a nenhuma das cartas dele.

Keelie o fitou, estupefata. Então, engoliu em seco.

— Que cartas?

Antes que ele pudesse responder, as faixas coloridas que formavam a divisória foram empurradas com violência para o lado, e seu pai apareceu. O artesão gentil já não estava ali. Parecia um guerreiro vingativo.

Keelie queria poder desaparecer como as *bhata*. Mas o pai nem a fitou. Seu olhar frio concentrou-se em Lorde Niriel, que o enfrentou. Não havia nenhuma camaradagem perdida, ali.

— Laurie, Keelie, venham comigo.

As meninas se levantaram depressa. As pernas de Keelie tremeram, por causa da tensão. Lorde Niriel a observava, com expressão reservada. Será que o pânico dela era óbvio?

— Preciso falar com seu pai — disse ele. — E agora é um bom momento. Com sua licença, senhoritas. Zeke, venha cá. — Lorde Niriel passou pelo pai de Keelie, cruzou o outro ambiente e curvou-se para sair pela entrada da tenda.

Keelie ficou surpresa quando o pai o seguiu sem dizer uma palavra. Observou um pedaço da túnica azul do pai lá fora, antes de a lona pesada ser colocada de volta no lugar. Correu até o outro ambiente e se inclinou para escutar a conversa.

— Zekeliel — começou Lorde Niriel, em tom de voz gelado.

— Vim buscar minha filha. — O tom suave do pai mostrou-se rouco.

O que estava errado com ele? Keelie nunca tivera tanto medo. O pai pareceu furioso, mas também doente.

Laurie se aproximou.

— Você está bem?

— A gente deveria ter ido embora horas atrás.

O pai falou mais alto.

— É minha filha, e eu resolvo o que acontece com ela.

— Ôpa... — Keelie olhou para Laurie.

— Ele só está desabafando porque deve ter ficado preocupado. — A amiga fez um gesto indicando que não deveria se preocupar. — O que você precisa fazer quando for pega no flagra é o seguinte: descobrir uma forma de deturpar tudo e culpá-lo. Quando a mamãe me pegou bebendo na primavera, ia me deixar de castigo e tomar o meu cartão de crédito. Falei que, se ela fizesse isso, eu ia fugir de casa. Disse também que estava bebendo por culpa dela, pois ela amava mais o novo namorado do que a mim.

Keelie se deu conta de que estava boquiaberta, e fechou a boca. Mal pôde acreditar no que estava ouvindo, mas detectou dor sob a atitude irresponsável da amiga. Perguntou-se se era assim que parecia para os demais.

— Keliel Heartwood, venha já para cá!

Antes que ela pudesse se mover, a aba da tenda abriu outra vez. O pai apareceu com um lampião erguido no alto, o que iluminou as duas. Aquilo pareceu muito surreal, como se ela fosse uma daquelas personagens de filme, que acabara de escapar da prisão e fora pega em flagrante, com todos os holofotes focados nela.

O cenho de Zeke estava totalmente franzido. O braço que segurava o lampião no alto tremia um pouco, fazendo com que as sombras em torno de ambas bruxuleassem. Jared começou a se afastar do pai dela; em seguida, passou por Keelie e Laurie sussurrando:

— Preciso checar os cavalos.

Zeke as examinou superficialmente e, em seguida, virou-se.

— Sigam-me.

Foi o que Keelie e Laurie fizeram. Lá fora, Lorde Niriel estava parado à esquerda, conversando com Elianard e Elia. Keelie hesitou, perguntando-se o que fariam ali. Será que todo mundo estava acordado naquela hora da madrugada?

A elfo franziu as sobrancelhas ao ver Keelie. Aquele na certa era o momento por que vinha esperando. Keelie sentiu o estômago revirar ao imaginar a expressão do rosto charmoso de Sean quando Elia lhe contasse que ela estivera na tenda de Rivendell com Jared — claro que omitindo o fato de Laurie ter estado lá, também.

O pai fez um gesto para as duas.

— Nós vamos para casa. — Parecia exausto. Seus ombros estavam curvados, e ele enxugou a testa com a mão. A filha ficou com sentimento de culpa. Notou como Niriel, Elianard e Elia, até mesmo sob o brilho dos lampiões de Rivendell, transmitiam viço e saúde. Não estavam doentes como os outros elfos, nem cansados como Zeke. Interessante.

Sem conseguir aguentar o silêncio do pai e o peso de sua decepção, Keelie começou a falar, mas só conseguiu pronunciar um "eu" antes de o pai interrompê-la.

Seu tom de voz era um misto de raiva controlada e comedimento.

— Conversaremos mais tarde.

A filha se calou.

— A Keelie saiu escondido para procurar aquele gato branco de rua. — O tom de voz de Laurie era estridente; ela não ficara imune ao clima tenso. — Sabe, ela se preocupa com ele, daí se assusta quando o cavalo branco galopa na frente dela, vindo da floresta.

Elia ficou pasma.

Keelie quis dar um chute no joelho de Laurie para que deixasse de ser tão linguaruda. Elianard e Elia não precisavam saber do seu envolvimento com o unicórnio. A julgar pela reação deles, provavelmente juntaram as peças. Mas na certa aquilo não colocaria Einhorn em perigo... todos os elfos sabiam do guardião da floresta.

Zeke não desgrudava os olhos do trio.

Lorde Niriel ergueu a cabeça.

— Que interessante. — Em seguida, aproximou-se do pai de Keelie. — Zeke, já que cheguei tarde demais para a reunião do Conselho, vamos nos reunir no alojamento para tratar da doença que nos assola. — Olhou de esguelha para Elianard. — Pode ir também?

Elianard assentiu.

— Ótimo. Então, digamos, daqui a umas três horas. Preciso me reunir com a gerente do festival primeiro e conversar sobre os justadores disponíveis para a apresentação de hoje, mas será um encontro breve.

Zeke semicerrou os olhos e soltou um suspiro de resignação.

— Estarei lá.

— Certifique-se disso. — A voz autoritária de Lorde Niriel deixou claro que ele estava acostumado a ser obedecido. Embora fosse o pai de Sean, ela não gostou da forma como deu ordens a Zeke.

Elianard caminhou em frente, com Elia ao encalço de seu robe. Parou com um sorriso pouco sincero nos lábios.

— Vejo-o na reunião no alojamento, Zekeliel.

Zeke balançou a cabeça ligeiramente.

Algo acontecia com os elfos, e o temor pelo pai levou Keelie a se esquecer da própria situação e do fato de que talvez ficasse de castigo para o resto da vida. Perguntou-se de novo se havia uma conexão entre a saúde precária de Einhorn e dos elfos. Como o pai sempre dizia "quando se perde a floresta, perdem-se também os elfos".

Elianard caminhou na frente dela, e Elia, como uma filha bem-comportada, seguiu-o. A elfo ergueu a cabeça ligeiramente e olhou com raiva para Keelie, e, então, com desprezo para Laurie, a humanazinha insignificante.

— Seu rosto vai congelar desse jeito — comentou Laurie, despreocupadamente.

Elia ficou pasma, como se tivesse recebido um insulto de uma cadeira.

Zeke começou a andar de volta para a trilha, o lampião firme em meio à escuridão.

— Vamos voltar para o trailer.

No caminho até Sir Davey, Keelie não suportou o silêncio de Zeke e a decepção dele.

— Pai, eu...

— Por que vocês estavam na tenda?

— Estava frio e escuro do lado de fora.

O pai parou e ergueu o lampião sobre a cabeça dela, dando a impressão de que ele tinha um halo.

— Keelie, você já tem idade suficiente para ser responsável pelas consequências dos seus atos. Elas existem, e são terríveis, se pegar o caminho errado. Ele pode levar a um mundo sombrio, solitário e desesperador. Espero que você não parta os corações dos que a amam, dos que terão que lidar com os resultados das suas ações pelo resto da vida deles.

Chocada, a filha, por um instante, não conseguiu encontrar as palavras para responder a ele. Aquilo pareceu tão radical. Ela olhou de soslaio para Laurie. Não podia mencionar o unicórnio na frente dela.

— Tavak me chamou. Eu tinha que vir.

A expressão do pai não mudou. Era um misto de amor, compaixão e medo.

Havia mais, muito mais, acontecendo com os elfos que o unicórnio e a doença que os afligiam. Talvez fosse a isso que o pai se referisse. Consequências terríveis. Está legal. Também não era como se ela fosse virar Darth Vader ou algo parecido.

No trailer, Sir Davey os cumprimentou com um sorriso cansado.

— Estou fazendo café.

Laurie bocejou.

— Que horas são? — perguntou ela.

— Seis — respondeu Zeke.

— Será que podem me acordar, tipo, ao meio-dia?

— Melhor não irem dormir. — Sir Davey foi depressa até a cafeteira. — Deitar agora não adianta nada, já que o festival vai abrir daqui a duas horas. Há muito que fazer.

— Hein? Minha mãe nunca...

— Se você pode ficar acordada a noite inteira, então pode ficar acordada o dia inteiro. — Zeke não parecia preparado para ficar nem mais um instante desperto.

Laurie, pelo visto, ficara sem palavras. Keelie tinha certeza de que, se estivessem em plena luz do dia, a face da amiga estaria branca, de tão chocada que ficou.

— Sugiro que, se quiserem tomar um banho quente, façam isso agora. O último que fizer isso na certa vai ficar com água gelada. — Zeke se virou para Sir Davey. — Vamos fazer o mingau de aveia.

O estômago de Keelie revirou. Questões políticas de elfos, unicórnios, árvores, fadas e o pai do Sean. Além disso, as cartas desaparecidas dele. Precisava de um pouco de tranquilidade para processar tudo o que tinha acontecido naquela noite. Precisava dormir. E, dali a algumas horas, ainda teria de enfrentar a srta. Finch.

18

Laurie aceitou o conselho de Zeke e foi tomar um banho. Keelie ficou à porta do trailer e observou enquanto o pai se deixava cair num dos sofás e abria um exemplar amassado de *Vossa Gazeta de Wildewood*.

Sir Davey deu uma piscada para Keelie e foi até a cozinha.

— O mingau de aveia já está quase pronto. Quais são os planos para hoje, Zeke?

— Tenho uma reunião do Conselho às 8h; além disso, preciso dar uma checada nos carvalhos, ir até a floresta perto do riacho e abrir a loja. — O pai agitou o jornal, para ressaltar sua exasperação.

Knot saltou para ficar ao lado dele e colocou a pata laranja no joelho do pai, em um gesto reconfortante. Gato idiota. Dando uma de afetuoso para puxar o saco do seu pai.

Sir Davey assobiou ao olhar para o balcão.

— Vou imprimir a informação que você solicitou sobre a floresta antes da construção da represa. Vai precisar dela.

Erguendo os olhos do jornal, o pai lançou um olhar furioso para a filha. Ela sentiu a tensão fluir até ela como uma corrente elétrica invisível que os conectava. Pegou o quartzo-rosa no bolso e fechou a mão sobre seus contornos familiares, mas não fez diferença.

Keelie se serviu de café e observou Sir Davey. Ele estava ocupado ao teclado do computador, na escrivaninha, que havia sido montada na extensão do balcão da cozinha. Sua atenção se concentrou em uma esfera de cristal ligada ao aparelho. Um mapa topográfico cintilou na tela, algumas áreas fortemente delineadas em verde, outras em bege, como num deserto. Na parte inferior da imagem, estava escrito "Wildewood". Ela aumentou quando Sir Davey focou numa área retangular opaca, na qual havia um rio agitado e uma floresta que se estendia tanto quanto se podia avistar.

— Esta é uma imagem de Wildewood como Mata Virgem, antes de ela ser desmatada.

Keelie sentiu um aperto no coração ante a visão daquela beleza. Pensou nos carvalhos do festival, os únicos sobreviventes daquela floresta antiga — não era à toa que estavam tão magoados. Olhou de soslaio para o pai. Diga algo, pensou. Qualquer coisa.

O som da água da ducha caindo, seguido de um grito estridente, rompeu o silêncio. Laurie na certa tinha batido a cabeça no bocal do chuveiro, pendurado à baixa altura, própria para Sir Davey. Bem feito! Se elas não tivessem entrado na tenda, Keelie não estaria naquela péssima situação. Seu pai não precisaria ir à reunião idiota do Conselho e talvez ela tivesse tido tempo de ajudar Einhorn. Era como se tivessem voltado à escola, época em que Keelie se metia em confusão por causa das ideias não muito brilhantes de Laurie. Engraçado o que se acaba esquecendo quando se está longe de alguém por alguns meses.

Zeke dobrou o jornal.

— Keelie, hora de conversar. Lá fora.

Ela encurvou os ombros e saiu cabisbaixa; se a sua linguagem corporal demonstrasse que estava sendo muito humilde, talvez ele não fosse tão durão. Fechou a porta do trailer quando passou e, em seguida, segurou a xícara de café diante de si, como um escudo.

Zeke contemplou as árvores na extremidade da clareira e deixou escapar um suspiro.

— Eu sei que Lorde Einhorn a chamou. Tavak me contou.

Keelie franziu o cenho.

— Não entendo por que Tavak me mandou ajudar o unicórnio. Você está num nível muito superior ao meu. O que eu poderia fazer que você não poderia?

— Ele confia em você — explicou o pai, com suavidade. — Lorde Einhorn tem motivos para não confiar nos elfos. Mas a escolheu.

Ela apertou com força a xícara.

— Está bom, explique para mim, pai. Vou fazer 16 anos. Elia, que tem, tipo, 60, já me chamou de mestiça, e não estava errada. Não sou elfo, nem humana, e acabei de ficar sabendo dessa história de "outro mundo". Então, por que eu? Por que você não pode ajudar? E por que os outros elfos não podem? Ou Sir Davey com a magia terrena? Ou ainda a Janice, com seu conhecimento de ervas? Sabe, se a Lulu pode usar feitiços, por que diabos me escolheram? — Ela se deu conta de que agitava o braço, e se sentou nos degraus do trailer. — Você nunca me explica nada. Preciso de respostas.

O pai suspirou.

— Não posso protegê-la. Pensei que podia, até que aprendesse mais, só que sua magia parece metê-la em confusão. Quanto a por que você, só Lorde Einhorn sabe, porém desconfio de que talvez seja porque você é uma adolescente de dois mundos, distante da nossa luta.

Keelie franziu a testa.

— Então, a resposta é que não tem nenhuma? Você não sabe, e isso é tudo.

Zeke desatou a bolsinha de veludo verde, com as pedras, do cinto. Ela ficou feliz em saber que ele estava com elas.

O pai fechou o punho e, em seguida, distraidamente esfregou as pedras, fazendo com que batessem umas nas outras. Um brilho tênue e verdejante surgiu do espaço entre seus dedos. O talismã do coração da rainha Álamo aqueceu. Keelie não achava que estava fazendo nenhuma magia. Normalmente, sentia um formigamento no corpo. Devia ser Zeke.

Ela apontou para as pedras. Ele levou o dedo indicador aos próprios lábios. Não queria que ela dissesse nada. Abriu as mãos e as pedras, envoltas em energia verde, levitaram, uma por uma, como diminutos satélites espaciais pairando sobre a Terra. Keelie respirou fundo.

O pai a olhou.

— Por que a Laurie estava no prado com você?

— Ela me seguiu. Eu disse para ela que fui procurar o gato branco e Knot.

— E ela acreditou? — As pedras, ainda brilhando em tom verde, continuaram suspensas no ar, adejando sobre a mão estendida dele.

— Não, perguntou se eu ia fazer algum tipo de ritual. Daí ouviu o Robin Hood, quer dizer, o Jared, tocando violão e viu a tenda das baladas. E lá foi ela. A Laurie é supersociável.

— Conversei com a mãe dela. — As pedras foram caindo, uma por uma, na palma de sua mão. Ele fechou o punho. — Aquela mulher é um caso sério. Eu a encontrei por meio da magia arboral. Está no Lago Tahoe com o namorado. Não quis que eu mandasse a filha de volta; disse que, se eu quisesse, podia colocá-la de castigo, pois talvez isso a fizesse pensar nas consequências. Não posso acreditar que você queria ir morar com aquela figura. — Zeke fez uma expressão carrancuda ao apertar as pedras caídas, e o tênue brilho verde se esvaiu.

Chegara a hora de remediar a situação.

— Isso foi naquela época. Achava que ficar com elas me deixaria o mais perto possível de ter a minha mãe.

O pai estendeu a mão e acariciou seus cachos.

— E agora?

— Estou em casa. — Keelie se apoiou no pai, que cingiu seu ombro com um dos braços. — O que vai acontecer?

Zeke suspirou e olhou para as árvores como se as *bhata* pudessem estar com cartões de dicas a respeito do que ele deveria fazer com a filha adolescente e a amiga indisciplinada.

— Não comente nada sobre o unicórnio com ninguém e, Keelie, não vá à floresta sem a minha companhia. Já disse que Einhorn tem motivos para desconfiar dos elfos, e você também.

— Parece um aviso.

— E é. Não posso perdê-la de novo.

— Então, me mantenha informada. — Ela se afastou dele, chateada. — Você está me tratando feito criança. Se há mesmo um perigo real, por que não me conta logo o que está acontecendo? Essa história de "só o Einhorn sabe" é papo furado.

Ele arqueou as sobrancelhas, surpreso.

— Estou tentando protegê-la. Enfrentou muita coisa nos últimos meses. Lidar com magia é algo novo para você, e ainda estou avaliando quão poderosa é a sua. O melhor agora é que se mantenha longe da floresta e do unicórnio.

— Do unicórnio, dos justadores; claro, vou ficar longe de tudo e de todos. Melhor me trancar logo no Chalé Suíço e mudar o nome para Rapunzel. Fiquei sabendo do memorando que você enviou para os cavaleiros de justa. Jared me contou.

— Fique longe dele também.

— Hein? E aí, com quem posso conversar? — Seu tom de voz foi aumentando a cada palavra frustrada. — Com você, Janice, Sir Davey, Knot e, acho, as árvores.

— Com elas não.

— Beleza. — A palavra foi dita em tom agudo. — Então me diga como mantê-las longe da minha mente, Pastor das Árvores.

Zeke passou a mão no rosto e se apoiou num broto de castanheiro, como se este o reconfortasse.

— Não sei o que lhe dizer. Quero que fique em segurança.

— Desde que a gente chegou a este festival, você mudou, pai. Conversamos na viagem até aqui, daí, de repente, você se fechou. Vinha me ensinando sobre as árvores e os elfos, mas, desde que vi o unicórnio, não disse mais nada, exceto "fique longe da floresta". Vamos cair na real? Oportunidade de ensino. Não posso aprender tudo por osmose.

— Tem algo errado com a floresta aqui, algo que pode ser perigoso para você. Keelie, não sabe o suficiente a respeito da sua magia, e não posso ajudá-la agora. Tenho que lidar com a floresta e o unicórnio. — As extremidades das orelhas pontudas dele estavam vermelhas, e o rosto, pálido, ressaltando as olheiras.

— Consegui dar um jeito no Barrete Vermelho, não consegui? — A criaturinha assassina quase matara Sir Davey.

— Tivemos sorte, e nada garante que você vencerá na próxima vez. Então, por favor, Keelie, mantenha-se afastada da floresta.

Ela estivera prestes a gritar com ele de novo, mas parou. Tudo bem. Ficaria longe de lá. Por enquanto. Mas, quando o unicórnio a convocasse de novo, iria.

Os olhos cor de folha do pai pareceram distantes. A filha o abraçou.

— Vamos conversar sobre isso depois. — Ela faria o que tivesse de fazer. — Sei que você se sentiu mal ontem, e não está com a cara boa.

Zeke retribuiu o abraço.

— Vou ficar bem. Só me sinto cansado. Não estou a fim de ir a essa reunião. Acho que vou tomar o café de Sir Davey.

Keelie ficou pasma, sem acreditar que o pai estava até considerando tomar café. Devia estar à beira da exaustão.

— Oi, Laurie. — O pai a vira por sobre o ombro da filha.

Keelie se virou e viu a amiga parada à saída do trailer, de jeans e camiseta regata — para surpresa dela, a sua, com a estampa de "vampira", que comprara com o próprio dinheiro em La Jolie Rouge.

— O que está fazendo com a minha camiseta?

— Achei. Ficou ótima em mim, não ficou? — Laurie desceu e se virou para mostrar.

Keelie ia matar Laurie. Aquela camiseta estava impecavelmente dobrada, numa mala, guardada ali para Knot não a encontrar, o que significava que a amiga estivera fuxicando em suas coisas.

— Você tem um monte de roupa nova, então por que está roubando a minha?

— As suas são novas para mim. Ah, amiga, nós duas sempre compartilhamos roupas. Qual é o problema?

O "problema" era que, graças ao Knot, suas roupas fashion cabiam num saco de plástico Ziploc e, naquele momento, Laurie usava parte do estoquezinho patético dela. Mas Keelie deixou para lá. A amiga fitava Zeke como se ele fosse cortar a cabeça dela.

— Você vai me obrigar a voltar para casa? — Pelo visto, ela estava acostumada a ver os adultos falando dela como se fosse uma valise, a ser enviada para quem quer que a recebesse. Antes, Keelie ficaria do lado dela, mas aquela camiseta levou-a a pensar que faria bem à amiga aguentar até o fim.

— Poderá ficar conosco, mas terá que obedecer às minhas regras, as mesmas que Keelie precisa seguir. — Sua expressão mostrava-se séria.

Laurie exalou, claramente aliviada.

— Está bom. Vou seguir o que mandar à risca. Obrigada por me deixar ficar.

Keelie ficou feliz pela amiga estar ficando, mas precisavam conversar sobre suas próprias regras, também. Ela nunca invadiria a privacidade de Laurie. Elas tinham compartilhado roupas e segredos no passado, mas tudo tinha sido dado, não pegado daquela forma. Keelie precisava estabelecer limites com a amiga, ainda mais se fosse ajudar o unicórnio. Equilibrar a magia e a vida real não era nada fácil.

— Hoje é o meu primeiro dia de festival; o que é que a gente vai fazer? — Laurie esfregou as mãos.

Aborrecida, Keelie percebeu como a amiga mudara rápido a atuação de adolescente arrependida para convidada esperando ser entretida.

— Isso daqui não é o Club Medieval.

— Keelie precisa ir até a gerência se encontrar com a srta. Finch, a gerente do festival. Ela tem um trabalho e, você, uma acompanhante para lhe mostrar Wildewood.

— Uma acompanhante? — Laurie balançou o tênis Converse para trás, como se fosse desmaiar.

— Quem vai acompanhar a minha amiga? — quis saber Keelie, igualmente horrorizada. — O Knot?

— O seu *gato?* — A expressão de Laurie era de: *será que a situação ainda pode piorar?*

— Eu — respondeu alguém que Keelie não escutava havia semanas.

— Cheguei tarde ontem à noite, e Sir Davey me incumbiu de tomar conta de uma garota hoje cedo.

Keelie se virou e, para sua satisfação, viu-se diante de sua amiga Raven. Gritando de alegria, correu e abraçou-a.

Ela trajava a alta-costura completa da Renascença, como uma rainha gótica das fadas. Um corpete de vinil brilhante enfatizava seu corpo esguio e destacava com charme o tom branco de sua blusa, que deixava seus ombros à mostra. Os babados da saia preta caíam em cascata, com sua barra festonê vermelha; uma parte do tecido fora puxado num dos lados e preso no cós da saia para mostrar a anágua de babados brancos com arremate preto e a bota delicada, de camurça preta.

Raven riu e deu um abraço apertado em Keelie, evitando que ela saltitasse.

— Pare. Pare. Pare. Eu também estou feliz em te ver. Mas tenho que admitir: não estou nada satisfeita por estar aqui agora. Meu Deus! Quem acorda tão cedo assim? — Ela pressionou a testa com a mão, como se estivesse de ressaca. Em seguida, tirou-a de lá e pestanejou, deixando claro que tinha feito uma brincadeira. Deu um largo sorriso para a amiga de Keelie. — E você deve ser a famosa Laurie. Já ouvi falar muito de você.

— Muito prazer, acho. — Laurie olhou para Keelie, em busca de ajuda.

— Ouvi dizer que vocês deram um jeito de ir até Rivendell. Estou impressionada. Mas sabem que a festa não começa sem a minha presença. — Ela estalou o dedo e fez uma pose.

Zeke pigarreou.

— Não vamos encorajá-las.

Raven anuiu, como se concordasse.

— Claro, Zeke. — Então, piscou para Keelie. — Está me devendo uma.

Keelie se sentiu, de súbito, no paraíso. As duas garotas de que mais gostava no mundo estavam ali com ela. Adoraria ir para o festival, despreocupadamente, para se divertir. Mas não podia. Tinha um trabalho e um unicórnio para salvar, sem falar nas árvores.

Zeke franziu o cenho.

— Bom, garotas, tenho olhos e ouvidos por todo o festival... e pelo prado. — Falara isso enquanto encarava Laurie, que parecia alheia ao *este recado é para você* de Zeke porque estava ocupada fitando boquiaberta Raven. Ele olhou sério para Keelie, então, deixou para lá e foi para o estacionamento.

— Tome cuidado, pai. — Zeke tinha lhe dito para não confiar em ninguém, e ela queria transmitir o mesmo recado. A reunião com Lorde Niriel não parecia amistosa.

Ele acenou.

— Vou tomar.

Laurie não notou que Zeke havia ido embora. Ainda não desgrudara os olhos de Raven.

— Amei a sua roupa, Raven. Onde comprou?

— Lá na loja da Francesca, perto dos portões de entrada — respondeu ela. — É da coleção Idade Média. Você tem que ser muito sinistra para esse look dar certo. Sinto muito, mas você é loura demais para ele.

Laurie ficou pasma.

— Eu posso usar preto.

— Vamos fazer o seguinte: daremos um pulo na Francesca para ver o que fica bem em você.

— Hã!? Vocês vão fazer compras sem mim? — Keelie ficaria ralando enquanto as suas melhores amigas iam às lojas juntas.

Precisariam dela para servir de juíza, ainda mais na barraca da Francesca. Não era nada justo.

— Que pena que você tem que trabalhar. — Raven se mostrou solidária. — Mas bem-vinda ao mundo real.

— Vou sentir sua falta. — Não pareceu que Laurie tenha sido sincera, mas até a falsa compaixão fez Keelie se sentir um pouco melhor.

— É, vou ficar ocupada com seja lá que tipo de tortura o dragão do festival arrumou para mim hoje.

Raven deu um largo sorriso.

— Não feche a cara. Você tem que trabalhar porque foi fazer compras primeiro, né? Fiquei sabendo da sua bota feita à mão. O que deu em você? Tem a da sua mãe e a que ganhou da minha no Festival Renascentista de Montanha Alta. Não era como se precisasse de outro par.

— Não sei. — Keelie balançou a cabeça. — Era tão linda que não consegui resistir.

Laurie se empolgou ainda mais.

— Você comprou uma bota de estilista aqui? E tem mais? Onde?

— No festival. — Keelie se perguntou se conseguiria evitar que Laurie ficasse sabendo da loja de Lady Annie. Ela simplesmente daria o cartão de crédito e, então, teria uma também.

— Às vezes as compras por impulso voltam para dar um chute no traseiro, né? — comentou Raven, com um sorriso. Em seguida, como se o tema da bota e do trabalho já tivesse sido esgotado, ela se virou para Laurie. — Ei, você já fez dança do ventre?

— Não, mas eu sempre quis aprender.

— Ótimo. Vou te apresentar Rhiannon Rose. Eu realmente não quero passar o dia todo fazendo compras. Talvez ela possa te dar umas aulas ou algo assim.

Keelie fechou a cara. Laurie nunca dissera nada sobre ter vontade de aprender a dança do ventre quando estavam na Baywood. Além disso, aquela atividade era a que ela e Raven faziam juntas. Não

Laurie e Raven. Só de pensar no nome das duas juntas fez com que ela se sentisse para baixo.

— A Rhiannon vai dar um show mais tarde, no palco Fileira dos Flecheiros, e é ótima. Você vai adorá-la. — Raven notou a expressão carrancuda de Keelie e sorriu ainda mais. — Não seja criança, Keelie. A gente vai visitar você onde quer que esteja trabalhando. Depois que pagar pela bota, pode se divertir, também. Eu preciso trabalhar e pagar as minhas contas. A minha mãe diz que fortalece o caráter.

Laurie deu de ombros.

— Minha mãe não faz questão disso. Só me dá os cartões de crédito dela.

— Ora, californiana, por aqui as personalidades são apenas personagens fictícios. Talvez você possa comprar uma. — Raven fez um gesto para o festival, os estandartes coloridos e as torres em estilo gótico visíveis em meio às árvores. — E, se você não se comportar, vou dar um jeito de você se tornar voluntária do Show de Lama.

Laurie ficou pasma.

— Eu não sei o que é isso, mas parece ser um horror!

A porta do trailer se abriu e Sir Davey desceu, apoiando-se nela para se equilibrar.

— Ainda estão aqui? Ah, Raven veio tomar café da manhã.

— Oi, Sir Davey. Tem café? Se eu não tomar um pouco logo, vou ficar mais mal-humorada que a Finch.

— Por falar nela, vim para dizer para Keelie que está na hora de ir até a gerência. — Ele entrou de novo.

Keelie sabia que precisava se concentrar na obtenção do dinheiro para pagar a bota. Não podia perder outro emprego, por mais ciúmes que tivesse da amizade entre Laurie e Raven. Chegara a hora de enfrentar o dragão.

19

O prédio da gerência estava em polvorosa. Keelie abriu caminho pelas pessoas que transitavam pelo corredor estreito e atapetado do quarto de fantasias. O escritório da srta. Finch estava vazio, mas ela escutou a voz da mulher destacando-se em meio ao burburinho. Um homem respondeu, gritando. O cheiro de salmoura espalhava-se no corredor.

Keelie entrou no quarto de fantasias, e então parou, estupefata. Era o homem que tinha deixado Lulu enfurecida na semana anterior. Um verdadeiro desastre fashion ambulante. Alguém deveria ser preso por deixar aquele cara usar aquela meia-calça tão apertada, sem falar na medonha blusa bufante. Agia como um suicida, também. Enfrentava a srta. Finch, gesticulando muito.

— Eu preciso de ajuda — gritou. Lembrava um duende alto pela compleição avermelhada, o cabelo ruivo-amarelado e o bigode grande e volumoso. — Minha segunda Vinagrete em duas semanas, e ela está doente. Não posso ter uma Vinagrete que está vomitando! Preciso de ajuda, viu?

Ele precisava era que o ajudassem com a fantasia. Ou, melhor ainda, comprar o DVD do "Bumbuns de aço", porque a meia-calça expunha seus asquerosos furinhos de casca de laranja. Keelie desviou o rosto antes de se enojar demais. A polícia fashion do festival renascentista devia declarar ilegal bragueiros e meias-calças.

Ela se esqueceu dele quando viu Lorde Niriel no fundo da sala. Devia estar ali para conversar com a srta. Finch sobre os justadores. Mas ele se encostara confortavelmente na parede, ignorando o drama, a atenção concentrada na prancheta que segurava. Até mesmo à luz do dia Lorde Niriel parecia jovem, quase tanto quanto Sean. Todos os elfos possuíam aquela qualidade atemporal, mas aquele ali se mesclava no mundo dos seres humanos com mais facilidade ainda que Zeke.

Usava uma camisa polo enfiada dentro da calça. Seus cabeços longos, cor de areia, haviam sido presos em um rabo de cavalo com uma fita marrom, mas cobriam parte das orelhas de elfo. Transmitia um ar formal e eficiente, nada parecido com a aparência tranquila, estilo surfista, do filho louro.

Keelie enrubesceu quando Lorde Niriel a fitou, e desviou os olhos quando o olhar dele se transformou em análise inquiridora. Precisava conversar com ele sobre as cartas desaparecias de Sean, mas não conseguiria fazê-lo quando a srta. Finch a visse. Lorde Niriel estava prestes a descobrir que ela era a Faz-Tudo do festival e, na certa, entreouviria seja lá o que a gerente tivesse reservado para ela. E se Elia já houvesse lhe contado seus trabalhos fracassados de antes? Aquele seria um bom momento para estar longe dali.

A srta. Finch a viu e fez um gesto com a mão.

— Heartwood, venha cá. — Ela continuava quase cara a cara com o duende tamanho família, que falava sozinho, já que a gerente não o escutava.

Um sinal de alarme percorreu o corpo de Keelie conforme ela olhava da srta. Finch ao pesadelo verde. Não. A vida não podia ser tão cruel assim. Sua sorte não podia ser tão má.

— Keelie, este é Sir Salmoura da Pepinândia. Você pode ser a pessoa de que ele precisa como assistente, Vinagrete do Vale.

Salmoura. De súbito, o verde fez sentido, e ela se lembrou do caminho cheio de pedaços de picles e da pobre garota empurrando o carrinho atrás dele. O Cara do Picles. Ah meu Deus, ela trabalharia para ele. Os pés dela pareceram paralisados sobre o piso de madeira de lei.

Já receava a reação de Raven e Laurie quando a vissem trabalhando com Sir Salmoura. Pelo menos, nenhuma das duas tinha testemunhado os fiascos que foram Plumpkin e o Churrasco no Espeto. A amiga californiana voltaria para o colégio e contaria para todos os amigos delas, da Escola Baywood, que Keelie estava trabalhando como vendedora de picles. A srta. Finch fez um biquinho e esfregou a testa enquanto Sir Salmoura da Pepinândia falava. Talvez Plumpkin saísse da aposentadoria.

Em seguida, a srta. Finch apontou para Keelie, e o Cara do Picles virou-se para ela; olhou-a de alto a baixo, em seguida, deu um sorrisinho zombeteiro e balançou a cabeça.

— Preciso de um assistente mais forte. Essa magrela não pode empurrar o carrinho.

Keelie suspirou de alívio. Bom, era preciso dar um pouco de crédito ao sujeito. Tinha visto, só de olhar para ela, que não trabalhariam bem juntos.

A srta. Finch ergueu as mãos, como se dissesse, "só tem isso, é pegar ou largar".

O olhar de Lorde Niriel ia da gerente ao Cara do Picles e a Keelie. Esta lhe deu um sorrisinho débil.

Sir Salmoura pôs as mãos no quadril, bateu o pé no chão e semicerrou os olhos ao analisar Keelie. Em seguida, anuiu.

Não, não balance a cabeça assim, pensou Keelie. *Franza o cenho e exija outra pessoa.*

A srta. Finch deu um largo sorriso, certa de que ganhara a discussão. Sempre ganhava.

Ah, meu Deus. Talvez dessem uma máscara para ela usar.

Lorde Niriel foi até Keelie.

— Se a sua propensão a se dar mal nos serviços do Festival da Renascença continuar hoje com o Cara do Picles, então, vá me ver.

Já que consegue encantar um tipo especial de cavalo, sem dúvida alguma deve fazê-lo com os demais equinos. Daria um bom escudeiro.

Keelie ficou sem saber se devia se sentir chocada, aliviada ou honrada. Todo mundo do festival devia ter ouvido falar do seu desastroso desempenho nos trabalhos, e, àquela altura, um lorde elfo, pai do seu namorado, resolveu lhe oferecer um emprego na justa. Mas antes que ela pudesse responder a Lorde Niriel, o sujeito se afastou, cantarolando e analisando a prancheta como se tivesse se esquecido de que ela estava ali.

A srta. Finch estalou os dedos na frente do rosto dela.

— Preste atenção, Heartwood. Sir Salmoura da Pepinândia disse que você serve. Graças a Deus, se eu tivesse de escutar aquela ladainha dele por mais um segundo que fosse, ia enfiar um pepino na boca dele, para que se calasse.

Keelie sentiu um aperto no estômago. Algo ia acontecer.

— Você tem certeza? Sabe, depois do incidente do Churrasco no Espeto, ainda quer que eu trabalhe com comida?

A srta. Finch pigarreou.

— Está brincando? Com todo mundo adoecendo, já me dou por satisfeita por ter uns corpos quentes para preencher algumas vagas. Agradeça por não estar na justa. Vai adorar este trabalho. Empurrará o carrinho de picles enquanto Sir Salmoura canta e dança. Então, ele vai pegar o dinheiro e, você, servirá os picles para os clientes que já pagaram. Tudo kosher. — A srta. Finch deu uma risadinha ante à própria piadinha idiota. — Aliás, seu pai disse que conversou com o seu gato. Ele está a par das restrições do festival, e nós não devemos ter mais problemas com bichanos.

Aí estava, até mesmo a srta. Finch sabia que Zeke não só dizia algo *para* Knot, mas conversava com ele.

Sir Salmoura da Pepinândia arqueou uma sobrancelha.

— O seu pai conversa com o gato?

— É uma longa história — Keelie deu de ombros.

Ele fez um gesto amplo com a mão.

— Ande logo e pegue a sua fantasia. Os portões vão abrir daqui a trinta minutos. Eu espero que seja boa de improviso, Heartwood. Ou, devo dizer, Vinagrete? — Sir Salmoura deu umas risadinhas esquisitas.

Trinta minutos depois, Mona, a costureira, tinha dado para Keelie uma blusa manchada de camponesa e uma calça de casimira fina, à altura da panturrilha. A garota fitou com saudades a cabeça de Plumpkin, que, naquele momento, encontrava-se largada e jogada perto da do unicórnio. Mas se deu conta de que sentia essa nostalgia porque não se encontrava perto o bastante para cheirá-la.

O carrinho de picles estava estacionado do lado de fora. Era um barril de picles pesado, virado, com duas rodas verdes enormes a cada lado e puxadores longos de madeira, que pareciam ter sido feitos de maneira que um jumento ou um pônei o levassem. Sir Salmoura saiu andando depressa à frente, e Keelie pegou os puxadores e empurrou o carrinho pesado pelo caminho com cascalho diante dele. Ele cantava:

— "Você conhece Seu Picles, Seu Picles, Seu Picles? / Você conhece Seu Picles, que a alameda Nottingham percorre?"

Embora Sir Salmoura tivesse uma boa voz de barítono, sua música de picles idiota já estava dando nos nervos de Keelie. E o que era pior: agora que tinha saído, a garota sentiu que algo estava diferente e errado. Não se tratava do Pânico, mas de um troço que contaminava a manhã. Ela não sabia dizer exatamente o quê, mas sua pele formigava e a cabeça doía, como acontecia depois de muita magia arboral. Sua visão estava distorcida, e a atmosfera, nebulosa, como se uma névoa densa de discórdia cobrisse o festival.

Keelie achou que devia ser a única a sentir a esquisitice, pois venderam dúzias de picles. Pelo visto, as pessoas adoravam Sir Salmoura. Ela se perguntou se elas realmente comiam os picles ou se apenas os compravam porque achavam o vendedor engraçado.

Os dois haviam feito um longo caminho circular, dos portões da entrada a justa e depois até a Alameda Encantada. Estavam prestes a chegar a loja Heartwood quando Keelie percebeu que se encontrava fechada. O pai ainda devia estar no alojamento. Foi então que ela se deu conta de que havia algo muito diferente na paisagem.

— Ande, Vinagrete. Quero parar para almoçar assim que a gente terminar aqui. — Ele começou a cantar a musiquinha pelo que pareceu a Keelie a milionésima vez.

Ela revirou os olhos e se inclinou para empurrar o carrinho pelo caminho cheio de frutos de carvalho espalhados.

— Cuidado, mocinha, você vai bater naquela árvore. — Seu Picles soltou um resmungo e agarrou a parte da frente do carrinho para puxá-lo para o lado.

Keelie parou de empurrar, e o carrinho rolou para trás, em sua direção, atingindo-a no quadril. Mas ela mal sentiu o golpe, pois prestava atenção no carvalho alto e delgado na trilha. Uma árvore no ponto em que não havia nenhuma de manhã. Um dos carvalhos do outro lado da alameda se movera e, naquele momento, colocara-se entre a loja de Zeke e a de Lulu.

Ela olhou para as demais barracas. Ninguém estava prestando atenção na árvore. Keelie estendeu a mão para tocar a casca, mas, então, retirou-a e, em vez de fazê-lo, abriu-se para a floresta. *Raiva*. Ficou surpresa ao sentir tamanha animosidade fluindo até ela, juntamente com uma sensação bem repulsiva. Doença. Até mesmo aquelas árvores se haviam enfermado. O mal-estar fez os joelhos de Keelie fraquejarem. Enquanto buscava desesperadamente o quartzo-rosa, que neutralizaria o efeito da magia arboral, deu-se conta de que a fantasia não tinha bolso. A pedra ficara no da sua calça, na gerência. A garota se sentiu desprotegida e exposta à magia ao seu redor. Teria de encontrar uma forma de se afastar de Sir Salmoura e voltar à gerência.

Seu Picles olhou ao redor.

— A gente pode parar nessa área por um tempo.

— Aqui? — Se Laurie e Raven fossem ao herbanário de Janice, passariam bem na frente dela.

— Claro. Vamos de um lado ao outro das ruelas, daí paramos. Podemos ficar uns vinte minutos para ver como fica a venda. — Ele empurrou o carrinho até a lateral do caminho e começou a cantar de novo.

Eles estavam na frente da loja da Lulu. Esta tinha companhia, um sujeito de expressão séria, de robe de mago, que Keelie vira observando Lulu aos portões da frente, no dia da abertura do festival. Ele estava sentado numa cadeira atrás do balcão enquanto a bruxa acenava desanimadamente para as crianças que passavam pela loja. Sua fantasia mostrava-se amarrotada e as asas, franzidas, penduradas sem firmeza em suas costas, como se tivessem sido largadas na chuva. Ela pegou uma garrafa embrulhada num saco de papel pardo e deu um gole.

Então, Lulu notou o carrinho e foi até a entrada de sua loja. Ainda não vira Keelie. Olhou com desprezo para Sir Salmoura.

— Dê o fora daqui e vá vender seus picles noutra parte, seu babaca verde.

Ele a fitou furioso. Colocou as mãos no quadril e cantou:

— Nossa Mamãe Marionete foi até a sala de jantar, esperando encontrar Elianard, mas quando lá chegou nada encontrou, e então sozinha ficou.

— Ah, cale essa boca. — Ela deu outro gole em seja lá o que estivesse na garrafa.

Keelie mal podia acreditar que a recusa por parte de Elianard da comida caseira preparada por Lulu tinha deixado a bruxa de coração partido. Ela não achava que alguém que explorasse a imaginação das crianças tivesse coração.

Um grupo de frequentadores do festival se reuniu e ficou observando, como se a discussão dos vendedores fizesse parte do show. Sir Salmoura sorriu e começou a cantar "Seu Picles". Moveu as mãos como se conduzisse uma orquestra e, em seguida, virou-se para Keelie.

— Então, Vinagrete, ajude com o coro. "Conheço sim seu Picles, seu Picles, seu Picles, que a Alameda Encantada percorre."

Keelie o encarou com os braços cruzados diante do peito. Não ia cantar.

Ele sorriu para ela e, outra vez, moveu os braços com animação e gestos amplos.

— Cante, Vinagrete.

De jeito nenhum. Ela, não. Não pagaria aquele mico. Keelie apontou para a orelha e balançou a cabeça, indicando por mímica que era surda.

Sir Salmoura arqueou a sobrancelha, pôs as mãos no quadril e bateu o pé. Keelie deu um largo sorriso para ele, em seguida, colocou as longas pinças prateadas no interior do barril e pegou um imenso picles, verde e verruguento. O cheiro forte de vinagre espalhou-se pelo ar. Talvez se eles mostrassem o produto, ela poderia desviar a atenção de Sir Salmoura e de sua cantoria e dança.

Uma garotinha de cabelos encaracolados, com fantasia de fada cor-de-rosa, apontou para ela com um dedo rechonchudo.

— Icles.

Ah, que fofinha!

A mãe da menina buscou dinheiro na bolsa.

— Ela adora picles. Quanto é?

Keelie apontou para a placa de madeira em forma de pepino, na qual havia sido entalhado "$1,00". Teve vontade de perguntar quantos anos a menininha tinha, mas precisava dar continuidade à personagem.

A mãe deu um dólar para Keelie, que entregou o picles embrulhado num guardanapo para a garotinha. Pelo canto dos olhos, a garota viu três dos carvalhos do outro lado da loja Heartwood erguerem os galhos em perfeita sincronia, como se estivessem sendo dirigidos por alguém ali perto.

A menininha franziu o cenho ao fitar as árvores, e Keelie acompanhou o olhar dela. Na casca dos troncos haviam surgido faces. Olhos de tom verde-escuro pestanejavam ali. Ôpa. Aquele não era um comportamento normal para as árvores, até mesmo na floresta do unicórnio. Keelie precisaria entrar em contato com o pai antes que outras pessoas notassem.

O gatinho branco passou correndo pela alameda e foi até os degraus da loja Heartwood. Keelie se perguntou se Knot estaria por perto, também. Ele poderia enviar a mensagem ao pai dela. Pensando melhor, ela deveria fazê-lo. Fechou os olhos e abriu a mente para as árvores, buscando aquela sensação clorofilada, como seiva percorrendo suas veias. Por um instante conseguiu, mas, depois disso, ela se esvaiu, e Keelie se sentiu mal. Cambaleando, apoiou-se no carrinho para se equilibrar. Chocada, percebeu que os carvalhos tinham bloqueado sua tentativa telepática de se comunicar com eles. O coração da Rainha Álamo mostrava-se frio em contato com a sua pele.

Os carvalhos balançavam de um lado para o outro, como se um vento forte os sacudisse, o farfalhar das folhas tão alto quanto se um temporal estivesse prestes a cair. As pessoas começaram a olhar para cima, procurando nuvens no céu. Keelie fez o mesmo, mas analisou as copas em busca de sinais das agitadoras *batha*. Fechou os olhos, abrindo-se para as árvores de novo. O coração da Rainha Álamo continuava gelado e, daquela vez, a náusea que a garota sentiu levou-a a se ajoelhar. A hostilidade dos carvalhos era óbvia. Eles não a queriam por perto.

Uma nota agradável ressoou, e Elia se posicionou sob um raio de luz no meio da Alameda Encantada. Dedilhava a harpa e cantava:

— "Eis a canção da Garota do Picles, a maior fracassada do planeta. De dia ela cheira a vinagre, imagine nas horas livres..."

Era só Elia. Keelie podia lidar com aquela garota, embora ela precisasse urgente de uma intervenção na área poética. Era muito cara de pau da parte dela chamá-la de fracassada com uma rima tão ruim.

Conforme a elfo se aproximava, a menininha vestida de fada deixou cair o picles e escondeu o rosto nas pernas da mãe.

Sir Salmoura foi até lá e pegou o pepino caído, naquele momento cheio de terra.

— Vinagrete, dê outro para essa princesinha das fadas.

Elia foi saracoteando até o carrinho e tocou um acorde na harpa. Os pelinhos do pescoço de Keelie se arrepiaram.

A menininha continuava a abraçar com força as pernas da mãe. Keelie notou que o olhar de Elia se concentrava na garotinha. Atrás delas, as árvores balançavam juntas, na mesma direção, como dançarinas florestais.

Instintivamente, Keelie correu para ficar na frente da menininha e da mãe dela conforme todos os carvalhos começaram a atuar como estilingues vivos, bombardeando-os com frutos. Estendeu o braço, com a palma voltada para cima, e visualizou um escudo de magia verde protegendo-os. O formigamento da magia fluiu por ela à medida que seu talismã, o coração da Rainha Álamo, esquentava.

A voz de Sir Salmoura fez-se ouvir em meio à multidão.

— Fiquem calmos, é só o vento soprando.

Telepaticamente, Keelie evocou Tavak.

Preciso da sua ajuda.

Ela permitiu que a árvore visse o que via, como se fosse uma câmera de vídeo.

Tavak atendeu-a no mesmo instante.

Pastora das Árvores, o temor delas tornou-as selvagens.

Temor de quê?

A resposta de Tavak foi abafada e, em seguida, ele se calou. Keelie se perguntou o que acontecia naquelas bandas.

Um grito ecoou atrás dela. A garota se virou, receando que a menininha e a mãe tivessem se machucado, mas fora dado por Lulu. Centenas de frutos haviam coberto a entrada da loja dela. Eles caíam do telhado, e a face da bruxa se mostrava cheia de hematomas avermelhados nos locais em que fora atingida pelos projéteis de frutos. O mago, que a viera observando, olhava furioso para a dona da loja, como se a tempestade de nozes fosse culpa dela.

O carvalho que se posicionara entre as lojas de Heartwood e de Lulu pareceu ter se tornado mais ativo e agitado. Um rosto formou-se dos nós de seu tronco. Keelie o fitou, fascinada. Já vira a face de uma árvore antes, no prado em Montanha Alta, porém, considerara Hrok um amigo. Aquela ali era uma estranha.

A menininha ficou pasma e apontou para os olhos fechados, o nariz e os lábios que se formaram na casca. A mãe olhou mas, pelo visto, não viu nada. Keelie observou a garotinha e se perguntou o que poderia fazer para apaziguar seu medo.

Keelie agitou a mão para que a mãe prestasse atenção nela.

— Senhora? Tem uma fazendinha ali, com ovelhas, galinhas e pôneis. — Ela apontou para a placa que indicava o caminho até lá.

— Você consegue falar — comentou a menininha, em tom acusatório.

Keelie levou o dedo indicador aos lábios e piscou.

Ela riu.

Estamos com você, Pastora das Árvores. Disse Tavak de novo, em sua mente. *Toque o carvalho. Lorde Einhorn usará a magia dele para ajudá-la a contatá-lo.*

Ela estremeceu e se perguntou onde será que ele estava, desejando que não confiasse nela. Era para isso que o pai se encontrava ali. Keelie olhou ao redor, mas viu apenas o festival movimentado e as faces ávidas da multidão ao seu entorno. O unicórnio estava tão doente, que podia baixar a guarda sem perceber. Se ele saísse da floresta, talvez a menininha o visse, bem como todos os demais inocentes. Se ao menos Zeke estivesse ali... Ia querer saber que Lorde Einhorn desejava conversar com ela.

O gatinho branco de rua miou aos seus pés. Keelie se inclinou, pegou-o e colocou-o na cerca que delimitava uma das laterais da loja de Heartwood.

— Seu tolinho. Podia ter se machucado. Volte para o trailer e fique com o Knot.

Ela estabeleceu contato com o carvalho, e ele se abriu para ela, permitindo que seus pensamentos se conectassem. Keelie não precisava do unicórnio para falar com uma árvore, sobretudo com aquele pobre coitado. Ele estava ferido. Ela estendeu a mão e tocou na sua casca rústica. Sua mente se encheu de dor. Com um movimento vacilante, a garota se moveu adiante, tocando a árvore com as duas mãos enquanto tentava se equilibrar. Gritou quando a dor do carvalho percorreu seu corpo. Caiu ajoelhada e tentou livrar sua mente dos pensamentos da árvore, mas estava aprisionada.

20

Na escuridão esverdeada, a mente de Keelie ficara presa na da árvore, seus movimentos, tão lentos quanto os de uma. Seu corpo palpitava de dor, sede e desespero. Ela sentiu Lorde Einhorn e viu que ele se mostrava débil e quase transparente. Tinha desistido de tudo pela floresta. Encontrava-se entre ela e a força maligna que vinha ameaçando todos eles.

Keelie era a árvore. Vozes a circundam, como o farfalhar de folhas antes de uma tempestade. Ela precisava encontrar o Pastor das Árvores, mesmo que ele não prestasse atenção nos seus chamados. A filha do Pastor das Árvores era muito nova, embora tivesse raízes profundas. Como se ela fosse a árvore, sentiu as raízes se moverem. No local onde estaria sua perna esquerda, as raízes retorciam até atingirem, ampla e profundamente, a terra nutritiva. Sua mente se tornara una com a árvore. Ela deu uma puxada, e a raiz se moveu de novo. Repetiu a ação, com mais força, e a raiz saiu do solo e prosseguiu serpenteando sobre a terra. A dor era excruciante.

Keelie tentou se separar de novo da árvore, no momento em que ela impelia ainda mais as raízes, e as radículas e as extremidades buscavam o solo e metiam-se abaixo de novo. A copa dela movia-se para frente e, depois, para trás. Como se a garota fosse a árvore, ela estendeu os galhos para se equilibrar, e um ninho abandonado de tordo americano soltou de seu ombro e caiu, rodopiando até se fragmentar no solo. Em torno de suas raízes, passavam os seres humanos, de um lado para o outro. Keelie se viu na base da árvore.

Bruk, assim se chamava aquele carvalho, um broto do poderoso Silak da região ancestral, a floresta virgem que não sentia dor, exceto pelo fogo do céu, o qual às vezes ocorria após a chuva.

— Vinagrete! Ei, você está doente também? — Keelie ouviu as palavras e as entendeu, porém não encontrava voz para responder a elas.

Ela voltara. Abriu os olhos. Estava deitada no meio da alameda de terra. Sir Salmoura encontrava-se inclinado sobre ela, com um picles embrulhado em papel numa das mãos e uma expressão preocupada no rosto.

— Você está conosco agora? Acho que bateu a cabeça na árvore. — Deu uma risadinha nervosa. — Não quero que adoeça, menina.

Por sobre o ombro ela viu Bruk, a árvore. O carvalho se tornara mais vívido, mais humano na aparência. Ele observava Keelie e, sentado em um galho amplo perto de seus olhos estava o gato branco, com o queixo erguido e os olhos cerrados, como se sentisse o cheiro do ar. O rosto no carvalho piscou e, em seguida, os olhos, o nariz e a boca voltaram a se tornar nós. O gato se sacudiu e, então, deu a impressão de entrar em colapso, ficando deitado no galho. O aroma de terra margosa e floresta densa num dia fresco de primavera circundou Keelie, bem como uma sensação de calma. O carvalho ficara quieto; dormindo e sem dor.

Keelie deu um suspiro de alívio. O gato a observou de cima e deixou escapar um miado triste.

Sir Salmoura coçou a cabeça.

— Eu podia jurar que vi um rosto naquela árvore. O que é que a gerência do festival está pensando? A gente paga mais e mais para conduzir os nossos negócios aqui, e eles gastando dinheiro em animatrônicos sofisticados, em vez de investir numa casa de banhos decente.

Keelie ignorou a conversa oca dele, mas não pôde deixar de notar que ele vira a árvore. Onde é que estava Zeke? Ela não tinha como lidar com tudo aquilo sozinha. E, ainda por cima, não fazia ideia do que faria para tirar o gato idiota do carvalho. Não que precisasse fazê-lo. Primeiro ia ter que tomar uma aspirina, pois a cabeça latejava. A garota se levantou e limpou a terra da fantasia de picles. Não deveria ter tocado na árvore sem o quartzo-rosa. Sabia disso. Mas, ter entrado numa árvore havia sido uma experiência totalmente nova.

— Volte ao trabalho, Vinagrete.

Sir Salmoura voltara a cantar, e Keelie a entregar os picles aos clientes. Elia foi até eles, segurando a harpa, e colocou uma das mãos na tampa do barril, como se fosse impedir Keelie de pegar outro pepino. Os cachos brilhantes de seus longos cabelos dourados iam até a diminuta cintura. Ela usava um vestido longo, feito sob medida, com mangas amplas e largas, azuis, por baixo das quais havia umas mais justas, verdes, com bordados dourados. Estes haviam sido entrelaçadas num tecido branco transparente e bufante. Tinha um cinto de couro na cintura, com adornos de folhas e frutos de carvalho. Keelie ficava triste por Elia ser tão bonita por fora e tão abominável por dentro.

Como se para provar o que ela acabara de pensar, a elfo se inclinou e disse:

— Conte para mim onde está o unicórnio, e não vou machucar a garotinha humana.

Keelie olhou ao redor. A menininha e a mãe ainda não haviam ido ver os animais. Desciam a escada da loja de Lulu. Esta pareceu pateticamente feliz por vê-las.

A filha de Heartwood tirou a mão de Elia da tampa e, em seguida, abriu-a e pegou um picles.

— Pensei que os elfos não fossem autorizados a usar magia na frente dos seres humanos.

— Não devemos, mas preciso saber onde está o unicórnio. Se não me disser, vou seguir a garotinha até a fazendinha, daí vou me certificar de que todos os animais a machuquem porque você foi boa com ela. Muitas coisas estranhas estão acontecendo no festival hoje, não é? — Ela puxou uma das cordas da harpa para dar mais ênfase e deu um sorriso falso.

Keelie retribuiu a falsidade, conforme embrulhava o pepino no papel manteiga.

— Eu não sei onde o unicórnio está.

— Por aqui. Posso senti-lo. E a evocou na outra noite.

Keelie se lembrou do aviso do pai de não tratar do unicórnio. Nada com que se preocupar.

— Você esperava que ele a procurasse, Elia, mas não foi o que aconteceu? Talvez o tenha assustado.

— Tão engraçadinha. Mas se não trouxer o unicórnio até aqui, agora, vou cumprir minha ameaça. Não se esqueça de que amaldiçoei a sua ave, e posso muito bem fazer o mesmo com aquela porquinha feia e humana.

Keelie fechou a tampa do barril nos dedos de Elia. A elfo gritou e puxou a mão, deixando cair a harpa. Olhou furiosa para a outra.

— Isso doeu!

A mestiça pegou a harpa e a segurou perto do peito.

— Tire as mãos sujas da minha harpa — gritou Elia.

Sir Salmoura as observou, de olhos arregalados, junto com a multidão de visitantes, que se reunira ali pensando que as duas estavam representando.

Sem perder tempo, Elia apoiou a mão no peito como se estivesse ferida. Ergueu a voz, lamuriante, falando mais alto que o burburinho.

— Tenho que encontrar o príncipe João, e vou me certificar de que essa maldita vendedora ambulante de picles seja punida. Agora, devolva a minha harpa, sua criatura malvada.

Keelie deu de ombros, apontou para a orelha e balançou a cabeça.

Elia bateu o pé no chão e gritou:

— Pare de se fazer de desentendida. Você pode falar. Eu quero a minha harpa de volta.

— Vinagrete, devolva o instrumento para a princesa Eleanor. — Sir Salmoura pegou uma ponta da harpa enquanto Keelie continuava a agarrar a outra. Ele abaixou a voz e sussurrou: — Sua idiota. O que pensa que está fazendo?

Durante alguns instantes, o cabo de guerra continuou entre ela e o chefe, enquanto Elia mantinha erguida a mão machucada e fingia chorar.

— O que está havendo? — A voz familiar de João Pequeno ressoou pela clareira. Ele cingiu Elia com o braço musculoso, e a elfo lhe lançou um olhar ferino. Em seguida, ela sorriu, ao ter uma ideia maldosa.

— Ah, João Pequeno, salve a minha harpa — pediu em tom estridente, como uma donzela em apuros. — Fui atacada por essa camponesa de picles rude, que a roubou.

O rosto do homem ficou vermelho, e os olhos dele se estreitaram quando ele fitou Keelie e Sir Salmoura com fúria.

Keelie vira aquele olhar fanático antes. Ali estava um sujeito que continuava a ser João Pequeno depois que o festival terminava e os mundanos voltavam para casa.

Sir Salmoura soltou a ponta da harpa e apontou para Keelie.

— Ela a roubou de Lady Eleanor.

Mas que babaca!

João Pequeno soltou Elia e segurou o bastão diante de si. A plateia aumentara e passara a exclamar: "João Pequeno. João Pequeno. João Pequeno."

Ele deu um soco no ar e se virou para Keelie.

— Camponesa, você devolverá a harpa de Lady Eleanor ou terei que obrigá-la?

Encarando Keelie, João Pequeno girou o bastão como se fizesse parte da Banda de Música de Sherwood.

A-hã. Alguém não tinha tomado a medicação naquela manhã e voltara ao próprio mundinho de faz de conta medieval. Não valia a pena arriscar um braço quebrado.

Keelie empurrou a harpa na direção de Elia, que, com um risinho afetado, murmurou:

— Camponesa de orelha redonda.

Ela pegou o instrumento e fez um show ao examiná-lo em busca de danos, antes de jogar os cachos para trás e sair após girar e agitar a saia.

Vitorioso, o Alegre Saqueador, malandro e delirante, ergueu o bastão, e a multidão aplaudiu.

João Pequeno fez um "v" com dois dedos, apontou para os próprios olhos e depois para Keelie. Saiu andando, seguido por sua crescente legião de admiradores. Uma figura vestida de preto se afastou do grupo e caminhou na direção de Keelie, aplaudindo com entusiasmo. Era Raven. Ela riu ao se virar para observar o séquito de João Pequeno virar a esquina; em seguida, deu a volta e ficou de frente para Sir Salmoura e Keelie.

— E pensar que há apenas algumas semanas mal podíamos fazê-la usar uma fantasia. Você se tornou a rainha do drama.

Atrás de Raven havia alguém, com uma fantasia da Francesca. Se Keelie já não estivesse verde por fora, com certeza ficaria. Laurie usava um vestido lindo de lá, cor de relva, com brocados dourados e mangas longas e bufantes. A parte da frente da saia tinha uma estampa de folhas de tom dourado intenso em fundo de tecido verde, e a amiga usava uma guirlanda de flores combinando nos cabelos, com laços que caíam nas costas.

Keelie soltou um resmungo por dentro e se preparou para uma série de comentários sobre picles. Esperou que eles começassem a sair da boca de Laurie.

Em vez disso, a amiga deu uma rodadinha. Keelie teve vontade de jogar um picles nela. Vamos ver se ela ia gostar de um pouco de vinagre na roupa nova. Mas obrigou-se a sorrir, como a mãe fazia quando se deparava fora da firma com uma cliente com a qual não queria conversar, e engoliu as palavras.

— Que lindo!

— Não é mesmo? É muito divertido fazer compras com a Laurie. Ela nem olha o preço na etiqueta. — Raven revirou os olhos. — A gente está indo agora para a barraca de tranças. U-huh!

Zeke definitivamente devia uma para Raven.

Laurie deu um largo sorriso.

— Aonde você vai ficar? Quero mostrar o meu penteado depois que ficar pronto.

Keelie olhou para Sir Salmoura, que sorria com satisfação para Laurie.

— Estaremos na área do Mastro de Fitas, moça, e terei um picles grande para você.

Eca. Keelie se perguntou se a srta. Finch sabia que ele era um pervertido.

Laurie levou a mão à boca, ou para controlar a ânsia de vômito ou para evitar o riso. Antes que Keelie pudesse descobrir, Lady Annie saiu da loja e pendurou algumas botas incríveis em ganchos.

A amiga arregalou os olhos.

— Ah. Meu. Deus. Olhem só aquelas botas do outro mundo. Preciso comprar uma.

Keelie sentiu um enorme desalento. Laurie já cruzava o caminho rumo à loja de Lady Annie. A vida era injusta.

Sir Salmoura deu um tapinha no ombro dela e gritou:

— Ande, Vinagrete. A gente precisa ir até o Mastro de Fitas.

Raven se inclinou, aproximando-se de Keelie.

— Eu vi o rosto no carvalho. Más vibrações estão rolando por aqui. Agora há pouco o Barril do Caos ficou descontrolado. Quinze funcionários do festival tiveram de se juntar para pará-lo, quando normalmente bastam dois.

— É mais do que más vibrações. A gente conversa depois.

— Vinagrete, ande logo — vociferou Sir Salmoura, que em seguida cantarolou "picles" ao estilo tirolês.

— Vinagrete? — repetiu Raven.

Tentando manter um mínimo que fosse de sua mísera dignidade, Keelie levantou os puxadores do carrinho.

— Tenho que vender picles.

Ao menos as botas impediram que Laurie fizesse comentários sobre o trabalho dela, o que faria depois, certamente. A amiga não deixava escapar nada.

Keelie virou o carrinho, ansiando chegar ao Mastro de Fitas antes que Elia tivesse a oportunidade de, talvez, levar a cabo sua ameaça contra a menininha. A elfo sempre parecera antipática, mas não diabólica.

— Parece que você vai virar picadinho de picles, garota. Ele vai usar a catapulta. — Lulu estava na varanda. Deu um gole na garrafa, daí chutou os frutos do degrau mais alto. — Você é aquela pirralha do Heartwood, que fez o papel de Plumpkin. Tenho tido o maior azar desde me tornei vizinha de vocês; isso daqui parece um circo psicopata sem-fim. Até vi o seu gato discar com as patas um número num celular e miar para ele, outro dia. — Ela soltou um resmungo e deu outro gole longo.

Knot falando ao celular. Era difícil até mesmo para Keelie acreditar naquilo. Talvez certa fabricante de marionetes viera tomando hidromel por tempo demais.

Keelie esperava que o pai voltasse da reunião logo. Imaginava quanto ele teria captado da dor das árvores. Bruk viera tentando com dificuldade chegar até Zeke, e sabia que o unicórnio estava doente. Os dois tinham muito que conversar e, se a srta. Finch encontrasse a loja Heartwood vazia, o crânio dela ia partir e o dragão interior, cuspidor de fogo, sairia de forma explosiva de sua cabeça.

O gato branco estava sentado no degrau da barraca.

— Ei, danadinho. Como é que você saiu da árvore?

O felino a fitou com cuidado e, por um instante, Keelie viu um brilho iridescente em seu pelo. Mas, assim que ela piscou, ele pareceu um bichano comum, branco. Era o que acontecia quando se ficava a noite inteira atrás de unicórnios — começava-se a ver coisas que não estavam lá. Ou talvez um dos renascentistas tivesse colocado loção brilhosa no pelo do coitado do gato.

— Vinagrete, vamos. — Sir Salmoura se encontrava muito à frente dela.

Keelie empurrou o carrinho, e ele começou a cantar.

— "Você conhece Seu Picles, Seu Picles, Seu Picles? / Você conhece seu Picles, que a Travessa da Olaria percorre?"

Se ele achava que ela iria cantar depois do incidente com Elia, estava redondamente enganado. Keelie tocara na harpa da elfo e até a segurara. Agora que Elia a recuperara, sabia-se lá o que faria, o que significava mais trabalho para a filha de Heartwood.

Ela começava a encarar a tarefa de pastorear as árvores como sua. Não só precisava mantê-las na linha, equilibradas, como protegê-las de situações perigosas — inclusive de seres humanos. Estranho Keelie começar a pensar nas pessoas como "seres humanos".

Recordou-se de Bruk, o Príncipe Carvalho. Embora estivesse sentindo muito dor, ainda se esforçara para contatar Zeke. Keelie tocou no coração da Rainha Álamo, que pulsava, tíbio, em seu colo — um sinal tangível de sua herança. Soltou-o depressa quando o carrinho, desequilibrado, inclinou-se para um lado.

— Vinagrete, ande rápido. — O grito de Sir Salmoura ressoou constrangedoramente do estuque artificial das construções ali perto. O suor escorria nas costas de Keelie. As pessoas paravam para observá-la empurrar o carrinho pesado ladeira acima. Ela deu uma olhada nas árvores enquanto subia esbaforida. As coníferas que ladeavam a ladeira ampla estavam mais calmas que os carvalhos perto da loja Heartwood. A garota continuava a sentir o calor do talismã na pele, o que lhe assegurava que continuava conectada à magia. Não gostou de ter sua conexão mental com a floresta bloqueada pelos carvalhos da Alameda Encantada. Precisava voltar para aquela área o mais rápido possível, checar as árvores e se certificar de que o pai voltara do alojamento. Olhou para trás, com o canto dos olhos, e viu Raven entrar na loja de Lady Annie, onde Laurie na certa agitava o cartão de crédito. A vida era uma droga, mesmo.

21

Keelie alcançou Sir Salmoura no cruzamento da Lincoln Green com a Sherwood e parou, ofegante. Observou enquanto ele torcia a ponta curva do bigode com os dedos e fazia uma reverência aos clientes do festival conforme passavam, sobretudo às mulheres com decotes acentuados. Ele fitou Keelie:

— Não está abrindo a boca, hein? Ótimo, assim mantém o papel. Não vai me causar problemas.

O que ela tinha vontade de fazer era deixar o carrinho de picles idiota rolar ladeira abaixo e, daí, ficar olhando enquanto ele o empurrava de volta. O sujeito precisava do exercício.

Eles passaram pela pista de justa, pela praça de alimentação e pela fazendinha e estavam, naquele momento, na parte de trás do festival, numa área em que havia diversas barracas de artesãos. Sir Salmoura levou Keelie até uma barraquinha, com nada além de um barril de madeira adaptado. Numa placa de madeira, pendurada noutra do mesmo material de cinco por dez centímetros, havia um picles dançante com olhos enormes, redondos e salientes, como os de um personagem de tira cômica.

— Lar, doce barril de picles. — Sir Salmoura inspecionou seu domínio minúsculo. Keelie se inclinou para ver melhor o que tinha sido pintado em torno da cintura do picles dançante e se afastou rapidinho.

Eca. O personagem usava um tapa-sexo.

Ela passou a mão pela testa. Devia ser quase meio-dia, porque muitos visitantes estavam se sentando na sombra para comer coxas de peru e tomar alguma coisa em copos descartáveis, que pingavam com a condensação. Keelie estava morrendo de sede. Depois de empurrar o carrinho pesado, ficar parada naquela barraca sob o sol forte ia acabar lhe causando insolação, se não fizesse uma pausa logo.

Sir Salmoura abriu uma portinhola que havia no barril e tirou uma geringonça feita com pedaços de madeira articulados e alavanca. Em seguida, fez um gesto sobre ele, como se fosse seu bem mais estimado.

— Observe o cortador de picles. Vou entreter a multidão, então, prepare-se para pegar o dinheiro do pessoal e lhes dar a conserva. Sempre vendemos muito depois de cortar picles. — O sujeito pegou um taco de plástico e fez uns alongamentos ultraexagerados.

Curiosos já começavam a se reunir ali. Algumas pessoas sorriam, cheias de expectativa. Não devia ser tão ruim assim, se suas vítimas anteriores voltavam rindo. Sem saber o que esperar, Keelie examinou o cortador de picles: uma caixa de madeira com uma longa alavanca numa das extremidades. Uma corda havia sido pendurada na alavanca, na qual fora colocado também um diminuto estrado, do tamanho de um picles.

— Como é que isso funciona? — Keelie nunca vira nada igual.

— Ah, agora resolveu falar comigo. É uma catapulta, ou algo parecido. Eu mesmo a projetei. Talvez até peça a patente. Você não viu que era uma catapulta?

— Não parece com nenhuma das que já vi nos livros de história.

— Livros de história! Não ensinam às crianças história "de verdade", hoje em dia?

Keelie deu de ombros. A distância, ouviu o som de sinos e de pessoas cantando. Pensou ter reconhecido a voz de Jared.

Sir Salmoura ergueu a cabeça por causa do barulho. Esfregou ambas as mãos, com frenética satisfação.

— Ah, que ótimo, lá vem Robin Hood e os Alegres Saqueadores. A srta. Finch errou na programação e todo mundo está indo para o Mastro de Fitas.

Jared, vestido de Robin Hood, apareceu montado num cavalo árabe, seguido de Lady Marian num andaluz, com sininhos de prata tocando na rédea. A garota a cavalo, desta vez, era uma das amigas elfos de Elia. A principal Lady Marian devia estar no alojamento, doente demais para trabalhar. Os Alegres Saqueadores vinham atrás, acenando para a multidão, que se acotovelava em busca do melhor ângulo de visão nas laterais da alameda.

Sir Salmoura apoiou o taco no ombro.

— Vou lançar picles neles. Espero que João Pequeno fique bravo e venha atrás da gente. Ele não gosta de você, então vai ficar mais bravo ainda, e os visitantes adoram. Trabalhei na frente da loja da Lulu na semana passada, lançando picles durante o show de marionetes, e ela ficou fula da vida. Vendi uma tonelada do meu produto.

De forma alguma Keelie ia "enfurecer" João Pequeno. Se ele aparecesse, ela ia dar o fora dali. O grandalhão antipatizava com a garota e era maluco.

Sir Salmoura pegou um picles, esmagado num dos lados, de um balde de 20 litros com cheiro avinagrado e colocou-o no estrado.

— Sempre confira o seu ângulo; você não quer lançar picles ali. — Ele apontou para a direita.

Keelie deu uma olhadela do outro lado do barril de picles, para o Coração de Vidro. Uma loja de vitrais. Fadas, dragões e outras criaturas fantásticas desse material reluziam, com esplendor de conto de fadas, nos ganchos pendurados no beiral da loja. Keelie dirigiu a atenção para a peça principal do lugar, uma linda janela de vitral com um unicórnio. Uma solda prateada contornava a parte de tom branco-leitoso que formava o corpo do bicho, e a área iridescente da crina e do chifre cintilava como se tivesse sido mergulhada em luz estelar. Um homem de cabelo louro oxigenado e espetado estava sentado num banco atrás de um balcão de madeira, observando clientes potenciais.

Aquilo não era bom. Nem um pouco. O mau pressentimento fez a pele de Keelie formigar até a base do pescoço.

— Atenção, atenção — gritou Sir Salmoura num tom de voz alto e profundo. Um grupo pequeno de adolescentes de jeans e camiseta se reuniu. Se Keelie ainda frequentasse a Escola Baywood, teria chamado aquela galera de nerd e não teria falado com ela. Naquele momento, pareceu-lhe interessante.

Robin Hood desmontou e foi até o cavalo de Lady Marian. Ergueu a mão enluvada, oferecendo ajuda para que a donzela fizesse o mesmo. Como ela montava em sela à amazona, com um ligeiro movimento da perna saltou para os braços dele, as saias girando ao redor dos dois romanticamente. Parecia empolgada. Keelie também ficaria, se tivessem lhe oferecido aquele trabalho. Por que precisava ficar com aquele de Garota Picles?

Se Sean fizesse o papel de Robin Hood, Keelie poderia ser a Lady Marian, e juntos cavalgariam pelo festival, desfrutando da adulação da multidão. Uma imagem de Knot andando na parte de trás do cavalo de Keelie surgiu na mente dela, intrometendo-se em seu devaneio.

— Vinagrete, preste atenção! — Ela levou um susto com o grito de Sir Salmoura. Talvez João Pequeno o perseguisse.

No Mastro de Fitas, as garotas que faziam o papel de fadas renascentistas dançavam fantasiadas, cruzando-se entre si, desvelando metros de fitas coloridas envolvidas em torno do mastro. Aquele parecia um trabalho divertido.

Keelie foi abrindo e fechando as pinças de picles ao ritmo da música; ela observou Sir Salmoura. Ele enfileirava organizadamente os projéteis de pepino perto da catapulta. Aquilo não ia dar certo.

Pais tinham se reunido ao redor do Mastro de Fitas. As criancinhas começavam a ficar animadas. Então, o tambor e a flauta da área foram sobrepujados pelo som de gaita de foles e o tum-dum-dum de percussão. Era a Rigadoon, a banda dos músicos de saiote escocês, que tocava uma música alegre, que dava vontade de dançar, a caminho dos pubs.

A banda do Mastro de Fitas, bem-humorada, continuou a tocar junto com eles, mas as fadas apertaram os passos de acordo com a Rigadoon, desenrolando metros de fitas esvoaçantes conforme as crianças batiam palmas ao ritmo da música. A menininha encontrava-se ali, dançando animada com a mãe. Keelie acenou para elas, que retribuíram o gesto.

Um dos membros da Rigadoon começou a tocar com batidas fortes. Um grupo de dançarinas do ventre ziguezagueou pela multidão e se reuniu no círculo poeirento diante da loja de vitrais, requebrando as cadeiras e os braços com elegância, de acordo com a música. As franjas de seus cintos balançavam de um lado para o outro. Knot teria um troço se as visse.

Uma dançarina de roupa vermelha posicionou-se no ponto central, as moedas ressoando alegremente do cinto da mesma cor da fantasia. As outras recuaram conforme a mulher fazia os movimentos sinuosos ao ritmo da música. Uma delas gritou:

— Vamos lá, Rhiannon!

Aquela tinha que ser a amiga de Raven, Rhiannon Rose. Ela e Laurie haviam planejado vê-la dançar, mas Keelie a assistia primeiro. Só que não podia desfrutar de todo da apresentação, com a mente de prontidão para o toque da harpa de Elia e para o avanço iminente de um furioso João Pequeno.

— Vamos perturbar já, já esses bandidos de Sherwood. Vão se ver numa chuva de picles. — Sir Salmoura riu ao puxar a alavanca e prender a corda com firmeza num gancho, na base. A alavanca arqueou para trás. Ele posicionou o picles no estrado de lançamento e preparou o taco para soltar a corda.

Ninguém prestou atenção nele.

No Mastro de Fitas, estas já haviam sido desenroladas, e as fadas renascentistas fizeram um gesto convidando as crianças a se unirem a elas. As criancinhas correram para pegar suas cores favoritas; algumas dançarinas apenas observaram, e outras dançaram junto com elas.

Keelie se apoiou num pinheiro delgado e abriu a mente, buscando informações sobre seu pai. A atmosfera ao seu redor estava cheia de energia nervosa, e ela sentiu as *bhata* em cima e nas moitas que circundavam a clareira. As gaitas de foles e os tambores as agitavam. O jovem pinheiro também desfrutava deles. Keelie tentou ignorar o zumbido delas e ir além; por fim, encontrou um indício da magia do unicórnio em meio ao verdor arborizado dos grandes carvalhos. Quando estava prestes a mergulhar naquele ponto, ouviu uma única nota musical, da corda de uma harpa.

Keelie voltou subitamente a si no momento em que Sir Salmoura batia o taco no gancho, soltando a corda. O som de "catapum" ressoou, e o picle saiu voando, formando um longo arco, rumo a Robin Hood. Keelie observou, horrorizada. Sir Salmoura realmente era pirado. O picle subiu alto, alto, alto, acompanhado de dúzias de olhares no chão. Chegou ao auge de sua trajetória e, então, parou e caiu rodopiando em direção ao Mastro de Fitas. A multidão ficou boquiaberta, os olhos grudados no míssil de picles instável. A boca de Sir Salmoura manteve-se aberta.

Keelie gritou, avisando a amiguinha, a princesinha das fadas, esperando que ela escutasse e erguesse os olhos. Mas, antes que pudesse alcançá-la, o gato branco passou em disparada na frente dela. O picles mudou de direção de novo, e caiu no busto de uma mulher peituda de saia e espartilho de couro. Ela estava com uma imensa espada de madeira pendurada no ombro. Fitou ameaçadoramente Sir Salmoura, que, então, ficou olhando a cena, espantado.

A mulher tirou o picles do peito, esmagou-o sob a imensa bota e, em seguida, desembainhou a espada e agitou-a acima da cabeça.

— Sinta o gostinho do meu espadão escocês, serviçal.

Embora não se tratasse de uma arma de verdade, laminada, receber um golpe daquele espadão seria o mesmo que ser atacado com um taco de beisebol. Sir Salmoura ficou pálido, recuou e ergueu as mãos à frente, como se pudesse repelir a senhora furiosa.

A amiguinha de Keelie saltitava, as asinhas brilhantes balançando-se nas costas.

— Eu vi o gatinho mágico.

Keelie olhou ao redor depressa, mas não viu sinal de Knot.

Pais bravos e fadas falsas olhavam com raiva para Sir Salmoura, que fora acuado contra uma árvore pela espadachim.

João Pequeno surgiu da multidão. A mulher deu um largo sorriso e fez uma leve reverência para o Alegre Saqueador.

— Jogando picles nas criancinhas, seu Maldito? — As pessoas ovacionaram quando ele posicionou o bastão nas mãos, em posição de ataque. — É melhor você correr se quiser viver, Salmoura.

Seu Picles engoliu em seco e saltou para o outro lado da árvore.

— Não se preocupe comigo, Vinagrete. — Ele começou a correr, afastando-se, na trilha. — Fique aí e tome conta dos picles.

João Pequeno gritou e ergueu o bastão, enquanto começava a perseguir Sir Salmoura. E a espadachim também foi atrás deles. Keelie sentiu pena do chefe, mas ficou feliz por não a estarem perseguindo.

A multidão aplaudiu; algumas pessoas chegaram a erguer os punhos e a gritar: "Hurra!"

Keelie ficara reduzida à Patrulha do Picles. Perto do Mastro de Fitas, um movimento de algo em tom azul chamou sua atenção. Elia. A elfo a olhou mal-humorada e tentou se misturar com os membros da Rigadoon.

Era Elia que devia estar tentando tumultuar o festival, para obrigar a filha de Heartwood a lhe contar onde estava o unicórnio. Não conseguira, mas quase machucara as pessoas. Keelie tinha certeza de que Sir Salmoura sairia daquela aventura com uns bons hematomas.

A filha de Heartwood fez um "V" com os dedos, apontou para os próprios olhos e, em seguida, para Elia, como João Pequeno fizera antes, esperando que a elfo entendesse que aquilo significava: "Estou de olho em você."

Elia fez uma careta, jogou os cachos louros por sobre os ombros e se uniu aos membros da banda.

As pessoas que passaram por ali olharam aborrecidas para Keelie, e ninguém comprou picles. Um garotinho a vaiou. Não fora ela que lançara o picles rumo ao Mastro de Fitas, mas a estavam culpando.

— Que vergonha! — disse uma mulher.

Uma moça meneou a cabeça, como se estivesse muito desapontada com ela.

Pelo menos, Keelie mantivera o emprego. Seu estômago roncava. Embora pudesse pegar um picles, não queria nem sentir o cheiro nem comer um de novo.

Então, ela viu Laurie, que estava uma gata. Haviam feito nela umas tranças intrincadas e, apesar do calor, usava um manto de veludo verde sobre o traje da Francesca, preso à altura do pescoço por um fecho em forma de folha de carvalho.

Keelie deu um largo sorriso, feliz por ver um rosto amigo.

— Você viu o show?

— Quase todo, de lá. — Laurie fez um gesto rumo ao caminho do outro lado do Mastro de Fitas.

Raven juntou-se a elas, apoiando-se no barril de picles, simulando exaustão.

— Já basta, chega de compras para mim. Quero comer, daí vamos procurar um lugar com sombra para eu dar uma cochilada.

— As tranças estão lindas. O que mais você comprou?

Laurie sorriu como se tivesse um grande segredo, então, ergueu as saias. Adquirira uma bota idêntica a que ela comprara. Keelie sentiu um aperto no coração e, de repente, perdeu a fome. A traição podia fazer aquilo com as pessoas.

Raven empurrou a placa com o picles entalhado; esta rangiu ao balançar para a frente e para trás.

— Essa menina gasta uma grana. — Seu tom de voz se mantivera cuidadosamente neutro, mas Keelie notou que ela sentia ciúmes.

Laurie rodopiou.

— Adoro esse lugar. Lady Annie me disse que essa bota é igualzinha à sua. Ela tinha feito essa para alguém que cancelou o pedido, e serviu em mim. Não foi uma tremenda sorte? Ela me deu um bom desconto e, pronto, aqui estou.

Keelie apertou com força as pinças de picles. Laurie tinha todo o direito de gastar o dinheiro dela como bem entendesse.

— Amei a bota. — Sua voz saiu meio grossa por causa do esforço.

— Que bom. — A amiga observou sorrindo a nova aquisição.

Raven inclinou-se para a frente.

— Não tem problema — sussurrou ela. — Quando alguém copia a gente, é uma forma de elogio.

Keelie bateu as pinças na frente do rosto de Raven.

— Tem sim. Tenho que dar um duro danado para ter direito às minhas, e ela simplesmente chega e compra uma. Não. Não. Não. Não me sinto lisonjeada, Raven, mas furiosa.

Raven fez um gesto para Keelie se acalmar. Laurie arregalou os olhos.

— Eu fiz alguma coisa errada?

— Não, a Keelie só está de mau humor porque quer almoçar. — Raven olhou ao redor. — Vamos comprar para ela algo que não cheire a picles.

Laurie se alegrou.

— Estou faminta, também. Vamos até aquela casa de chá superlegal. A gente pode se sentar do lado de fora.

— Não posso largar o carrinho de picles. — Keelie esperava que Laurie não arregaçasse as saias de novo. Não queria ver a bota outra vez.

— Sir Salmoura vai voltar? — Raven olhou ao redor, duvidando. — Podemos comprar um sanduíche ou algo assim para você.

— O babaca verde está se escondendo do João Pequeno. — Keelie sorriu levemente ao se lembrar dele fugindo. — Ele me mandou cuidar dos picles.

Raven balançou a cabeça.

— Nada bom ser alvo da fúria do João Pequeno.

Laurie observou um grupo de garotas passar. Duas delas tinham desenhos complexos pintados na parte posterior das mãos.

— Olhem, deve ter uma loja de hena por aqui. Talvez façam piercing de umbigo também. Daí você poderia fazer o seu, Keelie.

— Não posso. Meu pai me mataria.

— E desde quando não ter a aprovação de um pai vai impedir você? — Ela o disse em tom risonho.

Por um momento, as duas se encararam. Então, os olhares aborrecidos se esvaíram quando elas se deram conta do quanto tinham mudado. Um silêncio constrangedor pairou no ar.

Ali estava Laurie, usando tudo o que a faria se incorporar a Wildewood. Era como se ela buscasse algo e tentasse encontrar um lugar ao qual pertencesse. Mas, quando o festival terminasse, teria de voltar para a Califórnia; só que, para Keelie, aquilo era uma realidade. Ela se lembrou de como o pai afagara seus cabelos e da forma como sorrira, carinhoso, antes de sair naquela manhã, embora estivesse bravo com a filha. Algo derreteu em seu interior, tornando-a ciente do quanto era amada e do quanto amava o pai.

— Ei, vitrais. Talvez eu possa achar algo para a mamãe antes do almoço. A gente se vê daqui a pouco. — Laurie se cobriu com o manto verde e foi até lá, atraindo olhadas admiradoras no caminho.

Keelie observou-a ir e, em seguida, fitou os anéis de madeira no barril. Ela o tocara antes: carvalho das montanhas Ozark. Tocou numa pequena reentrância no barril, e a ponta de seu dedo ficou verde. Uau! Depressa, retirou a mão. Não queria que nenhum ramo brotasse dali. Ela ergueu os olhos para checar se alguém vira.

Raven movia a alavanca da catapulta para cima e para baixo.

— Você já lançou um picles? Talvez ajude nas vendas.

— Talvez. — Keelie levantou a cabeça. — Você não está ouvindo uma harpa, está?

— Elia anda aprontando de novo? Eu vi o picles virar em pleno ar. — Ela meneou a cabeça. — Por que deixam que ela escape impune agindo desse jeito? Elianard deve ser mesmo muito poderoso. Mas não acho que a filha esteja por perto. Tente lançar um.

Keelie ficou tentada.

Laurie voltou.

— Tem muito artigo legal naquela loja. A mamãe adoraria aquele janelão de unicórnio, mas custa uma grana.

— Eu a vi mais cedo e, você tem toda razão, é linda. — Ao menos estavam falando uma com a outra.

— A Keelie vai lançar um picles — anunciou Raven a alguns visitantes, que ficaram olhando, curiosos.

— Ainda estou pensando. — Keelie olhou ao redor. Nenhum sinal de Elia.

— Ah, vamos, só um picles. Quero ver você fazendo isso. — Laurie considerou os possíveis alvos. — Que tal lançar um na direção do Mastro de Fitas? Não tem ninguém lá agora.

Keelie queria impressionar Laurie. Mais cedo, naquele dia, receara que a amiga achasse que não fosse legal trabalhar no festival, mas a californiana parecia de fato interessada. Ela continuava em contato com seu lado humano. Ainda podia se divertir, como Laurie.

Puxou a alavanca para trás e segurou-a com ambas as mãos enquanto Raven prendia a ponta no gancho. Em seguida, pegou um picles e colocou-o na catapulta.

Raven foi até a trilha e atraiu a atenção dos transeuntes.

— Atenção, atenção. Venham ver o incrível Lançamento de Picles. Pegue um e ganhe outro! Atenção!

Keelie revirou os olhos. Ah, sim, como se as pessoas fossem fazer fila para pegar picles no ar. Mas, quando viu, uma multidão se reunira, e mais gente chegava.

Ela endireitou a catapulta, certificando-se de que o picles voaria longe das lojas e, depois, pegou o taco. Então, bateu-o no gancho.

— Picles a caminho!

O taco empurrou o gancho para o lado, a alavanca se ergueu e a corda bateu, solta, enquanto o picles foi lançado para o alto. O toque de uma corda de harpa vibrou em torno de Keelie, como se ela estivesse dentro de uma imensa onda de som e não no festival, ao meio-dia. Ela observou, muda e horrorizada, conforme o picles fez um arco para o lado e se dirigiu, como um míssil verde, direto para a loja do Coração de Vidro e para a janela com vitral do unicórnio.

Com o impacto do picles, ela estilhaçou. Foi como se o tempo tivesse parado. Centenas de pedaços de vitral explodiram e caíram no chão como uma tempestade fulgurante de fragmentos mortais.

— Ah. Meu. Deus! — Raven arregalou os olhos.

Laurie ficou boquiaberta.

— Não foi nem lançado naquela direção.

Aturdida, Keelie ficou olhando, perguntando-se o que fazer. O coitado do dono estava deitado no chão da loja. Ele tinha desmaiado por causa do choque de ver sua obra de arte estilhaçada por um míssil de picles nocivo.

— Estou ferrada — sussurrou Keelie.

Laurie sorriu, animada.

— Quer dizer que vai poder ir almoçar com a gente?

22

— Eu não devia deixar você viver.

A srta. Finch estava com o rosto vermelho de tanto gritar, e quase não esfumaçava mais. Os ouvidos de Keelie zuniam por causa do sermão de oitenta decibéis que vinha aguentando havia vinte minutos.

— Se estivéssemos na Idade Média, sua cabeça estaria numa lança nos portões de entrada, como forma de aviso para todos os outros incompetentes e idiotas. Você causou um prejuízo de centenas de dólares ao festival.

— Achei que eu fosse pagar por isso. — Keelie se arrependeu do que disse assim que terminou de falar.

Os cabelos da srta. Finch, já em pé, pareceram espetar mais, e sua compleição passou de tomate a fogo de artifício. Assomou-se de Keelie como um dragão de corselete, pronto para lançar fogo.

— Menina insolente! Malcriada! — Na certa sufocava imprecações piores. Ela jogou a prancheta no chão e pisoteou-a com a bota, separando a placa do clipe de metal.

Keelie engoliu em seco. A mãe teria dito que era melhor transferir a raiva para um objeto inanimado que para uma pessoa. A garota se perguntou se precisaria pagar por uma nova prancheta também.

Enfrentou a gerente do festival, esperando que não a matasse. Será que os elfos faziam Lorens para pastoras de árvores mortas? Talvez até Knot lamentasse sua partida. O pai voltaria a namorar, se não tivesse uma filha por perto.

A srta. Finch se sentou à escrivaninha e apoiou a cabeça na palma da mão. Disse, num sussurro quase inaudível:

— Só a janela custou 950 dólares.

O mundo diminuiu e escureceu. *Eu não vou desmaiar.*

Do outro lado da gerência, os paramédicos do festival atendiam ao dono da Coração de Vidro. Ele estava melhor — a cor voltara ao seu rosto —, mas precisava respirar num saco de papel com frequência, sobretudo quando tentava dizer "janela". Saía só "ja... ja..." e, então, ele precisava respirar no saco.

— Some isso à fantasia do Churrasco no Espeto — prosseguiu a srta. Finch —, à lavagem a seco da roupa do Plumpkin, um frasco extra de antiodor. — Ela digitou alguns números, tec-tec-tec, na calculadora. — São 45, mais 950, o que dá 995 dólares. Vamos arredondar para mil. Você tem até o final do dia para me pagar.

O coque dela se desfizera, e suas mechas de cabelo ruivo estavam soltas e assanhadas. Parecia uma Medusa. Talvez tivesse sido mais fácil lidar com a Medusa que com ela, naquele momento. A srta. Finch abriu a gaveta da escrivaninha, pegou um cantil de prata e tomou um gole.

— O que é que você está esperando? Dê o fora daqui e só volte quando tiver o meu dinheiro.

— Você vai me dar um novo emprego?

— Não! — vociferou a srta. Finch, as veias da testa saltando em detalhes excruciantes. — Está despedida.

Keelie saiu correndo. Lá fora, Raven e Laurie a aguardavam na trilha que conduzia ao acampamento.

— A gente ouviu tudo — disse a californiana, de olhos arregalados. — Ela realmente te deu uma tremenda bronca.

A expressão de Raven era estranha, como se ela tivesse acabado de descobrir que um bicho andava na sua perna. Então, desistiu de tentar se controlar e deu uma gargalhada.

— Você foi Plumpkin?

— Não é engraçado — protestou Keelie. Não deveria pagar para limpar aquela fantasia insalubre. Até a queimaria de graça. — Humilhante, sim. Hilário, não.

Laurie envolveu Keelie com um dos braços.

— Eu vou dar o dinheiro para você. Não precisa contar para o seu pai que deve mil dólares.

Mil dólares. Mesmo se houvesse trabalhado em tempo integral durante todo o verão, não teria ganhado esse dinheiro. Keelie se apoiou num bordo. Ele enviou ondas de energia reconfortante. Ela pressionou a cabeça contra a casca.

— Preciso contar para o meu pai. Ele vai descobrir.

— É, vai mesmo. — Laurie soltou um suspiro, então, seu tom de voz se tornou mais animado. — Um lado bom é que, se você voltar um dia para a Califórnia, pode trabalhar como personagem de parque de diversão. Sabe, acho que eu gostaria de fazer isso. Conhecer gente num lugar assim, é aí que se veem famílias de verdade, que são felizes, com pais dispostos a se divertir com os filhos.

Keelie se recordou de ter pensado o mesmo na primeira vez que pisou num Festival da Renascença. Todas as famílias pareciam tão felizes. Sua mãe acabara de morrer, e ela estava tão sozinha. Era possível que Laurie estivesse se sentindo da mesma forma.

— E outra coisa legal é que você não precisa usar aquela fantasia horrorosa do Churrasco no Espeto de novo. — Laurie estremeceu. — Eu vi as garotas vestidas com ela, e você deveria processar o festival por obrigá-la a usar aquele troço cafona. Caramba, os clientes tinham que olhar para elas. Talvez pudesse mover uma ação coletiva. Melhor ainda, agradecer ao seu gato por arruinar aquele trabalho.

Keelie sorriu e fechou os olhos ao se sentir reconfortada pela árvore. Laurie estava fazendo o possível para animá-la.

— Tenho que voltar para a loja e contar para o meu pai antes que outra pessoa conte. — Se ele estivesse lá. Também precisava se certificar de que os carvalhos continuavam calmos, embora soubesse que teria escutado se houvessem acordado.

Ali perto havia uma loja especializada em artigos de prata. Laurie a observava com ânsia.

— Você se importa se eu for dar uma olhada lá?

— Não, vá em frente. — Keelie se sentou no chão. Recostou-se e absorveu a clorofila circundante do consolo do bordo. Abraços de magia verde.

Pastora das Árvores, precisa de nós?

Tavak?

Sim.

Sentiu Elia usar magia hoje?

Ela foi se encontrar com o pai no alojamento. A árvore evitava sua pergunta.

Avise para mim se ela voltar.

Está certo, Pastora das Árvores.

Como estão os carvalhos do outro lado da loja?

Dormindo, mas não o farão por muito tempo. Precisa voltar logo, Pastora das Árvores.

Estou a caminho.

Engraçado. O pai já deveria estar lá, para ficar de olho nos carvalhos. Talvez estivesse ocupado com os clientes. Ela deveria ter perguntado a Tavak. Lembrou-se das olheiras de Zeke naquela manhã. As más notícias que ela daria não o ajudariam a melhorar.

— Está em contato com as árvores?

Keelie abriu os olhos. Raven sorria, com satisfação. A filha de Heartwood queria apagar o sorriso do rosto dela.

— Que bom que a minha vida é uma tremenda fonte de diversão para você. — Ela olhou para a loja de artigos de prata, em que Laurie fazia um pagamento ao vendedor. Pelo menos sua amiga beneficiava o lado econômico do festival.

Raven balançou a cabeça.

— Sinto muito não ter tido a ideia de contar as histórias da fantasia do Plumpkin e do Vernerd. São lendárias. Mas, no ano que vem, você vai achar engraçado e contar para todo mundo.

Àquela altura, Keelie faria parte da lenda, também. Resolveu mudar de assunto.

— Por que está aqui? O que aconteceu com o marketing do jogo Pirata Perigoso que ia fazer para o capitão Dandy Randy?

— A empresa que comprou o jogo dele resolveu contratar uma de comercialização bem maior, fora de Los Angeles. Ele não pôde escolher quem faria isso.

Keelie franziu o cenho.

— Ah, mas o que aconteceu, exatamente, na Doom Kitty? Janice contou que você adorava lá.

Raven se sentou numa pedra perto do bordo. Arrancou um dente-de-leão do solo e girou-o na mão. Em seguida, fitou Keelie.

— E adorava. Tive umas ideias promocionais superlegais para uma banda. A vocalista, Poison Ivy, adorou. Mas, no dia seguinte, odiou, e foi como se não quisesse saber mais de mim. Acho que lançou um feitiço contra mim, porque tudo em que toquei deu errado a partir daí. Se eu fosse arquivar um documento, a gaveta do arquivo saía por completo e caía no chão. Quando ia apontar lápis, eles saíam voando como flechas. Se fizesse café, todo mundo ficava com diarreia. Havia uma péssima vibração no ar. E um cheiro de canela por toda parte. Nunca mais quero comer um pãozinho com esse condimento. Eu o associo agora a algo ruim. Eles me despediram. Disseram que a minha energia não era boa e chamaram um xamã para esconjurar o lugar. — Raven olhou para o dente-de-leão, surpresa. Ela o despedaçara. Jogou-o no chão e limpou as mãos na saia.

O cheiro de canela. Keelie o conhecia muito bem, mas não achava que os seres humanos o associassem à presença de magia dos elfos. Olhou bem para a amiga. As orelhas dela estavam à mostra, com as pontas arredondadas.

Keelie se aproximou dela e perguntou, em um sussurro:

— Você tem algum inimigo elfo?

Raven a fitou.

— Só a costumeira elfo ciumenta. Mas ela não chega a ser uma inimiga. Age assim com todo mundo.

— Além dela. — Keelie fez uma pausa. — A não ser que ache que Elia tenha poder o bastante para rogar uma praga que atingisse você em Manhattan.

— Você sabe que a Filhinha de Papai consegue tudo o que quer. — Raven semicerrou os olhos. — Elia. Nunca me ocorreu. Mas por que agiria assim? E o que leva você a suspeitar de que é magia dos elfos?

— O cheiro de canela. É um sinal. Embora... — ela hesitou — eu não achasse que os seres humanos pudessem senti-lo.

A amiga arqueou a sobrancelha.

— Sério?

— Sério. Pense nisso. Alguém mais na Doom Kitty sentiu o cheiro?

— Não — respondeu Raven, com cautela. — Ninguém. E era superforte.

— Raven, o que você sabe sobre o seu pai? — Keelie prendeu a respiração, sem saber como a amiga reagiria diante daquela pergunta tão pessoal.

— Nunca o conheci. A mamãe é meio desligada com esse tipo de coisa. Sempre fomos só nós duas. Ela costumava dizer que era um sujeito com quem se divertira quando jovem. Parei de fazer perguntas quando eu tinha uns dez anos. Não pareceu mais importante para mim. Você acha que o meu pai foi elfo?

— Acho que não. Mas talvez alguma outra coisa. Queria poder perguntar para o meu pai. Só que ele está todo enrolado com outros assuntos, além de estar doente.

— Seja o que for que está se espalhando, é forte. Algumas das lojas estão fechando.

Laurie foi até elas, estendendo a mão como se tivesse um anel de brilhantes de três quilates no dedo em vez de uma aliança com gravuras de estrelas.

— Não é uma graça?

As duas anuíram.

Keelie se levantou e tirou a poeira da calça de picles.

— Preciso voltar para a Heartwood e falar com o meu pai. Raven, será que você pode entrar e pegar a minha camiseta e o meu jeans? Estão debaixo do cabideiro de roupas, do outro lado da cabeça de Plumpkin. Estou com medo de voltar.

Raven riu.

— Você não tem medo de muita coisa, mas vou lá, sim. — Ela o fez, a saia preta esvoaçando conforme passava rápido pela porta.

Keelie e Laurie a observaram e esperaram. Nenhum barulho, nenhuma conversa. Então, de repente, um grito ultrajado ressoou. Raven apareceu à entrada como um morcego no ar, parecendo voar, com a calça de Keelie pendurada no braço.

— Corram!

Elas se viraram e correram a toda velocidade até a trilha, rindo e desviando dos visitantes do festival até chegar às mesas de piquenique. Sentaram no banco, esbaforidas, ainda rindo, mas logo se esconderam atrás dele quando a srta. Finch passou num carrinho de golfe nada condizente com o período renascentista.

— O que aconteceu? — Keelie pegou a calça e tirou a de picles, sem se importar se estivessem vendo sua calcinha. O quartzo-rosa formava uma protuberância reconfortante no bolso do seu jeans.

— Caramba! — exclamou Raven. — Bastou a velha Finch dar uma olhada em mim para cuspir fogo. Parecia até que a calça da Keelie fazia parte de seu tesouro pessoal. Eu já contei como foi minha experiência como faz-tudo do festival?

— Você? — Keelie soltou uma exclamação. — Ah, precisa contar tudo.

Raven agitou ambas as mãos, em sinal de desdém.

— Eu não chego aos seus pés, amiga. Você vai ficar para a história como a pior faz-tudo daqui.

Laurie riu, também, mas deu a impressão de estar chateada. Não tinha histórias para compartilhar. Keelie terminou de mudar de roupa, e elas foram andando até a Heartwood, deixando a fantasia de picles em cima da mesa de piquenique.

Assim que entraram na Alameda Encantada, Keelie soube que havia algo errado. Não ouviu pássaros cantando. Ela ergueu a cabeça para examinar as copas das árvores, mas não viu nenhuma *bhata* por ali. A loja de Lulu estava fechada, e só algumas pessoas caminhavam por ali. A garota abriu a mente para as árvores, para Tavak, mas algo a bloqueou.

— O que houve? — Raven analisava sua expressão.

— Eu não sei. — Keelie foi correndo para a loja Heartwood, seguida das amigas. Estava fechada. O pai não se encontrava ali, mas Knot estava à entrada, com o pelo mais felpudo possível. Viam-se tufos de pelo de gato branco por toda parte. — Você brigou com o gatinho desgarrado?

— Heartwood, venha cá.

Keelie congelou. Era a srta. Finch. Ela as havia alcançado, ou talvez tivesse ido buscar o dinheiro. Ou será que fora até lá para contar tudo pessoalmente a Zeke? Raven foi se afastando disfarçadamente, o gatinho branco ao seu encalço.

A srta. Finch continuava lembrando um misto de dragão humano com jeito Viking, mas não aparentava estar prestes a carbonizar ninguém. Em vez disso, seu semblante pareceu preocupado, e Keelie teve que olhar duas vezes quando viu Sir Davey parado ao lado dela, a expressão igualmente tensa.

— Então, Davey, aí está ela. Preciso voltar para o escritório. — Ela deixou escapar um suspiro. — Agora que tenho que me preocupar tanto com a APA quanto com o CCD, a pressão aumentou.

— O CCD? É o pessoal do controle de doenças — sussurrou Laurie.

Keelie gelou.

— Sir Davey, cadê o papai?

Ele pareceu ponderar as palavras.

— Está mais doente do que todos nós imaginávamos. Escondeu de mim e de você, mocinha.

O coração da garota disparou.

— Onde é que ele está? Parecia bem hoje cedo. — Exceto pelas olheiras. E pela fadiga.

— Com os outros, no alojamento.

Junto com Elia e os elfos. Não estava seguro ali.

— Preciso ir até lá. Ele tem que ficar aqui comigo. Vou tomar conta dele.

— O que está acontecendo? — Raven reapareceu quando a srta. Finch foi embora. — Tudo bem com a minha mãe?

— Zeke foi colocado em quarentena junto com os outros, no alojamento. Janice está bem, Raven. O Centro de Controle de Doenças está investigando a fonte da enfermidade e tentando identificá-la.

Keelie estava consciente de que seu rosto mostrava-se totalmente branco, de medo.

— Se o CCD está examinando todo mundo, isso é bom, porque daí podem descobrir o que anda acontecendo — comentou Laurie, confiantemente. — Eles serão curados.

Keelie olhou para Sir Davey. Não seria bom se descobrissem que não eram seres humanos.

Raven continuava a demonstrar preocupação.

— E os funcionários do festival, os artesãos e os mundanos, estão correndo perigo?

— Alguns trabalhadores ficaram doentes, mas a maioria trabalhava com o pessoal no alojamento — respondeu Sir Davey. — Raven, os únicos que continuam aqui, saudáveis, desse... há... grupo, são Elianard, Elia, Lorde Niriel e Keelie.

Todos os elfos estavam doentes. Todos. Keelie era apenas metade elfo, o que talvez explicasse por que não fora afetada, mas não explicava por que Elia e Elianard mostravam-se melhor do que nunca. Ela se perguntou o que os três tinham em comum.

Raven começou a sair correndo dali.

— Keelie, já volto. Preciso me certificar de que a minha mãe está bem.

— Claro. — Keelie ouviu um espirro perto deles. Knot soltou outro e bateu com a pata na porta da loja, em seguida, miou.

Embora ele não conversasse com ela da forma que fazia com o pai, a garota entendeu. O gato queria entrar.

Sir Davey observou Raven partir.

— Zeke diz que o trabalho precisa prosseguir o mais normalmente possível. Afirma que vai distraí-la. Quer que se lembre de que é uma Heartwood e de que conta com a sua ajuda em relação a... — Ele inclinou a cabeça rumo à alameda.

Keelie entendeu.

— Mas preciso ir até ele. Como vou saber que está bem?

Knot miou outra vez.

Sir Davey pareceu hesitar partir.

— Vou mantê-la informada. Voltarei para ver como você está daqui a uma hora.

— Eu ajudo você, Keelie. — Laurie pôs a mão no braço dela. — Acho que vou virar uma garota trabalhadora, no fim das contas. Isso vai deixar a minha mãe chocada, e você bem sabe que quase nada a choca.

Apesar de tudo o que andava acontecendo, Keelie se surpreendeu muito com a oferta de Laurie.

— Você tem certeza?

— Ei, ouvi falar que trabalhar fortalece o caráter.

Keelie entrou na loja e passou a mão pela madeira de uma cadeira perto de si. Olmo, de Maine. Precisou conter as lágrimas.

— Papai.

Aquele não era o momento de se descompor. Knot foi para trás do balcão e arranhou um pequeno armário, à direita das prateleiras, com livros de compras, canetas e fichários com desenhos de móveis. Keelie o abriu, e o gato pôs a patinha em algo dentro.

Ela se inclinou e tentou pegar o objeto. Era um celular ou um artefato similar — uma caixa de madeira plana, decorada com uma árvore filigranada de prata. Quando Keelie abriu a tampa com dobradiça de prata, símbolos incrustados, semelhantes a runas, reluziram em tom verde. Ela sentiu a clorofila emanada dali de dentro.

Inclinou a cabeça e olhou para Sir Davey.

— Isso é o que acho que é?

— A-hã. — Sir Davey tirou um pequeno cristal de uma bolsinha de couro presa no cinto. — Faz sentido que Knot soubesse onde o escondera. — Ele entregou a pedrinha a Keelie. — Isso vai melhorar o seu sinal energético. Zeke parou de usá-lo porque as ligações caíam o tempo todo.

Keelie olhou para Knot.

— Eu deveria chutar você por toda a área do festival por ter escondido isso de mim.

Laurie se inclinou no balcão.

— Isso daí não parece com nenhum celular que já vi. Qual é a empresa que você usa?

— Rede Terrena — respondeu Sir Davey, com facilidade. — É uma empresa alternativa, que trabalha com recursos naturais. O Zeke usa a Silvano do Noroeste.

— Superfocado no meio ambiente. Legal. — Laurie pareceu impressionada. — Tão verde.

Knot colocou a pata no braço de Keelie, prendendo as garras na blusa de algodão dela. Ela olhou para ele. Os olhos do gato mostravam-se totalmente dilatados. O bichano a soltou e colocou a pata no símbolo em forma de espiral.

O mundo se inclinou. Keelie fechou os olhos, com a impressão de viajar por um corredor verde. Conectou-se de floresta em floresta, até os Apalaches. A sensação foi similar a entrar no Google e ver fotos de satélite. As imagens de florestas cruzavam sua mente. E, então, escutou a voz de Sean.

— Alô?

— Sean, é você?

— Keelie? Por que você não respondeu às minhas cartas?

— Não recebi nenhuma, mas a gente conversa sobre isso depois. Preciso da sua ajuda. Todo mundo está doente aqui, e o CCD vai examinar as pessoas. Elas estão todas doentes, exceto eu, Elianard, Elia e o seu pai.

Laurie observava Keelie com os olhos arregalados.

— Sean? O Sean? — perguntou a amiga.

Keelie sabia que não podia mencionar o unicórnio na frente de Laurie. Talvez já estivesse falando demais.

— Keelie, você tem que impedir o CCD. Eles não podem ficar sabendo de nós. — Seu tom de voz era premente.

— E como posso fazer isso?

— Vá falar com o meu pai. Ele é o...

Houve um ruído, como o do farfalhar de folhas, o toque estridente de uma corda de harpa e, em seguida, fez-se silêncio.

— A ligação caiu? — Laurie mostrou-se compassiva. — E depois de todo esse tempo.

– É verdade. — Keelie colocou o celular de madeira no balcão. — Melhor a gente ir trabalhar.

23

Laurie acabou demonstrando ser uma boa vendedora, o que foi ótimo, porque Keelie teve que passar a tarde e a noite inteira mantendo os carvalhos dormindo. A filha de Heartwood canalizara magia pelo coração da Rainha Álamo, e sua cabeça latejava por causa do esforço.

— Já chega de remédio para dor de cabeça. — Raven tomou o frasco dela. — Vai acabar com o seu fígado.

Keelie estava sentada ao balcão de vendas da loja do pai, a maçã do rosto apoiada na madeira fresca dele.

— Mas a minha cabeça continua doendo — protestou. Seus dedos dos pés e das mãos adquiriram um matiz esverdeado, por causa do tempo que ela passara conversando com as árvores.

— A mamãe preparou um remédio caseiro para você. — Raven entregou a Keelie uma garrafa azul-escura, com rolha.

Keelie abriu os olhos.

— O que é isso?

— Uma infusão de ervas com mel. Não me pergunte o que tem aí, exceto o mel. A mamãe o colocou para melhorar o gosto.

— Gostei da ideia. — Keelie se sentou com cuidado e pegou a garrafa. — Quanto tomo?

— Tudo.

Ela teria dado de ombros, mas esse gesto haveria feito sua cabeça doer mais. A rolha estava apertada. Keelie puxou com força, e ela saiu com grande estalo. Um aroma adocicado surgiu do gargalo fino.

Keelie respirou fundo, levou a garrafa aos lábios e tomou tudo. Não havia muito, só meia xícara. O gosto não era bom, mas o mel o melhorara um pouco.

Raven pegou a garrafa vazia e recolocou a rolha nela.

— Espere um pouco para fazer efeito. A mamãe disse que é tiro e queda.

— Eu diria que você está me achando muito caída, mas isso requereria muito esforço. — Keelie voltou a apoiar a cabeça no balcão e observou Laurie passar, seguida por três mulheres muito bem-vestidas, com roupa de época. "Fantasiantes". Era assim que os funcionários do festival denominavam os visitantes fantasiados, clientes que ressaltavam a atmosfera do evento ao usar trajes de época, como os participantes.

Laurie sorriu e lhes acenou com os dedos.

— Essas senhoras não conhecem os móveis de madeira feitos à mão deste lado do festival.

Keelie se obrigou a sorrir.

— Bem-vindas.

As senhoras de vestidos adornados sorriram, parecendo versões mais altas das três fadas madrinhas de *A bela adormecida*, da Disney. Uma de verde, a outra de azul e a terceira de violeta.

Knot andou cambaleando até os pés do banco alto de Keelie e se jogou no chão, formando um montículo peludo. A mulher de verde sorriu e se inclinou para afagar a cabeça dele.

— Adoro gatos de lojas. Eles dão um ótimo clima de boas-vindas a elas.

Laurie fez um gesto em direção aos fundos.

— Senhoras, venham comigo, é ali que vocês vão encontrar aquelas casinhas de boneca feitas sob encomenda que mencionei antes.

As quatro saíram arrastando tudo, literalmente. As saias rastejantes empurraram folhas e frutos de carvalho para o lado conforme elas passaram. Keelie as observou sair, achando graça. Laurie, na verdade, gostava de conversar com as clientes. Quem diria?

Os pensamentos da filha de Heartwood foram interrompidos pelo arvoredo. Algo se movia depressa pela floresta, e as árvores acompanhavam seu movimento. Keelie não sabia o que era. Certamente não um cervo. As árvores não se importavam com os habitantes de praxe da floresta, o que significava que tampouco devia ser o unicórnio.

Raven a observava com atenção, tensa e preocupada.

— É o Barrete Vermelho? — Ela vira o estrago que o duende maligno causara no Festival de Montanha Alta.

Keelie falou mais baixo.

— Não é ele, felizmente. Desta vez, é um unicórnio. E Elia está procurando por ele.

Raven ficou boquiaberta e, em seguida, deu um largo sorriso.

— Não diga! Você viu um unicórnio de verdade? Sempre ouvi boatos sobre a presença dele em Wildewood. Pensei tê-lo visto uma vez, quando tinha uns 11 anos, mas, como todo mundo riu de mim, concluí que tinha sido fruto da minha imaginação. Você o viu?

Keelie sabia que podia contar um segredo para ela.

— Vi. Ele se chama Lorde Einhorn, está muito doente e precisa da minha ajuda. — O gato branco pulou no balcão. Sentou-se, com o rabo cuidadosamente enrolado em torno da patinha, e fitou Raven.

Ela acariciou a cabeça dele.

— Faz anos que esse bichano perambula pelo festival, ou então eram seus antepassados. Devo ter brincado com o avô dele, porque tinha um igualzinho quando eu era pequena. — O felino fechou os olhos e se inclinou rumo ao afago. — Keelie, que legal essa história do unicórnio. Não que ele esteja doente, mas que seja real.

— A amiga lembrava uma garotinha que acabara de ver o Papai Noel em seu trono, no shopping. — O que posso fazer para ajudar?

Laurie as interrompeu.

— Elas perguntaram se você aceita Master Card ou Lady Visa.

Keelie ficou olhando para ela, sem expressão, a mente ainda dividida entre o que quer que estivesse correndo na floresta e a conversa com Raven sobre o unicórnio. A pergunta de Laurie, por fim, foi processada.

— O meu pai tem uma máquina de cartão de crédito em algum lugar.

Raven foi até a parte de trás do balcão.

— Procure nas prateleiras. A minha mãe guarda a dela em uma, quando vai fechar o herbanário.

Ela e Keelie vasculharam o móvel. Esta fez uma pausa quando seus dedos tocaram na caneca de chá verde de Zeke. Então, ela abriu a porta do armário — o que a levou a vislumbrar uma floresta de pinheiros do Alabama — e pegou uma máquina do tamanho de um tijolo, coberta com ramos de árvores com filigrana de prata. Numa placa na parte da frente se lia "Banco da Floresta do Pânico" em bela caligrafia.

— Deve ser isto. — Ela tocou no alto e a máquina ligou, chiando e reluzindo em tom verde. Os dedos de Keelie formigaram por causa da clorofila. Beleza, como se ela precisasse de mais. A garota sabia que a substância vinha das árvores, mas fazia com que se lembrasse de radiação, e que uma exposição excessiva a ela a deixaria doente.

Raven não desgrudou os olhos da máquina.

— Uau, você nem precisou acioná-la. Ela simplesmente ligou quando você a tocou.

— Puxa, foi mesmo. Deve ser sem fio. — Keelie apertou alguns dos botões. A máquina zuniu como um inseto.

A mulher de vestido verde foi até o balcão.

— Você poderia mandar entregar aquela casa de boneca grande?

— Claro — respondeu Keelie e, então, parou. Ela ouvira o pai lidar com o envio de encomendas, mas não sabia o que fazer em seguida.

— Eu cuido disso. — Raven empurrou Keelie para o lado com suavidade. — Em dinheiro ou cartão?

Como a amiga se encarregara da venda, Keelie foi até os fundos da loja para ver se Laurie precisava de ajuda. Sentia-se muito melhor, graças à infusão de ervas de Janice. A mulher de violeta a parou.

— Esta é uma graça. Você construiu todas? — Ela segurava uma das casinhas de boneca menores.

— Não, o meu pai é o marceneiro. Vou pegar uma caixa para a senhora.

Keelie foi até a parte de trás da loja para buscar uma na pilha que o pai mantinha para os clientes. Quando a pegou, um galho de árvore passou pela janela alta e aberta e tocou no braço dela. Árvores movendo-se não a assustavam mais, um sinal claro de que ela já não era a Keelie da Califórnia.

— Vai dar tudo certo — disse à arvore, acariciando seus ramos rígidos. Mentira. Não tinha ideia do que fazer, e Raven não podia ficar no lugar dela e ajudá-la nisso. Precisava do pai. Os elfos estavam doentes, o unicórnio também e duas agências governamentais começavam a circular por ali. Keelie não conseguia entender como e se tudo se conectava.

Pegou uma caixa e voltou depressa para a parte da frente da loja, onde embrulhou a casinha, enquanto Raven passava o cartão de crédito da cliente. Ela o colocou na máquina, que imprimiu o recibo. Graças ao Banco da Floresta do Pânico elas podiam realizar transações.

A mulher assinou o recibo com uma caneta de madeira.

— É difícil encontrar brinquedos tão lindos, feitos à moda antiga. Raven riu.

— Algo que os Heartwood sempre conseguem fazer é ressaltar os encantos da madeira.

A senhora loura, de verde, adorou um dos brinquedos com peças cilíndricas para montar e resolveu comprá-lo.

Apesar do atordoamento provocado pela clorofila, Keelie sentiu orgulho de seu trabalho. Seus ombros doíam um pouco, por causa de toda a serração, mas ela contribuíra para o orçamento da família.

Mal podia esperar para contar ao pai. Ela conteve as lágrimas e se posicionou atrás de uma coluna, para que as outras não a vissem.

— Minha melhor amiga vai ter um filho — informou a mulher, pegando a carteira de novo. — Ela vai adorar o presente.

Laurie pegou o cartão de crédito dela.

— Sabe, lá em Los Angeles um brinquedo assim custaria o triplo do preço. Sua amiga vai gostar muito mesmo deles.

Raven os colocou numa sacola de papel com alça de ráfia.

Knot afastou-se das mulheres carinhosas e foi até Keelie. Colocou a pata na mão dela e, em seguida, saltou do balcão e caminhou para fora da loja. Parou a um carvalho, espreguiçou-se e afiou as garras na casca. O carvalho ergueu uma raiz e o golpeou.

Que gato danado! Depois de todo o trabalho para manter os carvalhos dormindo. Keelie olhou de soslaio para as clientes, certa de que uma delas devia ter visto o movimento, mas estavam conversando, animadamente, sobre as compras.

Uma pequena *bhata* desceu no tronco da árvore, parecendo uma marionete da floresta, feita de gravetos e conexões de musgo. O rabo de Knot eriçou-se, e ele bufou para ela. A *bhata* inclinou a face de folhas e examinou-o com os olhos de fruta.

Uma das mulheres olhou de esguelha para Keelie e, depois, acompanhou seu olhar e ficou pasma. Apontou para a *bhata* ao vê-la.

— Que bonequinho incrível.

A cliente pôde ver a *bhata*. Aquilo estava totalmente errado. Os adultos nunca viam as fadas.

— Uau, nunca vi nada igual. — Laurie ficou boquiaberta.

Keelie soltou um gemido. Laurie, também. Então, notou que Raven tinha os olhos fixos na criatura, deslumbrada, provavelmente a única que tinha ideia do que realmente era.

Keelie se lembrou do que o pai dissera sobre distrair os seres humanos que viam a magia.

— Essa é uma das marionetes novas que o meu pai está desenvolvendo. Como ainda está muito no início, não foi colocada à venda.

— Não estou vendo cordas; parece tão real. — A mulher de vestido violeta bateu palmas, maravilhada. — Como vocês a fazem?

— Segredo de fabricação. Meu pai fez o pedido de patente. — Keelie caminhou devagar até a árvore, a mão esticada rumo à *bhata*, que parecia esperá-la.

— Parece arte primitiva, mas, no entanto, é muito realista. — A cliente de azul semicerrou os olhos, tentando ver cordas e varetas.

— Tem certeza de que não tem nenhuma para vender? — A de verde procurou uma possível cesta de marionetes *bhata*, que talvez tivesse passado despercebida.

Keelie balançou a cabeça.

— Como eu disse, ainda estão sendo desenvolvidas. — Ela abaixou a mão e deixou a *bhata* subir na manga de sua blusa. A fada ficou no seu ombro e afagou sua maçã do rosto com a mão de graveto.

— Uau. — A cliente de vestido azul deu um largo sorriso para as amigas. Então, virou-se para Keelie. — Você tem uma lista de mala direta?

Knot miou e desapareceu debaixo do balcão. Elas escutaram o som de rabiscos e, em seguida, um baque. Raven olhou para os pés e, então, inclinou-se e endireitou-se com um caderno de anotações em branco.

— Aqui está. Coloque nome, endereço, telefone e e-mail, por favor.

Laurie aparentava estar dividida entre observar a *bhata* e Knot, que continuava sob o balcão, com os materiais.

— Esse gato devia atuar em filmes — comentou ela.

Conforme as mulheres faziam fila para anotar suas informações de contato, Raven fitou Keelie. Um olhar do tipo "você vai ter que me contar a verdade".

Keelie revirou os olhos. A *bhata* subiu na cabeça dela, daí saltou e desapareceu em meio às vigas expostas da loja, mesclando-se com a madeira escura.

— Este lugar é maravilhoso — comentou a mulher de violeta para a de azul.

A de vestido celeste anuiu com veemência.

— Nós temos que voltar no ano que vem, trazendo todos os nossos amigos.

Depois que elas saíram, cheias de caixas e sacolas, Raven e Laurie comemoraram e dançaram em torno do balcão. Keelie checou o total.

— Em apenas uma hora a gente conseguiu vender quase dois mil dólares.

— Nada mal por sessenta minutos de trabalho. — Laurie deu a impressão de estar satisfeita. — Você já pode pagar aquela rabugenta da srta. Finch.

Raven estendeu um dedo, e a *bhata* se aproximou. Frutinhas vermelhas surgiram do emaranhado atado com musgo que formava seu rosto, esboçando um sorriso desigual. Raven retribuiu o sorriso.

— Keelie, o que é isso?

— Isso mesmo. — Laurie olhou para fora da entrada da loja. — Acho que você precisa explicar alguns dos troços do festival para mim, porque tenho a impressão de que estou vendo um carvalho caminhar na alameda. Ou é um animatrônico, o que, não me entenda mal, não acho que o seu festival simplesinho possa bancar, ou a gente tomou chá alucinógeno.

Keelie ficou pasma.

— Essa não. — Um carvalho realmente atravessava a alameda. Ela agarrou o balcão de pinheiro. Vários mundanos tinham se reunido para observar o carvalho andante, provavelmente achando que se tratava de uma encenação.

Keelie saiu correndo da loja e foi até as árvores, evocando energia e magia. Seu encontro mágico com Elia no dia anterior a esgotara e o encanto que usara para manter o arvoredo dormindo já não surtia efeito.

Ela fechou os olhos e abriu a mente.

Tavak, está me ouvindo?

Keelie permitiu que ele visse em seus pensamentos o que ocorria com o carvalho.

Crie um escudo. Canalize sua energia, respondeu ele.

Keelie não achava que lhe restava muita, mas ergueu as mãos em direção às arvores e buscou o núcleo lento de magia arboral que descobrira dentro de si. Energia verde fluiu por suas mãos. O vento começou a soprar, formando um redemoinho de poeira e cascalho em torno dos seres humanos, envolvendo-os em diminutos ciclones. A energia verde também cercara os mundanos, porém, como eles cobriram os olhos para se proteger do vento, não viram o brilho.

Tavak falou de novo.

Nós a estamos ajudando, Filha do Pastor das Árvores. Os seres humanos não verão as árvores.

Está brincando?

Um carvalho do tamanho de uma casa de dois andares caminhava com passadas fortes na viela entre o herbanário e os banheiros. Janice estava parada à porta, a boca aberta em um círculo perfeito de espanto.

Eles estão visíveis para algumas pessoas, ressaltou Keelie.

Ajude Oamlik, Pastora das Árvores. Tavak deu a impressão de estar estressado.

Oamlik devia ser o carvalho instável. Keelie tinha a sensação de que devia ser muito velho, mas ele não era o mais alto da floresta. Nem o mais esperto, talvez. Ela foi até Oamlik e estendeu a mão. A árvore indócil agarrou seu braço com o que pareceram dedos ramosos.

Janice observou Keelie conduzir o carvalho de volta para o bosque do outro lado da loja Heartwood. Foi como se a garota estivesse ajudando uma pessoa mais velha a atravessar um cruzamento movimentado.

É a primeira vez que isso ocorre, pensou Keelie. E, se ela tivesse sorte, seria a última também.

Conforme foram chegando ao bosque, dúzias de *bhata* desceram das árvores e tocaram na pastora, como se fizessem uma homenagem. Uma delas tocou na pálpebra de Keelie, levando-a a se esquivar e fechar os olhos. A garota não queria que uma fada de gravetos os espetasse; quando os reabriu, tudo estava verde reluzente.

Keelie já ouvira falar em ver o mundo cor-de-rosa, mas aquela era a versão florestal. Foi como se visse duas esferas diferentes, uma em cima da outra.

O mundo dos seres humanos, em que ela vivia, estava ali, mas, com a visão encantada, a garota via o mundo velado também. Será que era daquele jeito que seu pai via a floresta? Aquela era a diferença entre ver com olhos mundanos e elfos?

Havia *bhata* por toda parte, de vários tipos, incluindo as *feithid daoine* — os insetos-fadas — criaturinhas inteligentes e, às vezes, maldosas. Knot adorava ir atrás delas. Além disso, Keelie pôde ver também as faces nas árvores, como elas realmente eram, tão diferentes quanto a de cada ser humano. Havia umas com rostos mais largos, outras com faces angulosas. Algumas se mostravam sérias, com lábios de casca circunspectos, ao passo que outras demonstravam terem sido felizes antes, com vincos de sorrisos marcados na casca. Mas a alegria destas se esvaíra, e muitas das árvores e algumas das *bhata* e *feithid daoine* apresentavam no corpo um líquido azul-escuro viscoso e luminoso. Essa substância escorria, gotejante, dos troncos de algumas árvores.

Quando Oamlik começou a enterrar as raízes nas profundezas do solo, Keelie notou que também estavam cobertas com o líquido pegajoso. Abriu a mente para ele e Tavak.

O que é isso?

Nós o chamamos de venumiel. Como Lorde Einhorn anda doente, não pode nos proteger dos venenos feitos pelos seres humanos.

Ela sentiu compaixão. As árvores mostravam-se cansadas, e vinham se sentindo enfermas havia muito tempo. Keelie evocou as lembranças de Oamlik, e viu o unicórnio correndo pela floresta. Sua magia protegia as árvores da chuva ácida e do ar poluído e sombrio, bem como das vibrações latejantes e dolorosas das casas de metal dos seres humanos no outro lado da floresta. A pastora viu, na lembrança do carvalho, o unicórnio tocar com o chifre nas árvores doentes e estender sua magia a todas, protegendo a floresta.

Ela observou o unicórnio parado numa clareira. Aquilo ocorria naquele momento. Longe dali, mas naquele exato minuto. Havia construções atrás dele, e o que aparentava ser uma chaminé. A criatura cambaleou quando encostou o chifre numa árvore sem folhas. Até mesmo tão debilitado, doente, tentava proteger o reino. Keelie o ajudaria. Precisava fazê-lo.

A garota abraçou a árvore. Oamlik a envolveu com os galhos e, então, o verde se esvaiu da visão de Keelie e ela percebeu que estava cercada de uma pequena multidão, que aplaudia.

Olhou para o alto, mas o rosto de Oamlik já se transformara em nós de casca de novo.

Exausta, a pastora fez uma reverência para a multidão, mas não muito acentuada, para não acabar de cara no chão. Ela se perguntou o que as pessoas tinham visto ou o que achavam que viram, e começou a rumar para a loja do pai.

Os garotos nerds que haviam assistido ao lançamento de picles, no outro dia, seguiram-na.

— Foi superincrível! Vocês estão desenvolvendo algum programa de robótica? Impressionante a forma como você e aquela árvore nem reagiram quando os justadores passaram.

— Justadores? — Ela devia ter estado mesmo superconcentrada. Os justadores sempre faziam a terra tremer quando galopavam nos corcéis imensos, protegidos com armaduras.

— É, quando vocês duas atravessaram a rua e os justadores passaram a toda velocidade naqueles cavalos imensos, você continuou a caminhar. Muito legal! Aonde eles foram? — Os garotos olharam ao redor como se os justadores espectrais estivessem prestes a reaparecer.

Naquele momento, Keelie entendeu o que Tavak quisera dizer: as árvores tinham criado a ilusão da presença de justadores para que todos pensassem que a árvore andante fizesse parte do show.

— Aposto que foram para a justa.

Um cara corpulento, de saiote escocês, resmungou:

— Aquilo não era um robô. Tem um ator naquela fantasia de árvore, não tem, mocinha?

Keelie balançou a cabeça.

— Não tem, não. Pode crer.

— Insisto que é um ator, e vou provar. — O sujeito pegou uma vassoura apoiada numa construção ali perto e se dirigiu a Oamlik. Quando passava por um dos outros carvalhos, um galho pareceu surgir de repente, com a brisa. O ramo enganchou no saiote, revelando cuecas de seda azul com o logotipo do time de beisebol Yankees gravado em vermelho na parte de trás.

Risos irromperam na multidão. O homem ajeitou o saiote, o rosto tão rubro quanto as letras em seu traseiro. Keelie sorriu. Árvores com senso de humor. Quem diria?

24

Quando Keelie voltou para a Heartwood, encontrou Laurie e Raven atendendo a novos clientes. Knot estava deitado no balcão, sob um raio de sol, o que dava ao seu pelo de tom laranja demoníaco um brilho dourado angelical. Ronronava como uma Ferrari felina. As pessoas o afagavam e elogiavam ao passar. Mas Keelie notou que ele continuava doente e, naquele momento, viu a substância azul nas pontas das narinas dele. Ela se perguntou se veria venumiel no pai. Ele lhe contara que as árvores e os elfos possuíam fortes vínculos, e aquele seria um indício certo.

Embora doente, Knot desfrutava da adoração dos clientes que conquistara. Seria impossível conviver com ele depois disso. Keelie imaginou se não se tratava de uma variação do charme elfo. Não, não era possível. Ainda assim, a garota deu uma cheirada nele quando passou, em busca do aroma de canela indicador de magia dos elfos.

Laurie mostrava um berço, feito de galhos e incrustado de pedras semipreciosas, para um casal. A barriga da mulher estava enorme. Os dois, de mãos dadas, entreolhavam-se com adoração, enquanto a vendedora lhes ressaltava como aquele berço que resolveram comprar era especial.

— Igual ao da Bela Adormecida.

Keelie colocara um dos vestidos longos e esvoaçantes que comprara no Cantinho de Galadriel, no Festival de Montanha Alta. Estava adorando usar a própria roupa, depois das várias fantasias esquisitas que tivera de aguentar. Podia jurar que ainda sentia um cheirinho de picles na pele, de vez em quando.

Raven estava usando a máquina do cartão. Keelie se aproximou dela em silêncio, e a amiga franziu o cenho.

— Por que você não vai até o trailer e tira uma soneca? Não dorme há dois dias.

— Não posso. Preciso evitar que os carvalhos se alvorocem. — Ela se deixou cair num banco e apoiou a cabeça que zumbia na parede. A dor lancinante estava voltando.

— Ei, Laurie, por que não vai pegar um café para a gente? Eu me encarrego da loja.

A californiana pegou duas notas de cinco na gaveta e cutucou com o dedo o braço da amiga.

— Por acaso hoje é o Dia de São Patrício?

Keelie olhou para baixo. Seu braço estava verde. Não era bom.

— Eu concordo com a Raven. Você precisa descansar. — Laurie franziu o cenho, mas não notou as *bhata* que subiam pelas colunas da loja. A magia estaria segura por um pouco mais de tempo, apesar de Keelie estar virando um brócolis humano.

Quando a californiana voltou com três cafés, Keelie aceitou o dela, agradecida. Laurie se sentou na sua frente e observou-a tomar a bebida.

— O que está acontecendo com as árvores, essas marionetes de graveto e esse seu tom esverdeado?

Keelie engasgou com o café e começou a tossir. Laurie lhe deu um punhado de guardanapos, como se já tivesse previsto aquela reação.

A filha de Heartwood se perguntou o quanto poderia contar à amiga. Já falara muito com Raven, só que ela era praticamente família e crescera junto com os elfos.

— O que você sabe sobre magia?

— Ah, dá um tempo. Não vem com essa de *Senhor dos Anéis*. — Laurie se endireitou, parecendo chateada. — Se não confia em mim a ponto de contar a verdade, então é melhor ficar calada.

Keelie soltou um suspiro.

— Você acha que realmente viu marionetes?

Raven olhou para Laurie e balançou a cabeça, devagar. Após um momento, a californiana arregalou os olhos.

— Não pode estar falando sério!

— O que sabe sobre magia? — repetiu Keelie.

Laurie deu de ombros.

— O que li nos livros que comprei na Nova Era e o que a Margaret Seastrunk me conta. Sabe, ela compra obras wiccanas na livraria e leva para a escola; confesso que tentamos lançar feitiços para que os gatinhos ficassem a fim da gente. Não dá certo!

Keelie sentiu a ternura de Laurie fluir até ela. Aquela era sua amiga da vida inteira e, se fosse continuar a sê-lo, ela tinha que lhe contar a verdade. Manter o mundo humano e o mundo elfo separados seria difícil, e a filha de Heartwood precisaria das amigas para lidar com eles.

— Olhe para as minhas mãos. — Keelie as ergueu. Suas cutículas estavam verdes, bem como as pontas de suas unhas.

— O que é que tem elas, além de precisarem urgente de manicure? — quis saber Laurie. — Isso daí não é um fungo, é?

— É clorofila.

— Clorofila? Tipo a da aula do sr. Stein?

— Laurie, você viu mesmo a árvore atravessar a rua e também viu mesmo o bonequinho de gravetos, que é uma *bhata*. — Keelie observou a expressão da amiga, tentando avaliar sua reação.

— Imagine. Uma beata? — A californiana riu.

— *Bhata*. E não são os únicos seres diferentes daqui. Muita gente com orelha de elfo não está usando disfarce.

Raven se inclinou e se aproximou mais, para escutar.

— O meu pai é um elfo, e Elia, a garota da harpa, também, mas ela não é do bem.

— Fala sério! — exclamou Laurie. — Um elfo de verdade? Supera até Margaret Seastrunk e os feitiços de amor. E explica muito: aquela orelha, a forma como você sempre se empolgava brincando de fada e a maneira como dá uma bufada quando ri.

Keelie a encarou.

— Eu não dou uma bufada quando rio. Mas o resto é verdade.

Raven assentia com lentidão. — E o unicórnio?

Laurie ficou pasma.

— Um unicórnio?

— A-há — respondeu Keelie. — Fui até a floresta na outra noite porque o unicórnio me chamou.

— Mas ele não foi? — A californiana a fitou. — Não o vi, e estava bem atrás de você.

Keelie a observou. Pelo visto, a amiga aceitava melhor aqueles troços sobrenaturais que ela mesma quando o pai e Sir Davey lhe revelaram sua verdadeira natureza.

— Ele estava lá sim, esperando por mim.

— Quer dizer, na floresta? Aquele era apenas um cavalo branco.

— Pois é. — Keelie fez uma pausa. — É preciso ser virgem para vê-lo.

Laurie se deixou cair sentada e, em seguida, caiu no choro.

Keelie correu para abraçar a amiga arrasada; Raven lhe passou o café que estava segurando para Laurie e foi se dedicar à chegada de clientes.

— Não estou acusando você de nada, Laurie. Não precisamos falar desse assunto, se não quiser.

— Não quero. — Ela soluçou e se virou.

Keelie voltou ao balcão, chateada pela amiga não querer compartilhar seus segredos. Não que devesse reclamar — ela própria tinha alguns. Só o que ela queria mesmo era ir se deitar e dormir durante o resto do dia. Sorvendo o café, esperou Laurie se recompor. Raven passara a se ocupar, de súbito, com a arrumação da loja.

Depois de um tempo, os soluços de Laurie foram diminuindo, e ela se juntou às amigas. Seu rosto inchara, de tanto chorar, e os olhos azuis mostravam-se chocados, quer pela revelação de Keelie quer por sua própria. Mas, antes que Laurie pudesse falar de novo, o telefone celular de madeira tocou na estante sob o balcão de pinheiro.

Keelie levou um susto e quase derrubou o café. Estendeu a mão para atender à ligação com mãos trêmulas, esperando que não fosse Elia. Knot deu um pulo até o balcão e colocou a pata no braço dela quando ela tocou no aparelho.

— Devo atender o telefonema?

O gato laranja pestanejou, os olhos totalmente dilatados. Keelie não sabia se conseguiria enfrentar a elfo de novo. Elia usara magia no velho celular de Keelie, no Colorado, e fingira ser Laurie. Na época, a filha de Heartwood bolava um plano para voltar à Califórnia, desesperada para recuperar o estilo de vida da qual fora arrebatada quando a mãe morrera. Sua vida realmente mudara nos últimos meses.

Knot esfregou a cabeça no braço dela, o que ela tomou como um sinal de que deveria atender ao telefonema. O celular tocou de novo. Talvez fosse o pai.

— Você não vai atender à ligação? — A voz de Laurie apresentava o tom estridente de quando ela começava a se agitar.

— Vou. — Keelie pressionou o botão espiralado e a tela do celular se iluminou. Sentiu um formigamento no corpo, e a loja rodopiou. Ela se apoiou na beirada do balcão conforme surgiu em sua mente a imagem de uma floresta vasta, estranhamente iluminada, pouco visível por causa da névoa e cheia de árvores gotejantes.

Quando sua cabeça clareou, a garota notou que as unhas da mão que agarravam o celular tinham adquirido um tom de verde mais escuro.

— Alô, Heartwood — atendeu Keelie.

— Quem é? — A voz era feminina e exigente. — Preciso falar com Zekeliel Heartwood imediatamente.

Knot bufou.

— Ele não... pode vir falar agora, mas posso lhe dar o recado.

— É Keliel que está falando?

Só uma pessoa a chamaria pelo nome elfo.

— Sim.

— É a sua avó, Keliatiel. Diga ao seu pai que preciso falar com ele agora.

Aquela mulher chata e tensa não agia do jeito de uma avó. Keelie começou a se irritar. Não tivera notícias dela, exceto por um breve bilhete, desde que fora viver com o pai.

— Alô? Alô? — A voz da avó Keliatiel ecoava ao celular. — Keliel?

— Sim, vó.

— Lorde Elianard me telefonou e me informou a situação terrível em Wildewood. Como está o meu filho?

O filho dela! Sentindo-se possessiva, ela pensou que, embora ele fosse mesmo isso, também era o pai dela.

— O papai está doente. Foi colocado em quarentena com os outros elfos no alojamento, na cidade. Não sei muito além disso, que é o que Sir Davey me contou.

Laurie se afastara e começara a ajeitar as casinhas de boneca.

— Davey? Quer dizer Jadwyn. Aquele anão está sempre metendo o nariz nos assuntos elfos.

Keelie não gostou do tom de voz da avó. Pelo menos Sir Davey estava ali com ela, não em uma floresta no noroeste.

Vovó Keliatiel prosseguiu.

— Fiquei desapontada quando fiquei sabendo, por Lorde Elianard, de sua atitude desrespeitosa em relação a ele e de seu comportamento abominável no que diz respeito a Elia. Não é a atitude que se espera da filha do Pastor das Árvores. Creio que temos anos de educação humana para superar. Vamos começar assim que você chegar à Floresta do Pânico. Nesse ínterim, quero que seja atenciosa com Lorde Elianard.

Keelie concluiu, naquele momento, que não gostava da avó. Não ansiava vê-la, e Keliatiel não parecia amar a neta havia tanto tempo afastada. Provavelmente daria um monte de sermões severos, relacionados às expectativas de perfeição dos elfos, que Keelie nunca conseguiria atingir. Ela nem conseguia acreditar que o pai tão afetuoso e gentil pudesse ter sido criado por aquela mulher ranzinza, que odiava seres humanos.

Knot apoiou-se nas patas traseiras e deu patadas no celular.

— O que é? — perguntou Keelie.

Ele pôs uma garra no filigrana de prata e puxou o telefone. A garota o segurou à altura dele, que miou no bocal. Em seguida, o gato abaixou as patinhas da frente, fechou os olhos e ronronou como se tivesse concluído uma missão.

Keelie colocou o aparelho de novo à orelha e ouviu a avó Keliatiel comentar, tensa:

— Vejo que Knot está com você.

Pelo visto, não havia amor perdido entre ela e o gato. Há.

— Está sim. Ele é o meu guardião, sabe.

Laurie observou o gato, boquiaberta. Raven pareceu pasma.

— Vou dizer para o papai que a senhora ligou, quando me encontrar com ele. — Keelie revirou os olhos para as amigas.

— Por favor, e peça que me ligue assim que puder. Diga para os demais que uma Equipe de Ação Emergencial já saiu da Floresta do Pânico. Se precisar de algo, Lorde Elianard me assegurou que fará o que puder por você e seu pai.

Com certeza. Desde que eu lhe mostre o unicórnio, daí ele me atira de um penhasco.

— Vou me lembrar disso. Até logo, vó... como devo chamá-la?

— Vó Keliatiel está ótimo. — Seu tom de voz se tornou mais caloroso e cheio de preocupação. — Se o seu pai piorar, avise-me o mais breve possível.

— Aviso sim.

— Até nos encontrarmos, Filha da Floresta, cuide de seu pai da melhor forma possível.

— Farei isso. — Filha da Floresta? Aquilo era novidade. Teria que iniciar uma lista de nomes novos. — Até logo, vovó Keliatiel.

Ao desligar, Keelie teve o mau pressentimento de que a vida na Floresta do Pânico seria realmente uma fonte de terror, tipo uma academia militar elfo, com Elia comandando a aula. Ela sentiu uma dor atrás do olho direito ao pensar em quanto tempo teria que frequentar aquela classe. Elia já estava com sessenta anos.

Laurie se inclinou no balcão.

— Tudo bem com você? Está meio verde. Sabe, mais do que antes. Costumava ficar dessa cor quando ficava perto de muitas árvores. É a sua alergia a elas?

— Aquilo não era alergia a árvore. — Keelie ergueu a mão e a fitou à luz. A-há, estava adquirindo um tom verde. Se Sir Salmoura a visse agora, ficaria feliz da vida.

— Ah. Meu. Deus. Na verdade, esse troço de magia dos elfos acontecia com você desde que a gente era pequena, né?

A amiga anuiu.

— Eu não sabia. Foi a mamãe que me disse que era alergia a árvore.

— Então o que é, na verdade?

— Um efeito colateral do uso de magia arboral. — *De sofrer o impacto dessa prática*, pensou Keelie. Ela pôs a mão no bolso, em busca do quartzo-rosa, mas não o encontrou ali. Entrou em pânico e precisou respirar fundo algumas vezes para se acalmar. Tinha de manter a calma, mas precisava desesperadamente do quartzo-rosa para neutralizar a reação do seu corpo à magia das árvores.

A dor triplicou detrás de seu olho; ela se inclinou em direção ao balcão e apoiou a cabeça na mão.

— Preciso deitar, Laurie.

A amiga contornou depressa o balcão e abraçou Keelie.

— Onde?

— Nos fundos.

Passadas pesadas ressoaram nos degraus, fora da loja. Keelie se obrigou a levantar a cabeça e fez uma careta ao sentir a cabeça latejar como se um dos galhos de árvore a tivesse golpeado. Apoiou-se em Laurie e se equilibrou recostando-se no balcão.

Era a srta. Finch que chegava — o que não causava nenhuma surpresa, considerando que Keelie lhe devia mil dólares. Mas a garota ficou chocava com a aparência da gerente do festival. O coque ruivo da mulher estava pendurado, e mechas desgrenhadas contornavam-lhe o rosto. O corselete também se mostrava troncho. Um aspecto pálido substituíra o avermelhado e furioso que normalmente se via nela.

— Podem fechar, meninas. Acabei de ficar sabendo que o CCD e a APA estão fechando o festival e, a julgar por sua aparência, Heartwood, na hora certa!

— Hein? — *Eles não podiam fazer isso. Será que o seu pai sabia?*

— A sede mandou que eu dissesse a todos que se retirassem de Wildewood. Vocês têm 24 horas para fazer as malas e colocar tudo no carro, mas, como são menores de idade... — a srta. Finch suspirou — acho que preciso alertar a assistência social da região.

— Isso não será necessário. As garotas vão comigo. — Sir Davey entrou na loja carregando um imenso geodo de ametista. — O Zeke disse que, como as meninas já estão se hospedando comigo, será mais fácil levar o trailer para um lugar aqui perto e esperar até que ele seja liberado.

Um aroma de canela espalhou-se no ar. Os pelinhos da nuca de Keelie se arrepiaram, em alerta.

Elianard seguira Sir Davey e entrara na loja.

— Como saberemos que essa é a vontade de Zekeliel, Jadwyn? Conversei com a avó de Keelie, e ela quer que eu cuide do bem-estar da neta. — Ele correu os olhos pela loja, como se buscasse algo. Knot bufou e ficou com o rabo todo eriçado. Elianard recuou. — Mas pode levar o gato.

Como? De jeito nenhum ela iria com Cheironard. Knot, tampouco.

Sir Davey arqueou as sobrancelhas.

— Você pode ter falado com a avó de Keelie, mas cabe ao pai da moçoila decidir.

Elianard não gostou do que ouviu. Seu rosto ficou mais tenso do que de costume. Ele ergueu o canto do lábio esquerdo e estreitou os olhos. Engoliu em seco, como se estivesse sufocado, ao retrucar.

— O pai dela está muito doente. Não se encontra em condições de tomar decisões. Keelie tem parentesco comigo, por assim dizer, o que faz de mim o indivíduo certo para tomar conta dela, da amiga e dos negócios de Zeke. — Elianard passou o dedo indicador pela beirada do balcão.

Mais canela flutuou pelo ar até Keelie. Talvez ir com Elianard não fosse tão ruim assim...

Ela balançou a cabeça, envolvendo-se em magia arboral verde para evitar o feitiço, mas não deu certo. Canela... Keelie se deu conta de que Elianard jogara o charme elfo nela. Seus dedos agarraram o saquinho na cintura. Claro. Era ali que colocara o quartzo-rosa. Segurou-o com força, e o cheiro se esvaiu. Os latejos em sua cabeça diminuíram radicalmente.

— É óbvio que a garota não se sente bem. Terá a oportunidade de descansar, e Elia poderá tomar conta dela. — Ele obrigou os músculos raramente usados ao redor de sua boca a darem um sorriso. — Nós nos encarregaremos de mandar a amiga de volta para a Califórnia.

Laurie colocou os punhos fechados no quadril.

— Eu vou ficar com a Keelie. Ela precisa de mim.

— Quero ir com Sir Davey. — Na verdade, Keelie não queria ir a lugar nenhum até o unicórnio ficar curado.

— Desobedece à vontade de seu pai e de sua avó? — Os olhos verdes de Elianard escureceram. Algo similar a fumaça espalhava-se em suas íris.

Keelie fez um gesto em direção ao celular, que continuava no balcão.

— Vamos ligar para ele e descobrir.

Laurie esticou o braço e o pegou.

— Vou discar o número para você.

— Eu sei qual é. — Sir Davey estendeu a mão para pegá-lo. — Vamos perguntar a Zeke. — Sustentou o olhar de Elianard.

— Você quer mesmo acordar o seu pai, Keelie? Ele precisa descansar. — A face do elfo mostrava uma falsa preocupação.

Keelie não queria acordar o pai, mas não pretendia ir com Elianard. E sabia que o pai tampouco gostaria da ideia, mas a srta. Finch precisava ouvi-lo.

— Telefone, Sir Davey.

A srta. Finch arqueou a sobrancelha.

— Sir Davey, leve as duas meninas. Sei que Zeke confia em você.

Elianard estava prestes a dizer algo, mas a gerente fez o gesto de quem corta o pescoço.

— Escute, não quero saber o que a avó disse, vá conversar com Zeke. Além do quê, eu não deixaria nem um rato sob os cuidados da sua filha.

O elfo ficou rubro. Ele se endireitou e apontou o dedo para a srta. Finch, que, por sua vez, estufou o peito com o corselete e vociferou:

— Eu não tenho tempo para isto, Elianard. Preciso comunicar a todos os visitantes e funcionários que precisam ir embora, o que levará horas e, além do mais, vou ter que escutar as pessoas se queixarem porque não querem ir, porque estão perdendo dinheiro e porque a vida é injusta. Assim sendo, não tenho tempo para aguentar um dos seus ataques de raiva. Se você insistir, vai me enfurecer, e não quer fazer isso, quer?

Elianard recuou.

A srta. Finch foi embora.

Sir Davey olhou ao redor.

— Vocês precisam de ajuda para fechar a loja?

— Vai se arrepender dessa intromissão, anão — comentou Elianard. — Keelie vem comigo.

No interior do geodo de ametista começou a brilhar uma luz roxa intensa. Sir Davey o colocou no ombro como uma bazuca.

— Se não sair daqui, seus curandeiros elfos vão ficar tirando cristais roxos das suas costas.

Elianard ficou encarando o pequeno homem conforme ele avançava em sua direção. Então, virou-se e saiu — não correndo, na tentativa de se livrar de um anão, mas Keelie notou que apertara o passo.

— Uma bazuca de cristal. A mamãe ia ter um troço. — Laurie pareceu impressionada. — Sabe, o índice de criminalidade é superalto lá em Los Angeles.

Keelie tirou o quartzo-rosa da bolsinha, com vontade de beijá-lo. Elianard quase conseguira. E quem diria que a srta. Finch acabaria se tornando a sua heroína?

25

Naquela tarde, à mesa de jantar do trailer, Keelie esfregou a tectita entre os dedos e observou Sir Davey usar um alicate para cortar vários condutores de prata de um rolo grande. Ele usava óculos com lentes de aumento, que deixavam suas sobrancelhas imensas, fazendo com que parecessem lagartas mutantes.

Laurie vasculhava uma cesta de pedras semipreciosas, escolhendo suas pessoais, a pedido de Sir Davey.

— E não pegue uma só porque combina com certa roupa. Tem que selecionar a que lhe parecer correta, e saberá quando a encontrar. Keelie soube.

Ele estendeu a mão para receber a tectita e, em seguida, ergueu o fragmento meteórico em forma de folha à luz e o examinou como um joalheiro analisa um diamante.

Uma garrafa térmica azul, com um dragão prateado gravado no alto, estava na mesa entre os dois. Keelie achou o animal parecido com a srta. Finch, sobretudo a fumaça que soltava das narinas. Tivera de tomar três xícaras do café extraforte de Sir Davey para se livrar da dor de cabeça. Mas seu tempo de recuperação melhorara muito.

A primeira vez que usara magia arboral, levara alguns dias para se recuperar e, dessa vez, requerera menos de 12 horas.

— Acho que encontrei uma. — Laurie ergueu uma pedra e, em seguida, soltou-a, decepcionada. — Não, não estou sentindo nada.

— Continue procurando.

Keelie olhou a paisagem pela janela e contemplou as árvores balançando por causa do vento. Assomavam-se nuvens negras no alto, que a fizeram lembrar-se dos olhos de Elianard mais cedo. Havia algo ameaçador no ar. Se fosse uma tempestade, a garota teria de sair no meio dela. Precisava encontrar Lorde Einhorn. Ficou fitando a garrafa térmica e, então serviu-se de café, pensando que teria de ficar acordada para a busca mais tarde.

Laurie deu um grito.

— Uau, estou sentindo a vibração desta daqui. — Ela ergueu uma pedra branca, que refletia pequenos arco-íris à luz.

— Ah, boa escolha, Laurie. — Sir Davey sorriu. — É uma pedra da lua. Protege, e, acima de tudo, traz felicidade a quem a usa. Ajuda a pessoa a aceitar as mudanças na vida dela.

— Legal. Depois do que vi e ouvi hoje — Laurie fitou Keelie —, preciso de uma pedra da lua na minha vida.

— Vou envolver sua tectita em fios de prata para que possa usá-la. — Sir Davey desenrolou fios delgados de prata do carretel. — Está na hora de fazer magia terrena.

Ele entrelaçou fios de prata na tectita, enrolou a ponta, formando um círculo e, em seguida, entregou a pedra a Laurie, que passou um cordão de couro no pendente, amarrou-o e colocou-o no pescoço de Keelie.

O novo objeto pareceu pesado ao lado do coração da Rainha Álamo, mas Keelie não precisava se valer dele como do quartzo-rosa. Sentiu-se envolta num escudo invisível.

Às 23h, Sir Davey colocou as ferramentas na mesa.

— Estou exausto. Vou arrumar tudo amanhã. Mas, lembrem, mocinhas, usem suas pedras protetoras aonde quer que vão.

— É o que faremos. — Keelie deu um beijo na bochecha de Sir Davey, tal como Laurie, que, àquela altura, usava a pedra da lua pendurada num cordão de seda rosa.

Já à meia-noite, todo mundo se preparara para dormir, exceto Keelie, que estava decidida a permanecer acordada. Sir Davey fora acomodar-se com os dois Alegres Saqueadores restantes, na barraca ao lado.

Laurie se deitou na cama gigantesca de Sir Davey, parecendo pequenina e solitária no meio do colchão. Ela observou Keelie pentear o cabelo.

— Sabe, eu deveria estar tendo um troço com essa história de você ser uma elfo e usar magia. Deveria voltar correndo para a Califórnia. Mas, tipo assim, sempre senti que a vida nem sempre era só o que a gente podia ver. Sabe, eu queria que as fadas fossem reais. E também a magia, e agora sei que são.

Keelie virou-se do espelho para fitar a amiga.

— A magia é real, mas este mundo não pode ser considerado um conto de fadas, que nem o da Cinderela. Sabe, a Elia ameaçou ferir uma criança no Mastro de Fitas e, no Festival de Montanha Alta, cegou uma fêmea falcão chamada Ariel.

Laurie bocejou e balançou a cabeça.

— Aquela Elia é uma bruxa malvada. Você pode salvar as árvores e o seu pai, Keelie. Tem que descobrir um jeito. Vou ajudar você. — Deixou escapar outro bocejo.

— Boa-noite, Laurie.

Nenhuma resposta. Ela já dormira.

Keelie sentia as pálpebras pesarem. Estava muito cansada. Pensou em Lorde Einhorn, no carvalho Oamlik e no pai. Todos precisavam dela. A garota sentou-se ao pé da cama e esfregou os olhos. Não conseguiu permanecer acordada. Conforme seus olhos foram por fim se fechando, os acordes de uma harpa ecoaram em sua mente.

A imagem do rosto de Elianard se formou. Ele girava uma corda com um fruto de carvalho envolto em espinhos, pendurado na ponta.

O objeto rodopiou várias vezes, e a voz encorajadora do pai de Elia perguntava sem parar: "Onde está o unicórnio?"

Uma harpa tocava como pano de fundo daquele sussurro repetitivo. Keelie não conseguia acordar nem fugir de Elianard. Corria, mas a cabeça desincorporada dele aparecia na frente dela. Numa imagem, ela se viu no topo de uma montanha, com Elianard parado atrás, gesticulando a mão.

"O unicórnio usa sua magia para se esconder de mim e, agora, será encontrado pelos cientistas humanos antes que eu conclua meu trabalho. Acho que você sabe onde a besta ardilosa está."

A imagem de funcionários da APA se formou. Eles estavam no acampamento, do outro lado da usina hidrelétrica. Perto dali achava-se o unicórnio. Ela precisava encontrá-lo. Recordou-se das fotografias de satélite da região armazenadas no computador de Sir Davey. A floresta em torno da hidrelétrica fora, um dia, sensitiva, mas, naquele momento, estava morta — porque seu guardião morria.

"Você está matando o unicórnio." Keelie queria escapar de Elianard, mas não conseguia. A imagem dele assomava-se diante dela como se fosse uma tela de IMAX.

"Não o estou matando, apenas pegando emprestada a sua magia. A culpa é dos seres humanos, com seus venenos." Elianard franziu o cenho. "Não tenho que dar explicações para uma Orelha Redonda insignificante. Conte-me o que preciso saber."

"Não." Keelie tentou se agarrar à visão do unicórnio, mas ela enfraqueceu e sumiu.

"Talvez algo mais a convença."

De súbito, eles estavam num quarto à luz de vela. As chamas bruxuleantes formavam longas sombras nas paredes da cabana. Afora um pequeno catre no canto, não havia mais nada no quarto. Zeke estava ali, com tez acinzentada e suada e aspecto doentio. Keelie foi correndo até ele.

"Pai, está me ouvindo? Sou eu, a Keelie."

Ela tentou tocá-lo, mas a mão passou por ele. Aquilo era apenas um sonho, disse a garota a si mesma.

Keelie se virou para fitar Elianard. Ele estava na frente dela, dando a impressão de ser real o bastante para ser tocado. Em torno deles surgiram as faces de três fantasmas. As bocas dos espectros moviam-se sem dizer nada, tentando conversar com ela, que não ouvia nada.

"Diga-me onde está Einhorn, ou em sua mente ocorrerá a morte de seu pai." Elianard falava como se a escolha dela o transtornasse. O verde de seus olhos mostrava-se margeado de preto, uma obscuridade que ela nunca vira antes — a marca da magia negra. "Se me ajudar, a doença se esvairá, e terá salvado a Floresta do Pânico também. O que representa um mísero unicórnio? É uma bênção livrá-lo da dor que sente."

Keelie olhou para o pai. Aquilo era mais que um sonho. Em algum lugar, Zeke estava deitado, doente, e ela não tinha como saber onde ficava aquele quarto, em meio àquela vasta floresta que os circundava. Precisava escolher. Lorde Einhorn ou o pai. As árvores podiam voltar a crescer, mas Keelie só tinha um pai. Claro, talvez ele não a perdoasse se deixasse o unicórnio perecer.

O ritmo da harpa aumentou, e o fruto de carvalho coberto de espinhos girava e girava acompanhando o toque do instrumento musical.

"Diga-me, Keliel." Elianard deu um passo à frente, e Keelie recuou. Foi só depois que seu pé direito pisou no vácuo que ela se deu conta de que haviam voltado ao topo da montanha e de que pisara no nada. Caiu vertiginosamente pelo ar. Aquela devia ser a sensação de Ariel quando ela voava. Ela atingiu o chão...

E acordou. Algo superpesado pousara em seu peito, levando-a a chiar ao respirar. Knot, sentado em sua barriga, fitava-a. Seus olhos reluziam em tom prateado, refletindo a luz do luar.

Ela respirou com dificuldade.

— Seu gato maluco. Eu quase morri de susto.

Algo golpeava com força o trailer, que sacudia de um lado para o outro. Um terremoto!

Lá fora, ressoaram os gritos vindos da barraca dos Alegres Saqueadores. Keelie escutou a voz de Sir Davey na confusão.

Ela sacudiu os ombros de Laurie. A amiga murmurou:

— Hein? — Então, sentou-se depressa. — Terremoto! — Seu instinto californiano veio à tona rápido e ela rolou até o chão para, em seguida, engatinhar até o portal.

— Não é um terremoto. Acho que as árvores estão atacando as barracas. Vamos, precisamos sair daqui. Temos que ajudar os outros.

Keelie se lembrou da ameaça de Elianard. Sabia que não se tratara apenas de um sonho. Seu pai corria grande perigo e, naquele momento, ela também. Deu um salto para sair do trailer, com Laurie ao seu encalço, e inclinou-se ante o vento que soprava em rajadas fortes. Levou alguns instantes para entender o que via. Berros e gritos furiosos enchiam a noite. Sombras obscuras moviam-se por todo o acampamento. Em um lado, um carro incendiava, mas ninguém parecia notar. Na atmosfera sentia-se o cheiro de terra revolta misturado com o fedor de borracha queimando.

As sombras que avultavam eram árvores. O estrondoso ruído de metal esmagado fez Laurie e Keelie se virarem. Havia um galho enorme numa parte amassada em cima do trailer de Sir Davey. Keelie gritou ao perceber que o ramo continuava preso à árvore, que o levantava para triturar mais ainda o veículo.

Laurie ergueu os olhos.

— Cuidado! — gritou ela, pulando para o lado. Keelie recuou, cambaleante, conforme um galho bateu com força entre as duas.

A filha de Heartwood pegou o coração da Rainha Álamo e abriu a mente, que fervilhou com a fúria assassina da floresta ao seu redor. Então, ela soltou o talismã para romper o vínculo. Não havia como discutir com as árvores. Elas haviam enlouquecido.

— Corra! — vociferou Keelie.

Foi o que Laurie fez, mas uma árvore brotou na frente dela, que se dirigiu, rápido, para Keelie. De repente, uma figura de ombros largos bloqueou seu caminho.

— Fiquem trás de mim, meninas.

Era João Pequeno, usando apenas botas e saiote e segurando o bastão. Ele enfrentou a árvore com aquela arma, que podia ser considerada imponente contra um ser humano, mas parecia patética diante do carvalho imenso que o enfrentava. Atrás da árvore, não havia nenhuma nuvem no céu totalmente negro.

A voz estridente da srta. Finch ressoou no campo de batalha que se tornara o acampamento.

— Davey!

Sir Davey. Onde ele estava? Keelie olhou para a extremidade do acampamento, onde a gerente do festival se encontrava, lembrando mais um dragão feroz que nunca, com os cabelos ruivos esvoaçando ao vento e os braços à frente como se fosse estrangular a árvore que ousasse se aproximar dela.

A srta. Finch levou as mãos à boca e gritou de novo.

— Reúna todo mundo e leve-os até a gerência.

Sir Davey apareceu, passando depressa por entre as raízes de árvores que se erguiam do solo, carregando um pacote preto. Quando Keelie o chamou, ele se virou e correu até eles. João Pequeno estava ocupado num combate, dando um grito de guerra ao bater o bastão contra os galhos que o ameaçavam. A filha de Heartwood se sentiu, de repente, feliz por ele nunca ter deixado de lado o papel renascentista.

A face de Sir Davey estava coberta de terra.

— Jared e Niriel estão levando os cavalos e as pessoas para a cidade, na estrada principal — avisou ele, esbaforido. — Temos que ir até a gerência. Como tem fundação de pedra, posso proteger a construção facilmente com a magia terrena.

Eles começaram a correr em direção à rua, onde podiam ver as luzes trepidantes das lanternas levadas pelas pessoas, que corriam. Um tanque de propano explodiu, emprestando à região um tom amarelado espectral. Keelie viu João Pequeno se juntar a elas. Segurava um pedaço do bastão partido, que, naquele momento, mais parecia um taco de beisebol.

Uma gaiola de madeira apareceu subitamente ao redor de Keelie e uma barra atingiu-a na cintura. Ela sentiu seu corpo ser erguido, como se tivesse entrado num carrossel maluco. Laurie gritou perto dela. A árvore as seguira. Ambas estavam sendo erguidas rumo à noite.

26

Keelie viu Sir Davey e os demais abaixo. Tinham corrido à frente e quase chegavam ao caminho que os levariam ao local seguro. Os galhos circundavam a garota com firmeza, mas ela não lutou, receando cair.

A árvore deu uma guinada e se virou. Naquele momento, ambas as meninas começaram a ser carregadas na direção oposta. Keelie se recordou da sensação de voar no sonho e de cair. Agarrou o galho com as duas mãos.

Talvez conseguisse se conectar com aquela árvore. Ela rumava para a floresta. A luz dos carros queimando mostrou que o Chalé Suíço permanecia intacto.

—Laurie, cale a boca—gritou, tentando ser ouvida sobre os alaridos, os estalidos de metais sendo esmagados e de madeiras partidas.

A face chocada da amiga fitou-a de sua prisão de galhos arborais.

— Calar a boca? — bramiu. — Estou sendo raptada por uma árvore!

— Vou tentar algo — explicou Keelie, aos berros. — Prepare-se para correr!

Keelie fechou os olhos, tentando sentir a energia da árvore, mas a única coisa que captou foi sua raiva. Extrema fúria e dor. Uma *bhata* foi até o ombro da garota e tocou em seus olhos, permitindo que ela visse por magia. Aquelas árvores estavam morrendo. O líquido luminoso azul cobria seus troncos e gotejava das ulcerações abertas em suas cascas. Elas tentavam se salvar, mas a magia negra transformara sua dor em raiva e, naquele momento, elas queriam se vingar dos seres humanos.

A filha de Heartwood evocou Tavak, mas ele não lhe respondeu. Ela fechou os olhos e abriu a mente para se comunicar por meio da dor das árvores. Tudo o que viu foi uma névoa pegajosa e negra envolvendo cada uma delas. Prestou atenção e, daquela vez, o ritmo inconfundível de uma música de harpa ressoou a distância. Elia.

Keelie fechou os olhos e convocou as *bhata*, só que nenhuma respondeu, exceto a que estava pendurada no seu ombro.

Então, ela evocou os pinheiros de um vale a vários quilômetros de distância.

Sou Keliel, a Pastora das Árvores, e preciso da sua ajuda.

A fragrância deliciosa de árvores de Natal a circundou. Uma energia verde-escura preencheu sua mente conforme uma conífera chamada Evas atendia ao seu apelo.

Pastora das Árvores, faremos o que pudermos, mas o único que pode deter as árvores é Lorde Einhorn.

Evas, preciso da energia dos pinheiros.

Conte com ela. Faremos o que pudermos para ajudar nossas irmãs.

Keelie seguiu os pensamentos de Evas e chegou à mente do carvalho que as carregava. Chamava-se Ovrom. Keelie tocou nos pendentes em seu pescoço e sentiu, interligado com magia verde, um canal escuro e caloroso de magia terrena. A tectita. Ela empurrou sua vibração terrosa ao âmago de Ovrom e sentiu a dor dele se apaziguar. O venumiel azul secou e descamou.

Tenho que ajudar Lorde Einhorn. Você precisa parar de atacar os seres humanos, caso contrário, não poderei ajudá-lo.

A árvore parou de se movimentar e os galhos abaixaram até ela e Laurie tocarem no solo. Elas se contorceram e saíram das celas de madeira espinhosa.

Você me curou, Filha do Pastor das Árvores, comentou Ovrom. *Mas me sinto compelido. A música dela nos machuca mais.*

Keelie sabia que ele se referia a Elia.

Farei o que puder para impedi-la, mas tenho que encontrar Lorde Einhorn.

Keelie já estava exausta; começou a sentir o pânico crescer. Se os seres humanos ficassem com medo de se mover, e as árvores voltassem a atacar, não teriam chance de sobreviver. Os pulmões da garota arderam, e sua cabeça latejou.

Ela tocou a tectita em seu pescoço e segurou com a outra mão o quartzo-rosa. A tranquilidade e uma energia reconfortante fluíram por ela como se tivesse imergido em água fria, aliviando sua dor.

A *bhata* estava pendurada em seus cabelos.

— Keelie, a gente não pode ficar aqui. Vamos morrer. Não podemos ficar aqui.

— Não, Laurie, isso é o Pânico. Preciso de você. Temos que ir encontrar o unicórnio, não posso fazer isso sozinha.

Laurie deu um grito frustrado e temeroso.

— Eu não quero morrer!

Em torno dela, figuras altas formaram-se em meio à escuridão. Keelie viu umas faixas de luz verde saindo da cabeça da amiga. Envenenamento por clorofila. Keelie estava bem, mas Laurie não duraria muito tempo.

O grito de alguém sobressaiu em meio ao vento uivante:

— Vamos! Sir Davey mandou todos irem para a gerência.

Laurie soltou Keelie e começou a correr rumo à voz.

— Volte aqui! — vociferou a filha de Heartwood. — Preciso da sua ajuda. — Ela correu atrás da amiga e atracou-se com ela. As duas rolaram na grama e observaram um carvalho partir uma caminhonete ao meio.

A californiana deu um berro e se contorceu no solo. Keelie sabia que o Pânico a dominara. Os ruídos de madeira quebrando e metal esmagando eram ensurdecedores, e, conforme Keelie lutava para conter Laurie, viu outros correndo rumo à extremidade do acampamento, onde o caminho em direção à gerência ladeava, serpenteante, a floresta.

Laurie deu um chute e golpeou a perna de Keelie, que gritou e deixou cair o quartzo-rosa. No mesmo instante, a filha de Heartwood sentiu o medo paralisante do Pânico.

Quis se encurvar e gritar, mas se obrigou a ajoelhar com dificuldade e passou a mão pelo solo, na tentativa de encontrar a pedra. Mal podia respirar. Por fim sentiu os dedos tocarem o quartzo-rosa, mas Laurie já se levantara e começara a correr.

Keelie amaldiçoou as árvores e foi depressa atrás dela. Nunca encontraria Lorde Einhorn se tivesse que ficar segurando a amiga. Uma raiz de árvore passou sobre sua cabeça, obrigando-a a desviar para o lado; então, ela evocou seu lado de corredora e alcançou a amiga, agarrando seus cabelos longos e louros e puxando-a para trás.

Laurie a atacou, os olhos arregalados e tomados de pânico, dando um soco no queixo dela. O quartzo-rosa saiu voando de novo. Luzes brilharam conforme a cabeça de Keelie ia para trás, mas ela não soltou os cabelos da amiga e conseguiu lutar com ela para derrubá-la. Então, sentou-se nas costas de Laurie, esquivando-se de suas patadas.

Keelie precisava do quartzo-rosa. Tentou senti-lo com a mente, lembrando-se do seu efeito apaziguante no que dizia respeito ao Pânico. Um filete de sua energia permanecera em sua mão, e ela o direcionou ao ponto em que o perdera. Keelie ficou impressionada quando captou a resposta do quartzo-rosa. Tirou energia do filete até o Pânico ir embora e, então, envolveu a amiga com a energia serena e rósea.

Laurie deixou de ofegar e pôs-se de bruços, cuspindo terra e grama.

— Que desgraça foi essa?

— O Pânico.

A californiana estremeceu.

— E agora? Não acabou, acabou?

As árvores seguiam os seres humanos que fugiam nas áreas do Festival, mas a tectita protegera Keelie e Laurie. E, com o quartzo-rosa, as duas tinham sobrepujado o Pânico.

Keelie fechou os olhos, pressionando a tectita com a mão. Levantou-se e ajudou Laurie a se erguer também. O rastro do quartzo-rosa parecia claro, e ela o encontrou na grama, a alguns metros dali. Reluzia em tom cor-de-rosa quando o pegou.

— A gente tem que ir para a gerência. — Laurie olhava ao redor, apreensiva, como se as árvores fossem voltar. A julgar pelo estardalhaço do outro lado do acampamento, o Festival nunca mais seria o mesmo.

Keelie pegou o braço de Laurie.

— Não vamos para a gerência. Temos que ir salvar o unicórnio, e preciso da sua ajuda. Venha.

A *bhata* voltou depressa para o ombro de Keelie, que, de súbito, viu uma imagem mental clara do unicórnio em meio a um círculo de árvores mortas, perto da usina hidrelétrica. Em seguida, veio a visão dos funcionários da APA, e ela notou que a busca deles incluíra a encosta da montanha ao lado da usina, onde o unicórnio encontrava-se fraco demais para se mover.

O problema seria chegar lá a tempo. Keelie não podia caminhar pela floresta, que estava perigosa naquele momento, cheia de árvores com dores e magia negra. Além disso, levaria muito tempo. Mas a trilha que ela usara com Knot quando fora despedida do Churrasco no Espeto era a antiga estrada de transporte e exploração de madeira.

— A gente pode ir com a caminhonete do papai até a velha estrada. Ele já dirigiu para cima e para baixo em ruas que pareciam tobogãs de parques aquáticos. Podemos fazer isso. Ou melhor, você. Eu não sei dirigir.

— Ah, claro. A gente vai dirigindo até o topo da montanha no calhambeque do seu pai, com árvores possessas atrás da gente. E a bruxa má vai conceder o nosso desejo, daí vamos bater os calcanhares...

— Não estou de brincadeira, Laurie. Só assim vamos conseguir chegar lá a tempo de salvar o meu pai e o unicórnio.

No momento certo, Knot correu na direção delas, com um troço que tinia e brilhava na boca. Ele o jogou aos pés da dona. As chaves de Zeke.

— Esse gato é incrível. — Laurie o olhou. — Cadê o seu amiguinho branco?

— Na certa deve estar se escondendo num lugar seguro. — Keelie se virou e segurou o quartzo-rosa bem alto, e em meio ao seu brilho róseo, notou que os olhos da amiga ainda se mostravam temerosos. A música da harpa ressoou de novo, vinda da floresta, aproximando-se. A filha de Heartwood agarrou as chaves. — Vá para a gerência, se quiser. Vou dirigir.

— Você acha que vou ver o unicórnio se for com você? — Laurie parecia esperançosa.

Keelie sabia que não, mas não respondeu à amiga.

A californiana suspirou.

— Você não pode dirigir. Passe aqui as chaves.

Felizmente o Chalé Suíço não fora atingido. Keelie tirou os galhos que tinham caído no capô enquanto Laurie o ligava. Então, entrou no veículo, seguida de Knot.

— Vá até o final do estacionamento, depois entre na trilha estreita que leva à gerência. — Keelie sentia a *bhata* pendurada nos seus cabelos, como um laço de madeira esquisito.

O pelo de Knot se eriçou até não poder mais. Ele bufou e olhou para a floresta. Laurie desligou a caminhonete. Ela nem tinha acendido os faróis.

— Por que você desligou o carro? — Estaria maluca?

— Olhe — disse ela, com a voz vacilante. Ela apontava o dedo trêmulo para Elianard, que saíra da floresta. Ele segurava uma corda prateada brilhante em cuja ponta flutuava Zeke, débil e inconsciente.

— Solte o meu pai, seu canalha — gritou Keelie, abrindo a porta.

Laurie agarrou a parte de trás da blusa da amiga.

— É uma armadilha.

Elianard reluzia com fúria, o nariz aquilino parecendo severo à luz do luar.

— Tão típico de humanos apelar para palavrões, mas, como quiser, vou soltá-lo.

Ele rodopiou o amuleto e Zeke caiu, batendo no chão como uma marionete jogada.

— Ôpa, não queria tê-lo deixado cair com tanta força. Tenho certeza de que não foi muito bom para os órgãos internos dele, sobretudo nesse estado enfraquecido. Esta é uma doença terrível, ainda mais para os elfos.

Keelie sentiu um aperto no coração. Laurie meteu a cabeça para fora da janela e gritou:

— Ah, sim, e como é possível que você não tenha sido afetado?

— Isso não é da conta dos seres humanos.

A *bhata* tocou na pálpebra de Keelie, que viu a imagem do pai oscilar. A garota lembrou-se do sonho que tivera. O pai estava numa cabana no alto da montanha.

O som de folhas pisoteadas ressoou e, desta vez, Lulu saiu da floresta. Pelo visto, Elianard não ficou feliz em vê-la.

— Eu posso lhe contar por que Elianard consegue resistir à doença da árvore. Está usando a magia do unicórnio para se proteger e resguardar a filha. — Lulu deu um sorrisinho afetado para o elfo, aparentemente sem medo dos poderes dele.

— Cale a boca, bruxa.

Lulu quase bufou para ele.

— Pensa que é melhor do que eu. Bem, eu é que vou pegar o chifre do unicórnio.

— Bruxa presunçosa. E como pretende capturá-lo? Com seus *encantos?* — Elianard a fitou com desprezo, mas se afastou mais.

Keelie notou que, apesar da luz do luar, não havia sombra sob Zeke. Não era mesmo ele.

— Você o pegou para mim. Sua filha toca a harpa e o coitado do bicho não consegue se mover. Acha que não o segui, para ver por mim mesma?

— Eu deveria ter imaginado que você tentaria pegar a magia para si. — Elianard lançou um olhar furioso para ela. — O unicórnio me pertence.

Keelie fechou os olhos. Procurou seu pai, mas a consciência dele estava bloqueada. Entrou em contato com as árvores que lhe haviam respondido antes; evocou Tavak. Nada.

Evas. Nenhuma resposta.

Elianard apontou para Keelie.

— Culpe essa humana. Lutou contra nós e fortaleceu as árvores. Einhorn a evocou para ajudá-lo a quebrar o feitiço.

A expressão de Lulu endureceu e sua boca se contorceu com fúria.

— Não me surpreende. Desde que você apareceu, garota, tive muito azar.

— Laurie? — sussurrou Keelie. — Você consegue ligar a caminhonete de novo? Sem faróis, só direcione para a estrada que Sir Davey pegou.

— Mas o seu pai...

— Eu não acho que seja ele. Creio que você tem razão: é uma armadilha.

Keelie ouviu gritos de homens a distância.

— Ei, Charlie, aquela luz estranha está vindo dali.

— É o pessoal da APA. — A filha de Heartwood entrou em pânico. — Vão nos encontrar.

Laurie ligou o veículo e, com um grito triunfante, passou a marcha e afundou o pé no acelerador. O velho Chalé Suíço arrancou e foi adiante, esbarrando em galhos e restos de materiais de acampamento largados, conforme Laurie tentava mantê-lo na estrada.

Elianard ergueu o amuleto. A corda prateada e brilhante esvaeceu junto com a imagem de Zeke. *Fora* uma ilusão. Um raio veio na direção delas, e Keelie gritou:

—· Mais rápido!

O raio atingiu a parte de trás do veículo, e pedaços dos enfeites da casa de gengibre voaram além das janelas do chalé.

Os olhos verdes de Knot cintilaram com absoluta aversão quando eles passaram por Elianard, que virou apenas uma silhueta à penumbra. A figura branca de Lulu saltou para trás. Elas passaram pelo meio-fio e, então, foram meio desgovernadamente até a gerência.

Keelie observou a floresta, sentindo pena daquela estrada de exploração de madeira. Árvores fantasmas enchiam a região com sua presença espectral.

— Aqui! — gritou, e Laurie deu uma guinada para a direita, derrubando Knot da parte de trás do assento. Com um berro surpreso, ele se esborrachou no chão, daí voltou a subir, dando uma bufada para Laurie antes de se espremer no painel — um enfeite de bichano danado.

Então, algo totalmente inesperado aconteceu. Uma figura surgiu da mata e estendeu a mão branca na direção delas. Laurie deu um grito e teria saído da estrada se Keelie não tivesse agarrado o volante.

— Pare o carro!

Laurie pisou no freio, e elas foram lançadas à frente, contidas pelos cintos de segurança. Para a sorte de Knot, ele não podia se mover para lugar nenhum.

A figura passou com dificuldade pela mata e, então, posicionou-se diante da luz dos faróis. Ensanguentada, com o vestido rasgado e os cabelos espalhados à altura dos ombros, ela foi mancando rumo à caminhonete. Apesar da face machucada, sorriu quando viu quem parara para ela.

Era Raven.

27

Keelie saltou da caminhonete do pai e foi correndo ajudar a amiga.

— Você está bem? Cadê a Janice?

Laurie meteu a cabeça para fora da janela e olhou para as árvores fantasmagóricas que, naquele momento, lotavam a floresta assombrada.

— A nossa loja foi atingida e corri para a floresta. Não parecia que as árvores vinham daqui. — Raven estava com péssima aparência, mas, pelo visto, bem. — Mas estou superpreocupada com a mamãe. Ela levou Lady Annie para a gerência depois que a loja dela foi atingida, e não sei onde é que está agora.

— Na certa, em segurança. — Keelie ficou aliviada com as notícias, embora tenha ficado chateada com a destruição da loja de Lady Annie, que ficava ao lado da de Heartwood. — Sir Davey reuniu as pessoas e as levou até lá. Vai protegê-las.

Raven se recostou no banco e fechou os olhos. Uma lágrima escorreu pela maçã de seu rosto.

— Graças a Deus.

Elas precisavam seguir adiante.

— A gente passa por ali, Laurie. — Keelie apontou para o riacho. Podia ver uma estrada espectral, uma sombra prateada em meio à escuridão. O unicórnio estava em algum lugar acima, na montanha.

— Por aí não. — Raven abriu os olhos. — Tem um declive enorme no leito do rio. Mas, se você desviar uns cinquenta metros à esquerda, é como uma praia. A gente nada pelado lá quando está superquente.

— Sério? — Laurie se mostrou bastante interessada.

— E a gente vai poder atravessar o rio ali? — interrompeu Keelie. — Temos que chegar ao topo da montanha.

— Ninguém dirige pela floresta, Keelie. Não tem estrada. Você está maluca. — Raven segurou o painel com ambas as mãos.

— É o que eu acho também, só que precisamos salvar o unicórnio. — Laurie desviou de um enorme toco de árvore. — Vou conseguir. Se já dirigi na autoestrada de Los Angeles no horário do rush, penetrar na floresta vai ser moleza.

Keelie se recordou da primeira noite em que viu o unicórnio, e da tremenda admiração que sentiu. Naquele momento, o desespero lançava as garras em seu âmago para que ela o encontrasse e o salvasse.

— Manda brasa. — Elas chegaram ao rio, e Laurie acelerou para passar por ele com a caminhonete, sem dar oportunidade para as rodas atolarem no leito macio e arenoso. Keelie tocou no coração da Rainha Álamo e tentou fortalecer a visão encantada. Sentiu-se tonta por um instante, conforme os dois mundos ficavam visíveis ao mesmo tempo, um sobreposto ao outro. — Estou vendo a estrada. É uma velha trilha de exploração de madeira.

— Uau. Seus olhos estão com um tom verde fluorescente. — Raven olhou para Knot. — E os dele também.

Com Keelie guiando-as por meio da visão encantada, elas foram subindo a montanha, indo de um lado para o outro conforme Keelie se concentrava na estrada escondida sob a mata. Galhos batiam na caminhonete. Sombras de árvores, os espíritos das ancestrais, que haviam sido derrubadas, ladeavam o caminho ao lado das vivas, espectros farfalhantes à luz da lua.

Keelie se lembrou da cerimônia do Lorem Arboral que o pai fizera para Reina, a Rainha Álamo no Colorado, cujo coração chamuscado ela usava. Ele liberara a espírito da árvore para que outras na floresta pudessem se curar, e desenvolver raízes profundas e ramos frondosos à cata do sol. Nenhuma cerimônia daquele tipo era feita ali havia muito tempo.

As folhas das árvores batiam contra o para-brisa. Keelie podia ver faces nos troncos delas, como ocorrera com os carvalhos no Festival. Incrível como todas se mostravam distintas.

Laurie quase atingiu uma árvore; felizmente ela recuou a tempo, e a californiana conseguiu desviar.

— Uau, preste atenção na estrada, Laurie — gritou Raven, mais alto que o ronco do motor da caminhonete e os estalos da vegetação rasteira. Ela agarrou o cinto de segurança e apoiou os pés no porta-luvas. A *bhata* se acomodara, de cabeça para baixo, num dos guarda-sóis, os olhos de frutinha fixos na floresta adiante.

— Que estrada? Não tem nenhuma.

Keelie precisava se concentrar em Zeke. Salvar o pai. Salvar o unicórnio. Aquele seria seu mantra.

— Por que você nunca me contou que era uma elfo? — perguntou Laurie, de repente.

— Metade elfo. Porque não sabia até vir morar com o meu pai. — Keelie sentiu um aperto no peito. Ele tinha que estar bem.

— Você ia me contar?

— Não sei.

— Ah, que ótimo. Guardar segredos, sem revelá-los para a sua amiga.

— Guardando segredos, eu?

Laurie agarrou o volante e olhou de soslaio para Keelie, de um jeito acusador.

— Sim, você.

— Veja quem fala. Ei, não desgrude os olhos da estrada oculta. Poderia me dizer, então, por que não pode ver o unicórnio?

Silêncio.

Mais uma vez, Keelie examinou a californiana.

Laurie estava encurvada, concentrada.

— Não achei que seria dedurada por um animal mítico. — Ela lançou um olhar ferino para a amiga. A caminhonete trepidou e patinou para o lado.

Keelie apontou para a frente.

— Bom, vai contar para mim? Já conhece os meus segredos.

Raven protestou:

— Meninas, simplesmente confessem antes de a gente despencar dessa montanha.

Laurie apertou os dentes e pisou fundo no acelerador. A caminhonete foi a toda adiante.

— Eu e o Trent estávamos namorando, daí eu fui até a casa dele, ficamos vendo filmes, acabamos ficando e... uma coisa levou a outra e a gente transou.

Keelie arfou, ao mesmo tempo em que uma árvore lhes indicava que pegassem a direita, como um policial direcionando o tráfego florestal com galhos. Ela apontou e Laurie virou. O motor da caminhonete roncou por causa da subida íngreme.

— Então você e o Trent estão apaixonados?

— Ele terminou comigo e começou a namorar a Ashlee.

— Que babaca — disseram Keelie e Raven em coro.

— E a Ashlee contou a história no MySpace. Fez vários comentários lá.

— Não! Que idiota. — Keelie deu um tapa no painel.

Raven balançou a cabeça.

— Não dá para acreditar em certas pessoas.

Knot miou. Laurie afagou a cabeça dele e, em seguida, colocou ambas as mãos no volante quando a caminhonete desviou bruscamente.

— Isso tudo é muito surreal — comentou Raven, em voz baixa. — A gente está conversando sobre um drama de Ensino Médio, dirigindo numa estrada que ao mesmo tempo existe e não existe, a caminho do resgate de um unicórnio.

— E do meu pai — lembrou Keelie. — Já perdi a minha mãe, e não quero perdê-lo por causa do Elianard e da Elia.

Um cervo branco passou na frente delas, e Laurie pisou no freio. Elas deram uma guinada antes de parar e as rodas do lado da estrada chegaram a levantar um pouco antes de voltarem a se apoiar.

Knot caiu no piso e Raven foi jogada para a lateral do carro, embora estivesse se apoiando no painel.

— Está maluca — vociferou ela.

— Nunca vi um cervo branco antes. Assustador. — Laurie começou a seguir em frente, de novo.

Keelie deu um tapa na própria testa.

— Cervo branco, gato branco, unicórnio branco. Ele muda de forma! — Ela bateu no painel conforme esboçava a equação sobrenatural. — O pelo branco brilhante, os olhos, o gato branco era o unicórnio!

— Eu vi o gato e o cervo; de repente vou ver o unicórnio também. — Laurie pareceu animada.

Knot voltou ao painel e se apoiou no para-brisa. Além disso, enganchou as garras nas aberturas do ar-condicionado. Keelie desejou ter um dos cristais de Sir Davey para dar mais poder à caminhonete. Laurie foi mais rápido e, por fim, o Chalé Suíço chegou, movendo-se pesadamente, ao topo da montanha.

No horizonte, o céu noturno cintilava com milhares de estrelas. Keelie nunca vira tantas quando morara em Los Angeles.

Com o canto dos olhos, ela viu uma estrela cadente. Fez um desejo: *por favor, deixe-me salvar o unicórnio e o meu pai*. Eram dois, mas talvez, dadas as circunstâncias, ela pudesse contar com a pechincha de dois pelo preço de um.

Laurie abriu a janela e Keelie ouviu um ruído forte. Raven também o escutou.

— A gente está chegando perto da usina hidrelétrica.

Elas dirigiam ao longo do cume.

De repente, foram mais devagar. A trilha parecia clara para Keelie.

— Não podemos ir mais rápido?

Ela deu uma olhada em Laurie, cuja expressão mostrava-se tensa. Os olhos estavam estranhos, com alguma emoção inexplicável. Raven gritou, e a caminhonete parou de vez.

Keelie observou, horrorizada, as amigas se lamuriarem e encolherem, recuando como se algo as tivesse golpeando. Deu-se conta do que era. Sentiu o Pânico avançando ao seu redor, reavivado, mais forte do que nunca.

— Eu não consigo me mover, Keelie. — Laurie colocou os pés no banco e abraçou os joelhos. Raven estremeceu e se apoiou nela.

Keelie abriu a porta e saiu.

— Vamos, não fica muito longe.

— Não posso. Eu vou morrer. — A californiana ofegava. — Não consigo respirar. Algo ruim vai acontecer.

— Não vá. — Os olhos de Raven pareciam imensos no seu rosto pálido. Seus cabelos negros mesclavam-se com a escuridão que as circundava. — Eu não quero que você morra.

O aroma de canela espalhou-se no ar.

— É o Pânico, meninas. Não é real. Lutem contra ele. — Elianard devia estar usando cada pingo de poder na montanha para alimentá-lo.

Ouviu-se o ressoar desesperado de cascos, seguido de um protesto abafado e, então, de um berro estridente. Keelie ficou imóvel.

— Tomara que não seja Lorde Einhorn.

— Lorde Einhorn, o unicórnio? — Raven se sentou e endireitou.

— Parece tão real. — O rosto de Laurie continuava retesado. — Vamos dar o fora daqui.

As orelhas de Knot inclinaram-se, ficando paralelas à cabeça. Ele bufou. A *bhata* puxou os cabelos de Keelie e, em seguida, beliscou sua orelha, mandando-a ir adiante.

— Ah, já vou.

— Com quem você está falando? — Raven deu a impressão de querer se enfiar debaixo do banco, mas se obrigou a ficar reta. — Eu vou com você, Keelie.

O rabo de Knot balançava de um lado para o outro. Ele deixou escapar um miado longo e, então, saltou nas pernas de Raven e saiu correndo. O ronco e o ruído das turbinas da usina hidrelétrica era sobrepujante. Keelie podia ouvir as notas interligadas da harpa de Elia.

— Fiquem aqui, se estiverem com medo. — Ela saiu correndo atrás do gato, a *bhata* pendurada em seus cabelos.

— Você é mais elfo que humana se não está sentindo isso! — gritou Laurie para ela, levando as mãos aos ouvidos e fechando os olhos. Provavelmente achava que o barulho das turbinas fazia parte do Pânico. Não havia tempo para explicar.

Knot olhou para trás, o rabo movendo-se loucamente. Keelie o escutou miar. Queria segui-lo, mas não podia, sem luz. Então, pegou o quartzo-rosa no bolso. No início ele bruxuleou, mas, depois, acendeu e brilhou como uma lanterna superpotente.

— Estou indo.

Atrás dela, Keelie ouviu a porta da caminhonete bater. Raven agarrava o para-lama e parecia prestes a vomitar, mas moveu-se para a frente.

A voz fraca de uma árvore soou em sua mente. Ela tentou se concentrar na mensagem e, quando ela chegou ao limite da floresta, conseguiu entender. Era Tavak.

Einhorn sucumbiu.

Sob Keelie, as luzes do farol se apagaram. Ela olhou para trás, e Laurie acenou, um vulto branco em meio à escuridão. A filha de Heartwood retribuiu o aceno e, em seguida, com o coração pesado, seguiu Knot.

A clareira não ficava longe, mas a vegetação rasteira repuxava sua roupa. Todas as árvores naquela área estavam mortas, e as ervas daninhas haviam tomado conta de lá. Keelie se sentia arrasada; a região arboral perecera, mas seu espírito permanecia preso na terra. Podia ouvir as árvores chamando com suas vozes fracas.

Uma luz bruxuleou adiante, e ela colocou o quartzo-rosa no bolso. Escondeu-se atrás de um penedo com líquen escamoso. Elianard estava ajoelhado na clareira, a uma árvore imensa e fantasmagórica. Uma figura branca encontrava-se deitada aos seus pés. Lorde Einhorn.

O unicórnio perdia e recobrava a consciência conforme Elianard segurava o amuleto sobre seu chifre. Ali perto, Elia tocava a harpa, as lágrimas rolando pelo rosto, os olhos grudados no unicórnio moribundo.

Keelie continuou escondida. A tectita em seu pescoço esquentara de um jeito além do agradável, bem como o talismã com o coração do álamo. De novo, ela olhou para o céu noturno e viu outra estrela cadente. *Ajude-me a salvar Lorde Einhorn.*

Ela arrancou o cordão de couro do pescoço e o segurou no alto. A tectita, que não estava escura, brilhava como uma estrelinha em forma de folha, cada runa diminuta cintilando com mais intensidade ainda.

Abrindo os sentidos para as árvores, Keelie convocou Tavak e Evas.

Tavak respondeu: *Pastora das Árvores, estou aqui.*

Evas também: *Senhorita, nós a estamos escutando.*

Lá no festival, embaixo, Keelie sentiu Oamlik e os outros carvalhos doentes. Mandou uma mensagem, mas eles ainda estavam sob o feitiço da harpa.

Perto dela, Knot andava de um lado para o outro. No que Keelie pensara? Lutara para ir até lá, colocara as amigas em perigo, e para quê? Lorde Einhorn estava morto, as árvores, imobilizadas, e ela não tinha como encontrar o pai.

Um estalo forte e desagradável foi seguido do relincho do unicórnio. Elianard se levantou, segurando o lindo chifre em espiral. A luz prateada que delineava o corpo de Einhorn foi se esvaindo lentamente.

Elianard se virou para fitar o penedo, e Keelie sentiu seu olhar penetrante perfurá-la.

— Orelha redonda, chegou tarde demais. Não pode me impedir.

Ele caminhou na direção dela. Keelie estava morta de medo, mas não ia embora correndo. Saiu de trás do penedo, com a voz trêmula.

— Eu já o impedi uma vez, posso impedi-lo agora. — Mas ela notou que ele não se deixou enganar.

— Chegou tarde demais. Não é uma de nós. — Elianard apontou para a usina. — Isso é o que a sua espécie faz, destrói, mas não o fará com nossas terras. Pode achar que sou cruel, por me apossar da magia do unicórnio, mas ela salvará muitos. — Ele segurava o chifre ensanguentado, alheio à ironia de suas palavras.

Keelie cerrou os punhos.

— Você feriu muita gente no Festival, também. O que justifica o sacrifício dessas pessoas?

Elia parou de tocar a harpa e se levantou.

— Nada. Elas não deveriam ter sido atingidas.

Elianard se virou para a filha, com as sobrancelhas arqueadas.

— Por que parou? Continue. Nosso trabalho ainda não terminou.

— Não, pai, por favor, não faça isso. — O olhar presunçoso da elfo desaparecera, e ela parecia atormentada e temerosa. — Pense no que vai acontecer com você. Pense em mim.

— Não seja boba. — Elianard gesticulou, com impaciência. — A magia de Einhorn não pode salvar Wildewood, mas pode salvar a Floresta do Pânico. Ele morre de forma digna, e sua magia me dará poder para salvar os elfos.

O elfo se aproximou depressa de Keelie e agarrou a tectita e o coração chamuscado, tentando tirá-los pela cabeça dela. Eles prenderam na orelha pontuda da garota, e ela gritou. Tentou segurá-los, mas Elianard era forte demais. Ele os atirou do outro lado da clareira e, em seguida, agarrou o pulso direito dela, apertando-o até a mão dela ficar dormente e ela soltar o quartzo-rosa.

Então, o elfo a empurrou, e ela se encolheu toda, sobrepujada pelo Pânico sem a proteção da pedra. Morreria ali, sozinha, como a mãe no desastre de avião, como o pai talvez estivesse perecendo em algum lugar da floresta. O unicórnio morrera, Elianard vencera. Tudo estava perdido. A garota estremeceu, pensando nas formas que o elfo poderia usar para machucá-la.

Uma vozinha num recôndito de sua consciência lembrou-lhe de que, se tivesse o quartzo-rosa, não sentiria o Pânico. Keelie recordou-se da forma como atraíra a pedra mesmo quando estava longe dela.

Elianard empurrava Elia de volta à harpa. A linda elfo chorava muito, mas começou a tocar de novo. O elfo reassumiu o posto perto de Einhorn, e segurou o chifre triunfalmente sobre o corpo da criatura.

O unicórnio desapareceu ainda mais. O sentimento de pesar das árvores era insuportável. Aquilo não podia ser considerado o Pânico, mas o desgosto conjunto de milhares de árvores, mortas e vivas, que pranteavam seu guardião.

O rosto de Keelie mostrava-se úmido, por causa das lágrimas. Não podia fazer nada. Não passava de uma criança. Se o seu pai não podia ajudar, que esperança teria ela de fazê-lo?

— Não! — Ela pensou em Zeke morrendo, como a mãe, sozinho. E deixando-a sem ninguém, também. Keelie receou se abrir para sentir o quartzo-rosa. E se, em vez disso, sentisse a dor das árvores?

Um toque em sua maçã do rosto levou-a a gritar. Elianard olhou de esguelha para ela e, em seguida, ficou imóvel, fitando-a.

Keelie não sabia o que atraíra a atenção dele. Será que ela morreria naquele momento? Pensou nas amigas, ainda à caminhonete. Não queria perecer sozinha. Sentiu o toque de novo e, então, percebeu que era a *bhata*. Ela estava sentada no braço dela, em posição de alerta.

Você pode evocar o quartzo-rosa sim, disse a vozinha. Haveria de encontrá-lo.

Keelie abriu a mente. Suas mãos agarraram torrões úmidos de terra fresca — e ela sentiu a energia.

Imensa. Energia que circulava logo abaixo da superfície da montanha em um reservatório amplo e infinito. A garota ficou pasma. Aquilo não era o seu pequeno quartzo-rosa. Tratava-se de algo cálido, terroso e amarelo, como um sol derretido, como um imenso rio acalentador do qual ela se podia valer, repetidas vezes.

Cega de pesar, ela pegou um filamento daquela energia e entrelaçou-o em torno de si. O Pânico enfraqueceu. Keelie soluçou e recebeu a força, canalizando-a por seu corpo até sentir que iria explodir, a pele formigando e o sangue pulsando com ela. Então, levou uma laçada brilhante dele até o unicórnio, e os olhos dele tremularam. Ela se levantou e correu até ele. Lorde Einhorn perdera o viço e o brilho. Keelie viu o pelo desgastado dele, as falhas em vários pontos e a área em que ficara o coto do chifre ensanguentado, depois que Elianard o arrancara.

— Afaste-se, sua pirralha ilegítima. Não pode fazer nada por ele agora.

Elianard agarrou os ombros dela, mas antes que pudesse afastá-la, Keelie puxou o filamento de energia e impeliu a força derretida para o unicórnio moribundo.

A energia foi de encontro a Elianard também, que gritou e soltou a garota, recuando de costas pela clareira. Elia se levantou e, com os olhos fixos em Keelie, ergueu a harpa acima da cabeça e a espatifou no chão.

Keelie sentiu o Pânico desaparecer com a destruição da harpa e, ao mesmo tempo, as árvores anunciaram sua libertação. Ela sentiu a movimentação delas. Estavam indo até lá.

Elianard se virou e correu, descendo a montanha. Keelie não se preocupou. Ele ia na direção das árvores que se aproximavam.

O filamento de energia contornara com firmeza o unicórnio e, com a visão encantada, Keelie o viu absorvendo aquela força derretida. Ainda assim, ele continuava deitado, de olhos fechados. Será que todo aquele esforço fora em vão?

Ela segurou a crina de Einhorn, ciente de que Elia a observava, e apoiou a fronte na maçã do rosto dele. Então, alguém colocou o quartzo-rosa em sua mão. Elia deu um sorriso incerto e afastou-se. Com a pedra na outra mão, Keelie sentiu a magia que a ajudara antes, a intensa magia terrena que surgia da montanha sobre si. Em seguida, ela a ampliou do unicórnio para fora, a grande distância. Sentiu a energia espalhar-se como um rio transbordando. Florestas a quilômetros dali a absorveram, e as folhagens voltaram a brotar.

Quando já não havia lugar para a energia ir, Keelie a mandou de volta para casa, sob a terra. Ficou consciente apenas o bastante para escutar as explosões no outro lado do cume, conforme a hidrelétrica lançava chamas altas no céu.

28

Um sopro suave atingiu o rosto de Keelie. Ela abriu os olhos e viu o unicórnio acima dela. Sentou-se e fitou-o. Reluzia como antes, mas, onde seu chifre costumava ficar, havia uma marca ensanguentada e irregular.

Keelie se virou e viu Raven parada ao penedo, a mão cobrindo a boca, chorando muito, com os olhos arregalados.

— Raven? Você está machucada?

A amiga balançou a cabeça.

— Estou bem. Estou bem. — Mas seus olhos se dirigiram ao lugar em que estava o unicórnio.

— Você o vê. — Keelie observou a amiga, surpresa.

Raven deu um passo vacilante à frente, e o que levava na mão cintilou como uma estrela. Era a tectita. O unicórnio ficou observando atentamente a amiga de Keelie se aproximar.

— Dê a tectita para mim. — A filha de Heartwood estendeu a mão.

— Não. — Os olhos de Raven estavam fixos no unicórnio. — Não tenha medo, milorde.

Lorde Einhorn foi até ela, que levou a tectita à ferida dele, a cabeça aninhada nela como uma criança abalada.

Keelie ficou de pé atrás de Raven e do unicórnio, observando-os juntos. A tectita não bastava. A garota podia sentir isso. Então, colocou a palma da mão nas costas de Raven, sentindo as batidas de seu coração e, em seguida, pegou sobre a terra a fonte de energia e enviou-a pela amiga até Einhorn.

Ele meneou a cabeça e Raven teve de se esforçar para manter a tectita na região mutilada. As mãos dela começaram a brilhar, depois os braços, conforme a aura de Lorde Einhorn foi envolvendo-a até se tornarem um único objeto reluzente. Keelie sentiu uma queimação, ao fazer parte daquela unidade brilhante, daí começou a cair para trás, despencando na área com folhas espalhadas.

O unicórnio deu uma empinada, magnífico de novo, o chifre restaurado e fulgurante. Keelie se levantou com dificuldade, e Raven se virou e a abraçou. As duas permaneceram abraçadas, rindo e chorando ao mesmo tempo, à medida que Einhorn fazia uma profunda reverência e, em seguida, voltava galopando para a floresta.

Keelie nem chegara a falar com ele. Uma comichão em sua mente transformou-se em pensamentos leves.

Pastora das Árvores, ao me salvar, você ajudou a curar a floresta e, então, a salvar seu pai e o povo dele dos venenos dos seres humanos. Que eles se deem conta de que têm, em você, uma fênix, que traz uma nova era e um novo caminho para os elfos.

— Keelie, você está bem? — Laurie estava em pé, atrás dela. — Ouvi a explosão e vim correndo. O Pânico foi embora.

— Estou bem. Você o viu?

— Quem? O seu pai? Não. Ele está aqui? — Laurie deu um chute nos fragmentos da harpa estraçalhada. — O que aconteceu aqui?

O pai. Como Keelie iria encontrá-lo, agora que Elianard fora embora?

Ela se sentiu meio abalada, mas melhor do que estivera havia muitos dias, como se tivesse dormido a noite inteira. O matiz verde sumira de sua pele. Keelie olhou ao redor. Elia desaparecera, bem como o chifre partido de Lorde Einhorn.

Encontramos seu pai, informou Tavak. *Siga as* bhata.

As folhas das árvores farfalharam, e as *bhata* desceram dos troncos e passaram correndo pela clareira. Várias centenas de fadas de graveto saíram e avançaram em torno delas.

Laurie gritou e subiu no penedo. Knot deu um salto e seguiu depressa rumo à floresta, ao encalço delas, seguido de Keelie e Raven.

— Ei, meninas, esperem! — A voz de Laurie estava distante.

Fazendo o barulho de milhares de castanholas, as *bhata* mostravam o caminho, e Keelie foi pulando por toras e desviando de galhos, correndo com Knot ao seu lado. As árvores fantasmagóricas da floresta já não se mostravam assustadoras e, conforme o grupo corria, as vivas foram crescendo, até só ficarem as ancestrais e imensas ao redor da garota.

Knot diminuiu o passo, até parar próximo a uma raiz gigante, e Keelie viu que naquela árvore havia muitas *bhata*, os olhos de fruta focados nas raízes sob elas. Knot saltou até embaixo; Keelie subiu com dificuldade na raiz e viu, aninhado na curva da base ampla da árvore, a figura imóvel de seu pai.

— Pai. — Ela desceu e se ajoelhou ao lado dele. Zeke respirava, e sua pele mostrava-se bronzeada de novo.

Você o curou, Pastora das Árvores, disse a velha árvore sobre ela. *Ele foi mantido em segurança aqui, até a sua vinda.*

Obrigada por protegê-lo, Ancestral. Keelie se perguntou como faria para levá-lo para casa.

Ela deu uma cutucada no ombro dele.

— Pai?

Ele se moveu um pouco e, em seguida, bocejou e se espreguiçou. Abriu os olhos verdes, iguais aos da filha.

— Keelie?

— Estou aqui, pai.

— Lorde Einhorn... — Zeke se calou, inclinou a cabeça e escutou a floresta. Seus olhos arregalaram-se. — Você teve uma noite e tanto!

— Não dê atenção às árvores, pai. Elas são superfofoqueiras.

Ele sorriu e apoiou-se na raiz da Ancestral para se levantar. A parte lenhosa se ergueu, com o intuito de ajudá-lo. Keelie passou o braço dele sobre seu ombro e o firmou.

— Elianard?

— Não sei. Na última vez que o vi, ele descia a montanha. Tavak foi ajudar.

Você é que nos ajudou, Pastora das Árvores, comentou a Ancestral sobre eles. Keelie notou que o pai ouvira também.

Como sinal de nossa confiança em você, vamos lhe dar uma grande honra e considerável responsabilidade. Gostaríamos de lhe oferecer uma arvoreta de nossa floresta, para que a plante na Floresta do Pânico.

Zeke ficou comovido. Estava até mesmo de olhos marejados. Keelie se perguntou a que as árvores se referiam. Uma arvoreta. Parecia um projeto do Dia da Árvore.

Aceito, muito obrigada. Se elas queriam lhe dar uma lembrancinha, por que não aceitar?

A terra sob seus pés moveu-se, e Keelie deu um passo para trás, assustada. Um imenso fruto surgiu do solo e saiu rolando, parando ao tocar no tênis dela. Em sua parte superior havia uma faixa de ouro trabalhado.

— Bonito — disse a garota. Então, abaixou-se e o pegou. Era pesado.

O pai se aproximou e tocou com a ponta do dedo no adorno de ouro.

Bem-vinda à nossa família, Princesa Alora.

Princesa Alora. A noz tinha um nome. Keelie sorriu ao perceber que ouvira a saudação do pai em sua mente.

Conforme eles voltavam para procurar as meninas, a garota se deu conta de que perseguira Knot pela floresta em pleno breu, usando a visão encantada para desvelar o caminho. Raven e Laurie deviam ter voltado. O pai e a filha as encontraram no cume, perto do Chalé Suíço danificado. Zeke insistiu que deixassem o veículo ali e descessem caminhando. Quando eles chegaram ao riacho, já amanhecia.

Sir Davey os aguardava na outra margem. Ergueu a lanterna e gritou:

— Eles estão aqui. Janice. Avise aos demais.

Keelie foi a primeira a atravessar o riacho. Quando o fez, na área mais rasa, sentiu dedos ao redor dos tornozelos e ouviu a risada ressonante de um espírito da água.

— Se você me derrubar aqui, vou trazer uns castores para fazerem uma represa no seu riacho. — Os dedos a soltaram rápido. — Só estava brincando.

Sir Davey foi saudá-la, com expressão séria.

— Keelie, não há maneira fácil de lhe contar isso, mas o seu pai sumiu do alojamento.

— Ele não desapareceu. Está aqui. — Ela apontou para o outro lado do riacho, onde Zeke ajudava Raven a passar por uma área escorregadia. Conforme observavam, o pai de Keelie vacilara um pouco, ainda fraco.

Os olhos de Sir Davey iluminaram-se, e ele deixou escapar um longo suspiro de alívio.

— Mocinha, você tem uma história para me contar, mas a Equipe de Ação Emergencial do Oregon já está aqui, e vai examinar o seu pai agora.

Janice chegou, as rugas de preocupação acentuadas na testa, as pulseiras tinindo no pulso à medida que cobria Raven, Laurie e Keelie.

— Garotas, vou buscar algo quente para vocês, daí todas vão se deitar e dormir.

Keelie não estava com sono. Observou Janice e as amigas pegarem a trilha rumo ao Festival, enquanto Laurie fazia perguntas a Raven sobre nadar sem roupa.

Vários elfos apareceram, com uma maca.

— Cadê o Pastor das Árvores? — perguntou um deles.

Keelie apontou para o riacho, onde o pai relatava a Sir Davey as aventuras da noite, e o homenzinho o colocava a par do que acontecera no Festival.

Os elfos passaram por Keelie, a maioria usando bota, calça cargo verde-escura e camisa térmica com o emblema da árvore dourada que ela vira na correspondência do pai. Um deles foi ficando para trás, uma senhora cujos cabelos brancos estavam presos em um coque austero. Ela usava um vestido longo bordado, que fez Keelie se recordar de algo da Idade Média, embora tivesse a sensação de que não se tratasse de uma fantasia. A mulher parou e olhou para ela.

— Keliel Heartwood, venha cá.

Um dos elfos se inclinou e avisou Keelie:

— Essa é Etilafael. Faz parte do Conselho.

A garota foi até ela.

A mulher ergueu o queixo da menina e, em seguida, virou seu rosto para a direita e para a esquerda.

— As árvores a abençoam, criança. Espero grandes feitos de sua parte.

Dito isso, foi embora.

Intrigada, Keelie se virou para a barraca montada pela Equipe de Ação Emergencial. Mal podia esperar para ver as expressões dos elfos quando vissem que o seu pai estava ótimo. Eles haviam colocado barreiras na área e montado guarda na entrada.

Quando ela estava prestes a entrar, uma elfo bloqueou sua passagem.

— Você não pode.

— Posso, sim.

— Seres humanos não têm permissão.

Keelie ficou boquiaberta.

— É o meu pai que está ali.

— Você é humana. Entrada proibida. — A elfo fechou o portão de acesso e se virou.

Keelie salvara o unicórnio, a floresta lhe dera uma arvoreta e, ainda assim, não era considerada elfo. Se aquele fosse um prenúncio das atrações vindouras, a vida continuava injusta. Ela se perguntou se devia voltar, pisando duro, até o acampamento. De jeito nenhum. O pai lhe devia explicações.

A garota saltou pelo portão e foi até a barraca em que se encontrava Zeke. A guarda elfo correu atrás dela.

— Pare. Você tem que sair imediatamente.

O pai estava pálido, de olhos fechados. Ainda apresentava um matiz azulado na pele e mostrava-se fraco, por causa do venumiel.

Então, abriu os olhos e viu Keelie.

— Estou orgulhoso de você. Não sei como conseguiu extrair tanta magia terrena, mas salvou o unicórnio, Wildewood e os elfos. Eu errei quando disse que você não conseguiria dar conta disso. Mas, Keelie, eu estava com medo, e você poderia ter morrido, filha.

— Acho que Elianard teria me matado. Caso não tenha notado, os elfos não gostam muito de mim. Aquela mulher não queria me deixar ver você. Sou uma Orelha Redonda — ressaltou ela, com desprezo.

Zeke segurou a mão cálida da filha com a sua gelada.

— Da mesma forma que tem gente má, tem elfos maus. Elianard e Elia, por exemplo. Não nos julgue com base nesses dois.

— Eles são supermalvados. Só porque Elianard queria salvar a Floresta do Pânico, achava que tinha o direito de tentar matar o unicórnio?

O pai recuou.

— Como?

— Elianard disse que estava tentando salvar a floresta em que vivem os elfos. Acreditava que isso justificava matar Lorde Einhorn, para pegar o poder dele.

A expressão de Zeke endureceu. Ao que tudo indicava, ficara chocado com a revelação dela.

— Acho que não posso morar na Floresta do Pânico. Pelo visto, o meu lado humano é a única parte que eles veem.

— Preciso que você seja forte quando chegar à floresta dos elfos — salientou o pai, depressa. — Tem amigos entre eles, mas o preconceito é algo que ocorre em todas as culturas e sociedades, seja com base na cor da pele ou no formato da sua orelha. — Ele apontou para o coração dela. — Desde que ele guie a sua vida, você poderá enfrentar o que aparecer em seu caminho: elfo, ser humano, magia, injustiça. Você é forte como a sua mãe. — Ele fechou os olhos, exausto.

Keelie deu um beijo na testa dele.

— Valeu, pai. Eu amo você.

As respostas às perguntas dela teriam que esperar.

29

O jantar no dia seguinte seria um banquete ao ar livre. Em consequência do blecaute em três estados, provocado pela falha "inexplicável" da usina hidrelétrica, todos os congeladores do Festival tinham sido esvaziados, e um grande churrasco seria montado, com muita coxa de peru e vários espetinhos de carne.

Raven espalhara colchas perto do trailer de Sir Davey, a única área decente para dormir, e Keelie se jogou numa, exausta. A filha de Heartwood passara o dia ajudando a limpeza do que os jornais denominaram "tempestade bizarra". Mas, a julgar pelas expressões traumatizadas de alguns dos rostos ao redor dela, todos se lembravam da violência das árvores, e nenhuma história de tempestade os convenceria do contrário.

O herbanário de Janice precisaria de grandes reformas, mas, felizmente, a maior parte dos estragos se concentrara no andar de cima, onde ela vivia. Lady Annie se mudara para a loja de Lulu. A última vez que esta fora avistada, estava pendurada de cabeça para baixo em um abeto, a boca selada com resina.

Os aposentos de Elianard no alojamento estavam vazios, e os pertences de Elia também tinham sumido. Keelie se perguntou por que a elfa a ajudara, e se ela sabia o que ocorrera com o chifre partido de Einhorn. Decerto depararia com ela na Floresta do Pânico. Algo por que não aguardava ansiosamente.

No estacionamento, a srta. Finch parecia estar à vontade, dando ordens e gritando com os molengões. Sir Salmoura se tornara herói ou, ao menos, era o que dizia a todos ao relatar seus esforços audazes de reter as árvores com picles catapultados. Zeke conversava com ele, porque o esquisitão estava de olho na antiga loja de Lady Annie, bem ao lado da Heartwood. De jeito nenhum ele ia montar sua barraca de picles permanente tão perto deles.

Keelie contemplou o céu azul e ouviu o barulho do riacho ali perto, bem como o farfalhar das árvores em meio à brisa. A sensação opressiva da floresta se fora. O pai marcara o Lorem Arboral para mais tarde.

Knot passou correndo por ali, berrando, com uma *bhata* montada nele como um caubói de graveto.

Keelie ficou de bruços e riu.

— Qual é a graça?

Ela se virou de novo e olhou para a figura que bloqueava o sol. Levou uma das mãos aos olhos para protegê-los da claridade, mas o rapaz se sentou ao seu lado. Em seguida, ele passou a mão nos cabelos louros, para tirá-los da testa, sem desgrudar os olhos verde-azulados dos dela.

— Sean. — Continuava tão lindo quanto da última vez que o vira, no Colorado. Ela se sentou, sentindo-se subitamente acanhada e desejando saber qual era o conteúdo das cartas. Será que eram do tipo amigáveis, tipo, "E aí, tudo bom?" ou mais do estilo sonhador, de quem estava apaixonado? Ela estava em considerável desvantagem.

— O seu pai me contou que você estava vindo. Eu não sabia se ia querer me ver de novo.

Os olhos dele escureceram.

— Eu mesmo não tinha muita certeza. Por que não respondeu às minhas cartas?

— Nunca cheguei a recebê-las, Sean. O seu pai me contou que escreveu. Achei que você tinha se esquecido de mim, ou que acabara conhecendo outra garota. — As últimas palavras foram sendo ditas mais baixo, conforme ele se inclinava, com os olhos fixos nos lábios dela. Que legal. De repente, a vida havia melhorado cem por cento. O coração de Keelie acelerou e pareceu subir à boca. Será que ele sentia o mesmo? Seus lábios se encontraram, a boca dele cálida e firme na dela. A mão do elfo cobriu a dela na colcha, e a garota sentiu as pulsações dele, batendo depressa contra a pele. Está bom. Pergunta respondida.

Knot veio correndo de novo e, desta vez, passou pela colcha, afastando Keelie e Sean. O que foi até providencial, pois Zeke apareceu instantes depois.

— Sean, prazer em vê-lo. Seu pai me contou que estava vindo.

O elfo se levantou, e os dois homens inclinaram a cabeça, fazendo uma reverência ao estilo elfo e, em seguida, trocaram um aperto de mãos. Pela expressão do pai, talvez ele tivesse visto demais.

— Melhor você ir agora. O banquete no alojamento vai começar daqui a pouco. — Ele lançou um olhar significativo para o recém-chegado.

— Mas vocês vêm também, não vêm? — Sean sorriu para Zeke e, então, para Keelie. Seu sorriso era cativante.

— Vou dar um pulo lá — respondeu o pai da garota. — Keelie não vai.

— Primeira vez que ouço falar nele — anunciou ela e, depois, calou-se, percebendo que na certa não fora convidada.

Sean olhou de Keelie para o pai dela e de novo para a garota.

— Não vai? Mas é em homenagem ao que você fez. Salvou a floresta.

— O jantar é para a Equipe de Ação Emergencial — informou Zeke.

Ela deu de ombros.

— O que o meu pai quis dizer é que o banquete é para os elfos puros-sangues. Os orelhas redondas não precisam ir. Eu não me importo. Minhas amigas estão aqui.

Sean pareceu chocado.

— Se é assim, então eu também não participarei. Vou ficar aqui com você.

Zeke ficou sério.

— Lorde Niriel não gostará disso.

Keelie se perguntou se Zeke estava agindo daquele jeito ressabiado com Lorde Niriel só porque era o pai de Sean, ou se havia algum outro motivo. Não que fosse ajudar perguntar. Ele nunca lhe contava nada.

Sean fez outra mesura.

— Como Keelie disse, meus amigos estão aqui.

Aquelas palavras foram música para os ouvidos dela. Com Sean ao seu lado, a Floresta do Pânico não seria um lugar tão solitário.

Laurie e Raven chegaram esbaforidas, cheias de pratos, e pararam, arregalando os olhos ante o confronto de elfos. Keelie deu uns tapinhas na colcha ao seu lado.

— Sentem-se, meninas. Raven, já conhece Sean do Bosque. Sean, essa é a minha amigona Laurie.

O pai ergueu os braços, desistindo, e se dirigiu ao alojamento, deixando as meninas admirarem o recém-chegado.

Depois do jantar, todos foram caminhar pela trilha de acesso a um local com vista panorâmica, de que Raven se lembrava das estadias anteriores no Festival de Wildewood. De lá puderam ver Rivendell e ouvir, ao longe, o ritmo animado da versão instrumental de Jared de *As Três Marias*. Eles começaram a descer quando a Rigadoon afinava os instrumentos. A dança estava prestes a começar.

Os olhos de Keelie detectaram um brilho tênue na floresta, a direita.

— Vão andando, gente. Quero dar uma olhada em algo.

Sean parou, também.

— Precisa de ajuda?

— Não, vai descendo. Já alcanço vocês.

Ela observou Laurie e Raven aproximarem-se do elfo, que riu. Ele estava curtindo muito aquela atenção. Keelie caminhou rumo à floresta.

— Lorde Einhorn?

Um homem de blusa branca como a neve e jeans do mesmo tom saiu de trás de uma árvore imensa. Sua pele reluzia, sem deixar nenhuma dúvida de que era o unicórnio.

— Eu não sabia que você podia ser uma pessoa, também.

Einhorn sorriu, e foi como se uma estrela a tivesse beijado.

Ele estendeu a mão. Pendurados em seus dedos longos estavam o coração chamuscado da Rainha Álamo e um cordão, com fruto de carvalho prateado, entrelaçado de espinhos. O amuleto de Elianard.

Keelie pegou o coração chamuscado, mas deixou o outro.

— Obrigada.

Einhorn continuou a oferecer o pendente do elfo.

— Isto é para você também. — Sua voz mostrava-se melódica em meio à brisa. — Salvou minha vida, minha floresta, e trouxe minha cara-metade.

Cara-metade? Ela não se lembrava dessa parte, mas pegou o cordão e o colocou, escondendo-o debaixo da blusa. Mostrou-se frio e áspero ao encontro da sua pele.

— Keelie? Você está aqui? — Raven fez-se ouvir da trilha.

— Foi uma honra servi-lo. — Keelie fez uma mesura com a cabeça, à moda dos elfos. O pai ficaria orgulhoso dela, embora ela não tivesse entendido bem aquela história de cara-metade. Com certeza não se referia a ela, certo? Nem, o que seria pior, a Elia, não era mesmo?

O matagal agitou-se atrás dela.

— Você está aí, Keelie? Com quem conversa? — Raven deu um passo à frente.

A filha de Heartwood a fitou, perguntando-se se ainda conseguiria ver o unicórnio, ou se a noite anterior fizera parte de uma magia mais poderosa.

Einhorn estendeu a mão pálida, de dedos longilíneos e, para o espanto de Keelie, Raven a pegou e foi ficar ao lado dele, seu matiz escuro contrastando com o brilho dele. Ele a beijou na mão, e os dois se fitaram por um tempo.

Então, Einhorn cintilou, e o unicórnio apareceu diante das duas. Ele fez uma ampla reverência, de maneira que o chifre tocou na testa de Keelie. A sensação que a garota teve foi de que a abençoava. Ele deu uma empinada, virou-se e saiu galopando.

Raven colocou as pontas dos dedos na fronte de Keelie e sorriu com suavidade. Daí, a Raven sensata de sempre voltou.

— E aí, a gente não ia para Rivendell?

— Você e Lorde Einhorn? — Ela não precisava dizer o resto da pergunta. Pelo visto, a resposta era óbvia.

— Desde o momento em que o vi na clareira. A gente vai se encontrar amanhã à noite. Ele é meio antiquado. — Raven prosseguiu com cuidado pelo caminho.

Keelie a seguiu, com a cabeça ainda rodopiando diante da ideia de Raven ser a cara-metade do unicórnio.

— Casada com um unicórnio. É tão esquisito.

— Na verdade, não. E, além do mais, não vou ter que me preocupar com as renascentistas atiradas correndo atrás dele. Elas nem o verão.

A amiga riu e, então, pensou que talvez um dia tampouco o veria. Sean acenou para ela da parte de baixo da montanha, e Laurie gritou, pedindo que se apressassem.

Raven entrelaçou o braço no de Keelie.

— O que é estranho à beça é eu me sentir grata a Elia, embora ela tenha arruinado meu trabalho na Doom Kitty. Sem ela eu ainda estaria lá, e não teria encontrado o meu verdadeiro amor.

A outra riu, de novo.

— Agradecida a Elia. Isso *é* estranho.

— Einhorn queria saber onde estavam Elianard e Elia. Eles simplesmente desapareceram?

— Sumiram, mas tenho a impressão de que não por muito tempo. O meu pai acha que estão indo para a Floresta do Pânico. Diz que Elianard tem amigos que compartilham do ponto de vista dele.

Raven mostrou-se preocupada.

— O que isso significa para Einhorn? Que eles vão voltar?

Keelie balançou a cabeça.

— Quem sabe?

— Ninguém vai machucar o meu parceiro, nem Wildewood — ressaltou Raven, de súbito brava. Por um instante pareceu orgulhosa e determinada, uma rainha guerreira protegendo o reino.

Seja que tipo de criatura fosse o pai de Raven, estaria orgulhoso dela. Keelie se sentia aliviada por não ter que se preocupar com Wildewood de novo, nem com Lorde Einhorn.

Naquela noite, os elfos que continuavam ali fizeram um Lorem Arboral. Foi uma cerimônia bem diferente da realizada para a Rainha Álamo no Festival de Montanha Alta. Lá, os elfos haviam elogiado Keelie, que recebera o coração chamuscado da rainha.

Naquele Lorem, Keelie parou a uma das extremidades da árvore, que representava todas as que tinham sido derrubadas. Era Bruk, o carvalho, e as maçãs do rosto da garota ficaram úmidas quando ela se lembrou da dor da árvore quando se conectaram por alguns instantes, mentalmente. Quando Zeke pôs as mãos na casca queimada, a face de Bruk apareceu, agora serena, e, então, desapareceu na madeira. Keelie sentiu que a floresta ir ficando mais leve, conforme todos os espíritos arborais esvaeciam rumo à Floresta do Além, deixando para trás a vegetação e os vivos.

Raven estava na frente do grupo reunido, o gatinho branco encolhido em seus braços. Keelie fitou o bichano e viu a dor refletida nos olhos dele.

Lorde Niriel olhou de Keelie para Raven, em seguida para o felino, e uma expressão curiosa passou por seu charmoso rosto. Embora ele fosse o pai de Sean, Keelie se sentia pouco à vontade. Algo nele a levava a se recordar de Lorde Elianard. Ambos eram senhores mais velhos, altos e bem-apessoados, talvez a única semelhança entre os dois. Lorde Niriel sempre se mostrava educado. Até mesmo naquele momento, em que outros elfos tinham olhado com desprezo para Raven e cochichado sobre ela, tida como uma ser humana participando de sua cerimônia, o pai de Sean dera as boas-vindas com cortesia.

Keelie sorriu para ele, que retribuiu o gesto. Por que o pai dissera que deveria se manter longe dele? Lorde Niriel era um homem cativante. Zeke também mandara a filha se afastar do unicórnio e, felizmente, ela não lhe dera atenção.

Lady Etilafael deu um passo à frente, e todos a observaram.

— Keelie Heartwood, nós agradecemos você e suas amigas pelo esforço extraordinário. — Ela se virou para Raven. — Dama de Lorde Einhorn, Raven das Iluminadas... — Os elfos deixaram escapar exclamações e esticaram o pescoço para fitar a moça, que pareceu intrigada com o nome pelo qual fora chamada. — Honra-nos com sua presença nesta cerimônia. Wildewood está em boas mãos.

Raven fez uma mesura com a cabeça, mas olhou para Keelie, como se perguntasse: "Do que diabos está falando?"

Keelie deu de ombros. Outra pergunta para o pai.

Zeke se inclinou.

— As Iluminadas são as fadas superiores. — sussurrou ele.

Keelie se virou para fitar Raven. *Uau.*

Epílogo

Keelie apoiou os pés no painel do Chalé Suíço e desejou não ouvir nada. Ou entrar em coma. O veículo rangia e roncava a cada rotação das rodas, acabado pela subida na montanha e pela descida a toda velocidade de Laurie. Zeke concluíra que não podia levá-lo até embaixo, e Laurie, cheia de coragem com o desaparecimento do Pânico, oferecera-se para mostrar suas habilidades de motorista de novo. Numa demonstração de solidariedade, Keelie fora junto, e, com isso, provavelmente reduzira sua expectativa de vida em dez anos. Talvez não precisasse aprender a dirigir nem tão cedo.

Mas Zeke voltara a ser o mesmo, e Keelie estava ali empacada na cabine do veículo com Knot, Laurie, a *bhata* que não voltava para casa e a arvoreta — que brotara de imediato depois de ser plantada num vaso rústico, de terracota, e a vinha tirando do sério desde então.

Sério mesmo!

— Quando a gente vai parar? Preciso tomar café. — Laurie pareceu tão irritada quanto Keelie.

— Nada disso. Não vamos parar para ir ao banheiro, que é o que teríamos que fazer se você tomasse café. — Zeke tamborilava os dedos com impaciência no volante.

— Keelie, o seu pai é um ogro.

— Não, um elfo.

Preciso ser regada. Tem água mineral? Não aquela de torneira, que faz as minhas folhas racharem. A arvoreta aristocrática era uma tremenda reclamona. *E quando vou receber um vaso novo? Sou princesa, não é mesmo? Este aqui é horrível.*

Knot bufou. A *bhata* bateu os bracinhos de graveto para ele e subiu no cabelo de Keelie. Esta se remexeu, incômoda. Eles estavam espremidos na cabine, porque o trailer ficara lotado com os pertences dela, que tinham tirado do depósito, e com a bagagem imensa de Laurie.

Keelie se deu conta de que aguardava ansiosamente a Floresta do Pânico. Pelo menos ali os elfos seriam grosseiros com ela e a ignorariam, mas poderia se afastar mais da Princesa Alora, fruto do carvalho.

— Eu realmente adoraria tomar um café. Vamos lá, Zeke. — Laurie era uma ótima aduladora.

— Ainda nem saímos do estacionamento. Dá um tempo.

Keelie soltou um resmungo e apoiou o rosto no vidro da janela. Seria uma longa viagem. E a segunda parte incluiria uma fêmea falcão cega, quando pegassem Ariel a caminho do Oregon. Talvez a ave pudesse devorar a Princesa Alora.

Ela sorriu ante o pensamento, conforme saíam sacolejando do Festival de Wildewood, naquele momento fechado. A estrada já estava congestionada com os veículos de lojistas e atores desapontados. Keelie ficou feliz por não ter se encontrado de novo com a srta. Finch, pois a gerente cuspidora de fogo na certa já levara a cabo sua transformação em dragão.

Ao redor delas, as árvores espalhavam-se, verdejantes e frondosas, pela montanha. Keelie achou ter vislumbrado algo branco no alto.

Tchau, Lorde Einhorn. Vejo você e Raven no ano que vem. Se eu sobreviver à Floresta do Pânico.

E ela ouviu sua resposta, reverberada por um coro arboral que ultrapassava a vicejante Wildewood...

Até mais ver, Keliel Encantadora de Árvores, Filha da Floresta.

Leia também, da série

O POVO DAS ÁRVORES:

A filha do pastor das árvores

KEELIE HEARTWOOD é uma típica adolescente californiana. A não ser por:

Sua "alergia" a madeira.

Seu gato esquisito que calça botas.

Suas conversas com árvores.

Seres estranhos que a atacam.

Uma orelha bem pontuda.

Após a morte da mãe, Keelie Heartwood, uma jovem de apenas 15 anos, é forçada a deixar sua adorada Califórnia para viver com o pai nômade no Festival da Renascença de Montanha Alta, no Colorado. Logo ao chegar, Keelie encontra homens e mulheres usando roupas de época, alguns deles vagando bêbados mesmo quando o local do festival já está fechado! Encenar a Idade das Trevas é o pior pesadelo que pode existir para uma garota de Los Angeles.

Keelie tem um plano para sair desse paraíso nerd medieval o mais rápido possível. No entanto, coisas estranhas começam a acontecer – estranhas, porém familiares. Keelie percebe que algumas pessoas do festival têm orelhas pontudas, incluindo o cavaleiro mais bonito do lugar, Lorde Sean do Bosque. Quando ela começa a ver seres estranhos e a se comunicar com árvores, descobre que existe um segredo a seu respeito e percebe que seu pai lhe deve explicações. Enquanto tenta conhecer suas raízes, uma grande reviravolta acontece, e a identidade da adolescente não é a única coisa sob ameaça.

Keelie Heartwood é uma nova heroína num mundo em que fantasia e realidade se misturam de forma extraordinária.

Impresso no Brasil pelo
Sistema Cameron da Divisão Gráfica da
DISTRIBUIDORA RECORD DE SERVIÇOS DE IMPRENSA S.A.
Rua Argentina 171 – Rio de Janeiro, RJ – 20921-380 – Tel.: 2585-2000